데이트 · 어 · 라이브 8 나츠미 서치
DATE A LIVE Search NATSUMI

「그렇지?! 시도 군은 뭘 좀 아네!!」
제7의 정령――나츠미

「으, 응…… 정말 예뻐.」
고교생──이츠카 시도

「이야, 멋진 가슴이네. 천연 가슴은
역시 감촉이 다르다니깐.」
「뭐, 뭐뭐뭐뭐뭐뭐뭐뭐뭐뭐뭐…… 뭐 하는 것이냐~!」
정령──토카

「동의. 맞아요. 시도 러브러브 카구야가
시도를 못 알아봤을 리가 없어요.」
정령——야마이 유즈루
「유, 유즈루, 무슨 소리 하는 거야?!
그러는 너도……!」
정령——야마이 카구야

「이게 대체 어떻게 된 거야?」
시도의 클래스메이트――토비이치 오리가미
「흠…….」
「서, 서, 설마…….」
〈라타토스크〉 사령관――이츠카 코토리

「나츠미는— 너야.」
뭐, 뭐가 어떻게 된 거죠……?!
이젠 다 싫어요! 돌려보내 주세요……!」
정령—미쿠

CONTENTS

DATE

데이트

A

어

LIVE

라이브

08

글 : 타치바나 코우시

그림 : 츠나코

옮긴이 : 이승원

THE SPIRIT

정령(精靈)

인계(隣界)에 존재하는 특수 재해 지정 생명체. 발생 요인, 존재 이유 둘 다 불명.
이쪽 세계에 모습을 드러낼 때, 공간진(空間震)을 발생시켜 주위에 심각한 피해를 끼친다.
또한, 엄청난 전투 능력을 보유하고 있음.

WAYS OF COPING1

대처법1

무력을 통한 섬멸.
단, 위에서 말했듯 매우 강대한 전투 능력을 보유하고 있기 때문에 달성 가능성이 극도로 낮음.

WAYS OF COPING2

대처법2

——데이트를 해서, 반하게 만든다.

나츠미 서치

search NATSUMI

SpiritNo.7
AstralDress-WitchType Weapon-BroomType [Haniel]

Doppelganger

서 장 또 한 사람의 시도

"아……."

학교 옥상.

그곳에 도착한 시도는 눈앞에 있는 소년을 바라보면서 망연자실한 표정을 지었다.

이유는 단순했다. 그 소년이 너무나도 기묘한 모습을 하고 있었기 때문이다.

그렇다고 그 소년이 괴물처럼 추악한 얼굴을 하고 있는 것도, 보는 이들의 등골을 서늘하게 만들 만큼 무시무시한 모습을 하고 있는 것도 아니었다. 시도 외의 다른 사람들 눈에는 지극히 평범한 소년으로 보일 것이다.

눈에 닿을락 말락 할 만큼 기른 머리카락과 중성적인 느낌의 얼굴, 그리고 평범한 체격을 지닌 그 소년은 라이젠 고교의 겨울 교복을 입고 있었다.

특별한 구석이라곤 전혀 없는 평범한 소년이었다.

하지만 그 소년을 본 시도는 전율을 금할 수가 없었다. 그는 마른침을 삼키면서 날카로운 시선으로 눈앞에 있는 소년을 노려보았다.

"너…… 대체 누구야?"

"……누구냐고? 무슨 소리를 하는 거야?"

시도의 질문을 받은 눈앞의 소년은 어깨를 으쓱했다.

그리고 입술 가장자리를 말아 올리면서 그는 말했다.

"—나는 **이츠카 시도**야. 보고도 모르겠어?"

그렇게 말한 소년은 유쾌한 미소를 지었다.

"……윽."

그 모습을 본 시도는 무심코 미간을 찌푸렸다.

그렇다. 시도의 눈앞에 서 있는 소년은— 시도와 똑같이 생겼다.

머리부터 발끝까지, 시도가 매일 아침 거울을 통해 보는 자기 자신과 똑같이 생긴 소년이 그의 눈앞에 서 있는 것이다.

시도와 똑같이 생긴 소년은 재미있다는 듯이 시도를 쳐다본 후, 한숨을 내쉬면서 입을 열었다.

"—**내가 누구인지** 정말 모르겠어?"

"……윽?!"

소년의 목소리를 들은 순간, 시도는 깜짝 놀랐다.

왜냐하면 눈앞에 있는 소년의 입에서 여자 목소리가 흘러나왔기 때문이다.

아니— 놀란 이유는 그것만이 아니다. 시도는 이 목소리를 들은 적이 있었다.

"설마…… 나츠미……?!"

시도가 그 이름을 말한 순간, 소년은 환한 미소를 지었다.

"—후후, 딩동댕. 드디어 눈치챘네, 시도 군."

"그, 그 모습은 뭐야?! 대체 왜……."

시도가 입을 연 순간, 나츠미는 얼굴을 일그러뜨렸다.

"왜냐고? 일전에 말했잖아. —내 비밀을 안 사람은 가만두지 않는다고 말이야. ……각오해. 너 따위 완전히 엉망진창에 너덜너덜하게 만들어줄 테니까……!"

나츠미는 증오에 찬 목소리로 그렇게 말한 후, 엄지로 지면을 가리켰다.

Halloween

제1장 10월의 마녀

"우후후~. 달링. 제 옆에 앉아주세요. 자아, 빨리요~."

"어…… 어이, 미쿠."

"왜 그러세요~? 아, 맞다. 얼마 전에 맛있는 이탈리안 요리점을 찾았어요~. 오늘 저녁에 약속 있으세요? 없으면 저와 같이 가요."

"아, 그게, 토카와 다른 녀석들에게 저녁을 만들어줘야 해서……."

"그래요~? 그럼 토카 양을 비롯한 다른 분들도 다 데리고 가요. 저는 그렇게 속 좁은 여자가 아니랍니다~. 참, 제가 살 테니 돈 걱정은 하지 마세요."

"아니, 저기, 미쿠……."

이츠카 시도는 순진무구한 미소와 함께 몸을 밀착시키는 소녀를 바라보면서 난처한 표정을 지었다.

비단처럼 윤기 넘치는 네이비블루빛 머리카락과 잘 손질된 부드러운 피부. 그야말로 완벽하기 그지없는 미소녀였다.

이자요이 미쿠라는 이름의 이 소녀는 시도보다 한 학년 위였지만, 선배다운 모습은 눈곱만큼도 찾아볼 수가 없었다.

하지만 몸매와 볼륨감만큼은 선배다웠다. 미쿠가 몸을 움직일 때마다 그녀의 풍만하기 그지없는 가슴이 시도를 압박해댔다. 시도는 식은땀을 줄줄 흘리면서 계속 고개를 돌릴 수밖에 없었다.

하지만 지금 시도가 딱딱하게 굳어 있는 것은 미쿠의 육탄 공격 및 데이트 신청 때문만은 아니었다.

"……."

무시무시한 시선이 시도의 온몸을 휘감고 있었다.

……그 시선의 주인은 시도의 여동생 · 코토리였다.

검은색 리본을 이용해 둘로 나눠 묶은 머리카락과 도토리처럼 동그란 눈, 그리고 입에 물고 있는 막대 사탕이 매력 포인트인 소녀다. 그녀는 진홍빛 재킷을 어깨에 걸친 채, 자신의 앞에 앉은 시도와 미쿠의 러브러브 염장질(일방통행)을 험악한 눈길로 바라보고 있었다.

시도와 두 소녀가 있는 곳은 공중함 〈프락시너스〉 안에 있는 한 방이었다.

의도적으로 그런 것인지는 모르겠지만 꽤 어둑어둑한 방이었다. 방 한가운데에는 시도와 미쿠가 앉은 의자가 놓여 있었고, 그 주위에는 긴 책상과 의자가 놓여 있었다. 긴박감 넘치

는 면접 회장이나 재판장을 연상케 하는 곳이었다. ……미쿠는 그런 것을 전혀 신경 쓰지 않는 것 같지만 말이다.

"……미쿠, 이제 슬슬 시작해도 되지?"

"예? 뭘 시작한다는 거죠~?"

미쿠가 악의라고는 눈곱만큼도 느껴지지 않는 표정으로 그렇게 말하자, 코토리는 어금니를 깨물면서 책상을 내려쳤다.

"그 · 러 · 니 · 까!! 너를 취조할 거라고 말했잖아! 네가 "달링이 옆에 있어주지 않는다면 안 받을 거예요~." 하고 응석을 부려댄 탓에 어쩔 수 없이 시도를 동석시킨 거라구!"

"참, 그랬죠."

아하하 하고 웃음을 터뜨린 미쿠는 코토리를 향해 고개를 돌렸다. 그러면서도 그녀는 여전히 시도와 팔짱을 끼고 있었다.

코토리는 하아 하고 땅이 꺼져라 한숨을 내쉰 후, 책상 위에 놓인 서류를 넘겼다.

"……그럼 질문을 시작할게."

"예~. 무엇이든 물어보세요."

미쿠는 가벼운 목소리로 말했다. 코토리는 한 번 더 한숨을 내쉰 후 입을 열었다.

"네 능력, 그리고 네 천사에 관해서도 물어볼 게 산더미처럼 많지만…… 그건 일단 나중으로 미룰게. 가장 먼저 확인하고 싶은 건—."

코토리는 거기까지 말한 후, 미쿠를 손가락으로 가리켰다.

"너를 정령으로 만든 존재에 관해서야."

"……!"

코토리의 말을 들은 순간, 미소를 짓던 미쿠의 볼이 희미하게 떨렸다.

"너는 태어날 때부터 정령이었던 게 아니라 원래는 인간이었어. ―맞지?"

"……."

코토리의 말을 들은 미쿠는 미간을 살짝 찌푸리면서 괴로운 표정을 지었다. 왠지 호흡도 조금 가빠진 것 같은 느낌이 들었다.

한순간, 미쿠에게는 저 질문에 대답할 수 없는 사정이 있는 건 아닐까…… 하고 생각했지만, 시도는 그 생각이 틀렸다는 사실을 바로 눈치챘다.

미쿠는 정령이 된 당시에 인간과 이 세상에 완전히 절망했었다고 말했다. 아마 그 당시의 일을 자기 입으로 말하는 것이 힘든 것이리라.

"미쿠, 괜찮아? 힘들면 조금 쉬었다가―."

"……아뇨, 괜찮아요~."

시도의 말을 들은 미쿠는 고개를 저었다.

"저한테는 달링이 있잖아요. 저는 그 과거마저 전부 받아들인 후, 앞으로 나아가기로 결심했어요."

"미쿠……."

시도가 미쿠를 격려하듯 등을 가볍게 두드려주자 그녀는 고개를 끄덕였다.

"……예. 맞아요~. 지금으로부터 몇 달 전…… 사람들에게 배신당하고, 정신적 문제에서 기인한 실어증에 걸려 세상을 살아갈 희망을 완전히 잃고 만 제 앞에— 『하느님』이 나타났어요~."

미쿠의 말을 들은 코토리의 눈빛이 아주 약간 날카로워진 것 같은 느낌이 들었다. 시도 또한 미간을 살짝 모았다.

하지만 코토리와 시도의 반응을 눈치채지 못한 미쿠는 이야기를 계속했다.

"〃저기, 힘을 가지고 싶지 않아? 세상을 바꿔버릴 수 있을 만큼 거대한 힘을 가지고 싶지 않아?〃. 『하느님』은 그렇게 말하면서 저에게 보라색 빛을 뿜고 있는 보석 같은 것을 건네줬어요. 그리고 그것을 향해 손을 뻗은 순간, 그 보석은 제 몸속으로 녹아들듯이 들어갔죠. 그리고 다음 순간…… 저는 누구라도 제 말을 따를 수밖에 없게 만드는 마성의 『목소리』를 손에 넣었어요~."

"……그랬구나."

표정을 굳힌 코토리는 물고 있던 막대 사탕의 막대 부분을 꼿꼿이 세웠다.

"그 『하느님』이라는 녀석에 대해 아는 걸 전부 말해줘."

"아니, 그게……."

미쿠는 난처한 표정을 지으면서 눈썹을 살짝 찌푸렸다.

"약간 불가사의한 느낌이 드는 분이었어요. 눈앞에 있기는 한데 노이즈가 낀 것처럼 모습이 보이지 않고, 목소리가 들릴

뿐만 아니라 그 내용도 파악했는데도 어떤 목소리였는지 전혀 기억이 나지 않아요. ―뭐라고 할까요. 존재 그 자체에 모자이크가 쳐진 것 같다고나 할까요…….”

“……그랬구나.”

코토리는 작게 한숨을 내쉬면서 말했다. 하지만 그렇게 낙담한 것처럼은 보이진 않았다. 아무래도 미쿠의 방금 대답을 어느 정도 예상하고 있었던 것이리라.

“그럼 질문을 바꿀게. 너는 정령의 힘을 손에 넣은 후, 파괴 충동을 느끼거나 자아를 침식당한 적은 없어?”

“파괴 충동……? 그런 건 느껴본 적이 없는데…….”

“흐음…….”

코토리는 미간을 찌푸리면서 눈앞에 있는 서류에 글자를 적었다.

“코토리, 방금 그 질문은…….”

시도의 말을 들은 코토리는 “응.” 하고 말하면서 고개를 끄덕였다.

“어쩌면 나와 비슷한 일이 미쿠에게 일어났을지도 모른다고 생각했거든. ―그런데 왜 미쿠에게는 그런 일들이 일어나지 않은 걸까? 영력의 종류에 따라 성질이 다른 건지, 개인의 적성 문제인 건지…… 어쩌면 〈팬텀〉이 나를 통해 인간에게 영력을 부여하는 방법을 파악한 걸지도 몰라. 그럼 나는 실험용 모르모트였던 걸까? 괜스레 열 받는걸…….”

코토리는 어깨를 으쓱하면서 그렇게 말했다. 시도도 어금니를 깨물면서 주먹을 말아 쥐었다.

〈팬텀〉. 미쿠에게, 그리고 코토리에게 영력을 부여해 두 사람을 정령으로 만든 존재.

정령일까. 인간일까. 그렇지 않으면 전혀 다른 생물인 걸까. 어째서 인간을 정령으로 만들 수 있는 걸까. 왜 그런 짓을 하는 걸까. —그 모든 것이 수수께끼에 둘러싸인, 말 그대로 환영 같은 『무언가』다.

"으음……."

시도가 생각에 잠겨 있을 때, 누군가가 그의 팔을 잡아당겼다. 고개를 돌려보니, 미쿠가 볼을 한껏 부풀린 채 이쪽을 쳐다보고 있었다.

"대체 무슨 생각을 그렇게 하는 거예요? 저를 무시하지 말란 말이에요~."

"아…… 미안."

시도가 쓴웃음을 지었을 때, 코토리가 어험 하고 헛기침을 했다.

"이야기가 약간 다른 쪽으로 빠졌네. 하지만 안심해. 취조는 이제 막 시작되었잖아. 이제부터 상세한 이야기를 들어줄게. 〈팬텀〉에게 기억 조작을 당했을 가능성도 있으니까, 뇌파도 체크해야 할 것 같아. 그러니 뇌파 검출 장치를 네 머리에 달 생각인데, 그래도 되지~?"

코토리는 미소를 지으면서 말했다. 그러자 미쿠는 질린 듯한 표정을 지으면서 식은땀을 흘렸다.

—결국 미쿠가 코토리에게서 해방된 것은 하늘이 저녁노을 빛으로 물든 후였다.

〈프락시너스〉의 전송 장치를 이용해 시도의 집 앞으로 이동한 미쿠는 비틀거리면서 시도에게 기댔다.

"어, 어이. 괜찮아?"

"피, 피곤해요……."

미쿠는 그렇게 말한 후, 땅이 꺼져라 한숨을 내쉬었다.

"……뭐랄까, 오늘은 이대로 집에 돌아가서 침대에 다이빙하고 싶은 기분이에요……. 달링, 죄송하지만 저녁은 다음번에 같이 먹어도 될까요~?"

"뭐? 아, 그건 괜찮은데……."

시도의 말을 들은 미쿠는 두 팔을 모으면서 환한 미소를 지었다.

"우후~. 달링은 정말 상냥하다니까요~."

그리고 그녀는 그대로 시도를 꼭 끌어안았다.

"어, 어이. 너는 아이돌이잖아. 길거리에서 이, 이래도 되는 거야……?"

시도가 얼굴을 붉히면서 고개를 돌리자, 미쿠는 영문을 모르겠다는 표정을 지었다.

지금 순진무구한 표정을 지은 채 시도를 끌어안고 있는 소녀 · 이자요이 미쿠는 기적의 가성(歌聲)을 지닌 유명 아이돌이다.

정체를 숨긴 채 가수 활동을 해왔기 때문에 얼굴을 아는 사람은 거의 없지만…… 지난달부터 텔레비전 출연을 시작한 덕분에 현재 그녀의 얼굴은 일본 전역에 알려져 있다. 이렇게 무방비하게 행동하다가는 스캔들 사진 같은 걸 찍힐지도 모른다.

하지만 시도의 생각을 꿰뚫어 본 미쿠는 빙긋 웃으면서 말했다.

"후후, 괜찮아요~. 만약 파파라치가 숨어 있으면 미소를 지으면서 브이 사인을 해주죠, 뭐. 그러니 언제든지 와보라구요~."

"……아, 아니, 그래도 그건 좀……."

시도가 쓴웃음을 짓자, 미쿠는 "후훗." 하고 미소를 머금었다.

"달링, 전에 말했죠~? 그 누구도 제 노래를 들어주지 않는다고 해도, 달링은 계속 제 팬이 되어주겠다고 말이에요. 그러니까…… 괜찮아요~. 달링만 있어준다면, 저는 다른 건 아무래도 상관없어요."

"아…… 그래."

시도는 미쿠의 두 눈을 바라본 후, 작게 고개를 끄덕였다.

시도의 반응을 본 미쿠는 환한 미소를 지으며 그에게서 떨어졌다.

"그럼 이만 실례할게요~. 다시 만나는 날을 기다리고 있을게요, 달링."

"그래. 또 봐."

"예. 그럼……."

미쿠는 갑자기 시도의 목을 양손으로 끌어안더니, "으응~." 하고 신음을 흘리면서 입술을 내밀었다.

"으윽……?! 미미미미, 미쿠 너, 뭐 하는 거야……?!"

"예? 작별의 키스를 하려는 것뿐인데……."

"아, 아, 아무리 스캔들이 무섭지 않아도 그렇지, 그건 좀 도가 지나치잖아."

"우후후, 달링은 정말 부끄럼쟁이라니깐. 정말 괜찮다니까요~. 그러니까……."

"어, 어이, 잠깐……."

미쿠가 양손에 힘을 주었다. 그 탓에 시도와 미쿠의 입술은 점점 가까워—.

"앗~! 너희 지금 뭐 하는 것이냐!"

그 순간, 오른편에서 들려온 커다란 목소리를 들은 시도는 어깨를 부르르 떨었다.

시도와 미쿠는 동시에 목소리가 들려온 방향을 쳐다보았다. 그곳에는 눈을 치켜뜬 채 온몸을 부들부들 떠는 한 소녀가 서 있었다.

어깨와 등을 쓰다듬듯 휘날리는 칠흑빛의 긴 머리카락과 수정을 연상케 하는 아름다운 눈동자. 한 번 보면 절대 잊을 수 없을 것 같은 절세의 미소녀였다.

야토가미 토카. 시도의 클래스메이트이자 이웃사촌. 그리고 — 미쿠와 마찬가지로 과거에 시도가 영력을 봉인했던 정령이다. 아무래도 저녁밥을 먹으러 시도네 집에 오던 길인 것 같았다.

"토, 토카!"

"어머~ 토카 양. 오래간만이에요~."

미쿠가 밝은 목소리로 인사를 건넸다. 그러자 토카는 화난 듯한 걸음걸이로 다가온 후, 시도를 미쿠에게서 억지로 떼어 놨다. 그리고 시도를 지키려는 것처럼 양손을 펼치며 두 사람 사이에 섰다.

"괜찮으냐, 시도?! 미쿠, 너 이 녀석! 이게 무슨 짓이냐! 개심했다는 말은 다 거짓말이었던 거냐?!"

토카가 날카로운 시선으로 미쿠를 노려보며 그렇게 말한 순간, 토카가 걸어온 방향에서 세 쌍의 발소리가 들려왔다.

"흥. 이 몸과 유즈루의 공유 재산인 시도를 희롱하려 하다니, 배짱 한번 좋구나. 좋다. 그대에게 야마이의 무시무시함을 똑똑히 가르쳐주도록 하마!"

"경고. 시도에게 접촉할 때는 소유권을 지닌 유즈루와 카구야에게 신청 서류를 제출해주세요."

판에 박은 것처럼 똑같이 생긴 쌍둥이가 미쿠를 향해 그렇게 외쳤다.

긴 머리카락을 올려 묶고 자신만만한 표정을 짓고 있는 카구야와 머리카락을 길게 땋고 약간 멍한 표정을 짓고 있는 유즈루. 목 윗부분 중에서 두 사람을 구분할 수 있는 것은 머리 모양과 표정뿐이었다. ……뭐, 약간만 시선을 내리면 절망적

일 정도로 차이가 나는 몸매 덕분에 누가 누구인지 바로 알아볼 수 있지만 말이다.

그런 그녀들의 뒤를 이어 자그마한 목소리가 들려왔다.

"기, 길 한가운데에서…… 그, 그런 짓을 하면 안 된다고…… 생각해요……."

모자를 깊게 눌러쓴, 조그마한 체구의 소녀— 요시노는 볼을 새빨갛게 붉히면서 그렇게 말했다. 그리고 그녀가 왼손에 낀 토끼 모양 퍼핏 인형 『요시농』이 입을 뻐끔거렸다.

『뭐 하는 거야~. 아직 요시노도 시도와 그런 건 못 해봤단 말이야~. 새치기 금지~.』

"요, 요시농……!"

요시노가 허둥지둥 『요시농』의 입을 막았다. 그러자 『요시농』이 괴로운 듯이 양손을 흔들어댔다.

그러고 보니 한동안 〈프락시너스〉의 격리 구역에서 생활했던 요시노도 평범한 생활에 익숙해지게 하기 위해 며칠 전부터 정령용 맨션에서 생활하고 있었다.

야마이 자매와 요시노. 토카와 마찬가지로 정령인 그녀들은— 예전에 미쿠에게 조종당한 적이 있었다.

지난달, 천사를 현현시킨 미쿠에게 그녀들은 몸과 마음을 조종당했다. 그 때문일까, 그녀들은 아직 미쿠를 경계하고 있는 것 같았다.

하지만 당사자인 미쿠는 그때 일을 그다지 신경 쓰지 않는 듯했다. 그녀는 "어머나." 하고 말하면서 눈을 반짝였다.

"오래간만이에요~. 요시노 양과 카구야 양, 유즈루 양. 그때는 정말 죄송했어요. 한 번 직접 만나서 사과하고 싶었어요~."

미쿠는 그렇게 말하고 고개를 푹 숙였다. 그녀의 반응을 보고 놀랐는지, 세 사람은 당혹스러운 표정을 지으며 서로를 바라보았다.

미쿠의 행동을 보고도 경계심을 풀지 않은 토카는 여전히 시도 앞에 서 있었다.

"그것보다, 방금 시도에게 무슨 짓을 하려고 했던 것이냐!"

"예? 작별의 키스를 하려고 했을 뿐인데요? 토카 양은 달링과 하루가 멀다 하고 하죠?"

"자, 작별의…… 키스~?"

토카는 미간을 찌푸리면서 시도를 돌아보았다.

"……자, 작별의 키스라는 게 흔하게 하는 것이냐?"

토카는 미심쩍은 표정을 지으면서 물었다. 토카가 착각하게 두었다간 곤란할 수도 있겠다고 생각한 시도는 고개를 세차게 저었다.

"거, 거짓말이구나! 역시 작별할 때 키스 같은 걸 하지는—."

"그래도 꽤 로맨틱하지 않나요~? 아, 토카 양도 한번 해보는 게 어때요~?"

『뭐……?!』

미쿠의 말을 들은 시도, 토카뿐만 아니라 요시노와 야마이 자매도 숨을 삼켰다.

하지만 미쿠는 그런 반응 따위 전혀 신경 쓰지 않는다는 듯한 표정을 지었다. 그리고 뭔가 좋은 생각이 났다는 듯이 가볍게 손뼉을 쳤다.

"맞다! 좋은 생각이 났어요~. 우선 제가 달링과 키스를 할게요. 그리고 달링과 키스를 한 제가 토카 양과 키스를 하는 거예요. 어때요~? 일거양득! 획기적인 생각 아닌가요~?!"

"왜, 왜 내가 너와 키스를 해야 하는 것이냐?!"

"예? 그야 저는 토카 양과 키스하기 직전에 달링과 키스를 했잖아요~?"

"으…… 음. 그렇지."

"그럼 저와 토카 양이 키스를 하면 토카 양이 달링과 키스를 한 거나 다름없지 않겠어요~?"

"으, 으음…… 그, 그렇구나……."

"뭘 납득하는 거야."

설득당하려고 하는 토카를 말리기 위해 시도가 그렇게 말하자, 토카는 어깨를 부르르 떨었다.

"미, 미쿠, 네 이 녀석! 나를 속이려고 한 거냐?!"

"그럴 생각은 전혀 없었어요~. ……아! 그럼 이렇게 하죠. 우선 저와 토카 양이 키스를 한 후, 제가 달링과 키스를 하는 거예요~. 토카 양의 뜨거운 마음을 제가 달링에게 전달할게요~."

"뭐……?!"

"으음."

미쿠는 기도하듯 양손을 모은 후, 눈을 감으면서 토카를 향해 입술을 내밀었다. 토카는 당황한 것처럼 고개를 좌우로 흔들면서 뒤로 물러섰다.

"아앙, 왜 도망치는 거예요~. 기다려주세요~."

"따, 따라오지 마라!"

토카는 비명을 지르면서 다른 정령들이 있는 곳을 향해 뛰어갔다.

"꺄아……."

"바, 바보 같은 녀석! 이쪽으로 오지 말거라!"

"전율. 도망치죠, 카구야."

정령들은 그렇게 외치면서 미쿠에게서 도망쳤다.

"아아, 정말. 이렇게 되면 여러분 모두와 키스하겠어요~!"

『꺄아아아아아아아아아아아아아아앗!』

"하, 하하……."

너무나도 환한 미소를 지으면서 다른 정령들을 쫓는 미쿠를 본 시도는 쓴웃음을 지었다.

뭐랄까, 미쿠라면 예전의 악연들을 금세 푼 후, 의외로 쉽게 다른 정령들과 친해질 것 같다는 생각이 들었다.

◇

"흠……."

시도와 미쿠를 지상으로 보낸 후 〈프락시너스〉 안의 집무실에서 미쿠와 나눴던 대화를 정리하던 코토리는 턱에 손을 댔다.

눈앞에 전개된 화면에는 녹음한 미쿠의 음성을 변환해서 만든 문서 데이터가 표시되어 있었다. 코토리는 그것을 다시 체크한 후, 항목별로 편집하면서 원탁회의(라운즈)에 제출할 자료를 작성하고 있었다.

이 작업은 원래 다른 기관원들에게 맡겨도 되는 잡무다. 하지만 정체불명의 〈팬텀〉에 관한 부분만큼은 〈팬텀〉과 직접 대면한 적이 있는 코토리가 체크해야만 했다.

그것도 그럴 것이, 미쿠는 시도와 코토리를 제외하면 유일하게 〈팬텀〉과 조우한 적이 있는 소녀였다. 그녀가 한 말 속에 〈팬텀〉의 정체를 밝힐 정보가 숨겨져 있을 가능성이 있는 이상, 다른 기관원들에게 맡길 수는 없었다.

"미쿠에게 준 보랏빛 영결정(靈結晶)(세피라)……. 〈팬텀〉은 대체 몇 개의 세피라를 가지고 있는 걸까? ……혹시 세피라를 얼마든지 만들어낼 수 있는 거라면—."

코토리는 표시된 문장을 읽으면서 혼잣말을 중얼거렸다.

바로 그 순간.

"꺄앗?!"

자신의 볼에 차가운 무언가가 닿자, 코토리는 새된 비명을 질렀다.

"뭐, 뭐, 뭐야……?!"

깜짝 놀란 표정을 지으면서 고개를 들자, 코토리와 비슷한 또래로 보이는 소녀가 차가운 캔 커피를 내밀고 있는 모습이 눈에 들어왔다.

하나로 묶은 머리카락과 왼쪽 눈 아래에 있는 눈물점이 인상적인 소녀였다. 왠지 시도와 비슷한 분위기를 띠고 있었다.

"일을 열심히 하는 건 좋지만, 너무 몰두해버리는 것도 좋지만은 않은 것 같은데요?"

그렇게 말한 소녀— 타카미야 마나가 빙긋 웃었다.

"……나도 알아."

퉁명한 목소리로 그렇게 말한 코토리는 마나에게서 커피를 건네받았다. 차가운 캔을 딴 후 안에 들어 있는 액체를 단숨에 들이키자, 쌉싸름한 맛이 입안에 퍼졌다.

"그런데 진전은 좀 있어요?"

"……유감스럽게도 없어. 5년 전, 우리 앞에 나타난 〈팬텀〉과 미쿠가 접촉한 『무언가』가 동일한 존재인 것 같기는 하지만—."

거기까지 말한 코토리는 갑자기 눈썹을 찌푸렸다.

"……잠깐만. 그것보다 네가 왜 여기에 있는 거야?"

"예?"

코토리가 도끼눈을 뜨면서 그렇게 말하자, 마나는 영문을 모르겠다는 듯이 고개를 갸웃거렸다.

"평범하게 입구를 통해 들어왔는데요? 그것도 모르는 걸 보니 많이 피곤한 것 같네요. 좀 쉬는 편이—."

"내 말은 그게 아니라구! 내가 너한테 안정을 취하라고 했지?! 안 그래도 몸이 엉망진창인 상태에서 그렇게 무리를 했었잖아……!"

코토리는 테이블을 주먹으로 내려치면서 외쳤다.

그렇다. 타카미야 마나는 현재 〈라타토스크〉의 비호 아래 있지만, 과거에는 DEM인더스트리 제2집행부에 소속된 마술사(위저드)였다. 그리고 그녀는 온몸에 마력 처리가 돼 강대한 힘을 얻은 대신, 엄청난 대가를 치르고 말았다.

“내가 말했지? 지금 바로 〈라타토스크〉의 전문 기관에서 처치를 받으면 수명을 조금은 연장할 수 있다고 말이야! 그런데……!”

“아니, 그건 그렇지만요. 아, 아하하…… 그럼 나는 이만…….”

마나는 멋쩍은 미소를 지은 후, 집무실 밖으로 도망치려고 했다. 하지만 코토리는 의자에서 일어나더니 마나가 도망치지 못하게 했다.

—정확하게 말하자면, 마나의 등에 얼굴을 묻으며 그녀를 꼭 끌어안았다.

“코, 코토리 씨?”

“……고마워. 그때 네가 〈프락시너스〉에 있지 않았다면 정말 큰일이 났을지도 몰라.”

“…….”

마나는 조용히 돌아서더니, 코토리의 머리를 부드럽게 쓰다듬었다.

“그건 내가 할 말이에요. —나를 구해준 건 바로 코토리 씨잖아요. 솔직히 말해 그 은혜를 빨리 갚을 수 있어 정말 다행이라고 생각해요."

마나는 그렇게 말하고 환한 미소를 지었다.

코토리는 눈가에 희미하게 맺힌 눈물을 닦은 후, 어깨를 으쓱했다.

"……너는 정말 시도의 여동생이 맞네. 질투 날 것 같아."

"예?"

"아무것도 아냐. —아무튼."

코토리는 미간을 살짝 찌푸린 후, 양손에 힘을 주면서 마나의 몸을 꽉 끌어안았다.

"너한테는 진심으로 감사하고 있어. 하지만 그것과 이건 이야기가 달라. 서둘러 전문 기관에 보내서 처치를 받게 할 거니까 그렇게 알아둬."

"그, 그래도 나는 〈나이트메어〉를 쫓아야 한다구요. 나 이외의 다른 사람은 그 녀석의 상대가……."

"쿠루미를 서둘러 어떻게 해야 한다는 건 알고 있어. 하지만 그것보다 너를 치료하는 게 우선이라구……!"

"저, 저기, 코토리 씨? 귀여운 얼굴이 무시무시해지고 있는데요……."

마나는 딱딱한 미소를 지으면서 뒤돌아섰다. 코토리는 마나를 놓치지 않기 위해 양손에 힘을 주었다.

하지만 바로 그때. 코토리의 집무 책상 위에 전개된 디스플레이에 새로운 윈도가 표시되더니, 스피커에서 누군가의 목소리가 흘러나왔다.

『—이츠카 사령관님. 본부에서 연락이 왔습—니다……?!』

윈도 안에 표시된 〈프락시너스〉 승무원 · 시이자키가 깜짝 놀란 표정을 지었다. 마치 봐서는 안 되는 모습을 보기라도 한 것처럼 말이다.

그 모습을 본 코토리는 "아." 하고 신음을 흘렸다. 이쪽에서 시이자키의 얼굴을 볼 수 있듯, 시이자키도 이쪽의 모습을 볼 수 있을 것이다. 그리고 현재 코토리는 마나와 정열적인 포옹을 나누고 있었다. 느닷없이 이 시추에이션을 본다면 오해를 하고도 남을 것이다.

코토리는 당황한 표정으로 포옹을 푼 후, 화면을 향해 고개를 돌렸다.

"차, 착각하지 마! 방금 그건 마나가 도망치려고 해서 잡으려고 한 것뿐—."

"그럼 나는 〈나이트메어〉 추적 임무에 들어가겠습니다! 결과는 차후에 보고하겠습니다~!"

코토리의 포옹에서 풀려난 마나는 부리나케 도망쳤다. 코토리는 마나의 옷자락을 잡기 위해 손을 뻗었지만— 한발 늦고 말았다. 마나는 멋지게 코토리의 손을 피하더니, 집무실 밖으로 도망쳤다.

"앗, 이익……! 돌아오면 꼭 처치를 받게 할 거야!"

"생각해볼게요~!"

마나는 손을 흔들면서 그렇게 말했다. 다음 순간, 집무실의 자동문이 닫혔다.

"저 애는 정말……."

코토리는 머리카락을 거칠게 긁적인 후, 의자에 앉으면서 화면을 쳐다보았다.

"……그런데, 뭐? 본부에서 연락이 왔다구?"

『아, 예. 비밀 회선을 통해서 사령관님에게 통신이 들어와 있습니다. 연결해도 될까요?』

"응. 부탁해."

『예.』

그렇게 말한 시이자키가 콘솔을 조작했다. 그러자 화면에 떠 있던 시이자키의 얼굴이 사라지더니, 다른 인물의 모습이 표시되었다. 몇 번 만난 적이 있는 인물이었다. 〈라타토스크〉 원탁회의 의장, 엘리엇 · 우드먼의 비서관 중 한 명이었다.

『바쁘신 와중에 실례하겠습니다, 이츠카 사령관님.』

"괜찮아. 그것보다 느닷없이 무슨 일이야?"

『그게 실은, 우드먼 경께서—.』

비서관은 약간 불편한 표정을 지으면서 말했다.

◇

10월 15일. 마을이 할로윈 무드로 물들어가고 있을 때. 시도와 토카는 저녁거리를 사기 위해 상점가로 향하고 있었다.

"오오…… 시도. 저건 뭐냐?"

토카는 그렇게 말하며 잡화점 앞에 전시된 커다란 호박 모양 장식물을 손가락으로 가리켰다.

"아, 잭 · 오 · 랜턴이야. 호박을 파내서 만드는 거지. 뭐, 저건 진짜 호박이 아니라 플라스틱으로 만든 거지만 말이야."

"호박? 저건 오렌지색이지 않느냐. 호박은 녹색인 것으로 알고 있는데?"

"아, 일본의 호박은 보통 녹색이지만, 외국에는 저런 색깔의 호박도 있다더라고."

"흐음…… 저렇게 큰 호박이라면 호박찜과 튀김, 수프를 만들고도 남겠구나."

토카는 감탄한 것처럼 눈을 동그랗게 뜨면서 고개를 끄덕였다.

뭐, 잭 · 오 · 랜턴에 쓰이는 호박은 관상용이라 먹지 않는다는 이야기를 들은 적이 있지만…… 괜한 소리를 해서 토카에게 실망감을 안겨줄 필요는 없을 것이다.

"으음, 이야기가 나온 김에 오늘 저녁 반찬용으로 호박을 사 갈까? 갈아놓은 고기가 남아 있으니까, 호박과 고기로 고기호박조림과 크로켓을 만드는 거야."

"오오!"

토카가 눈을 반짝이면서 손을 흔들었다.

"음, 정말 좋은 생각이다! 하지만 고기호박조림은 알겠지만…… 크로켓? 크로켓은 감자로 만드는 것 아니냐?"

"보통은 그렇지만 호박으로 만들어도 달고 맛있어."

시도의 말을 들은 토카는 맛을 상상하듯 몇 초 동안 눈을 깜빽인 후, 마른침을 삼켰다.

"……음, 오늘 저녁 메뉴는 크로켓으로 하자! 자아, 메뉴가 정해졌으니 빨리 가자, 시도!"

그렇게 말한 토카는 시도를 쳐다보면서 채소 가게를 향해 성큼성큼 걸음을 옮겼다.

"어, 어이, 앞을 보면서 걷지 않으면 위험—."

시도가 입을 연 순간, 길을 가던 사람과 부딪힌 토카는 그대로 엉덩방아를 찧고 말았다.

"윽!"

"어이쿠……."

"정말, 내가 이럴 줄 알았다니깐. 자, 내 손 잡아."

"으…… 음."

토카를 일으킨 후, 시도는 방금 그녀와 부딪힌 사람이 있는 곳을 향해 돌아섰다.

그곳에는 휠체어를 탄 50대로 보이는 외국인 남성과 그 휠체어를 밀고 있는 20대 중반으로 보이는 안경 낀 여성이 있었다.

"일행이 실례했습니다. 다친 곳은 없으세요? 토카도 빨리 사과해."

"음…… 미안하다. 앞을 살피지 않았다."

토카도 고개를 숙였다. 그러자 남성은 온화한 미소를 지으면서 고개를 가볍게 저은 후, 유창한 일본어로 말했다.

"아니, 괜찮네. 아가씨는 어디 다치지 않았나?"

"음, 아무렇지도 않다."

"그거 다행이군. 자네 같은 귀여운 아가씨를 다치게 했다간 내가 지옥에 떨어질 테니까 말이야."

장난기 섞인 목소리로 그 남성은 말했다. 자연스럽게 저런 말이 나오는 걸 보니 예전에는 상당한 플레이보이였을 것 같았다. 시도는 마음속으로 저런 점을 배워야겠다고 생각했다. ……뭐, 당사자인 토카는 볼을 붉히기는커녕, 고개를 갸웃거리고 있었지만 말이다.

시도가 그런 생각을 하고 있을 때, 그는 뭔가가 생각났다는 듯이 가볍게 손뼉을 쳤다.

"그러고 보니 물어볼 것이 하나 있네. 자네들, 시민 병원이 어디 있는지 아나?"

"병원…… 말인가요? 아, 거기라면 이 상점가를 따라 쭉 가서 도로가 나오면 왼쪽으로 돈 후, 세 번째 신호등에서 오른쪽으로 돌면 돼요."

시도의 말을 들은 그는 가볍게 고개를 갸웃거렸다.

"잘 모르겠는데…… 미안하지만 그곳까지 안내해주지 않겠나?"

시도는 볼을 긁적였다. 시도와 토카는 시장을 봐야 하지만…… 뭐, 그렇게 먼 곳도 아니니 괜찮을 것이다.

"좋아요. 그럼 따라오세요."

시도는 그렇게 말한 후, 걸음을 옮겼다.

"미안하네. 일본인은 정말 친절한걸. 정말 감동적이야."

"아뇨. 별것 아니에요. 으음—."

"아, 볼드윈이라고 불러주게. 이쪽은 카렌일세."

그렇게 말한 그— 볼드윈은 휠체어를 밀고 있는 여성을 손가락으로 가리켰다. 그러자 카렌이라고 불린 여성은 "안녕하세요." 하고 말한 후, 다시 입을 다물었다.

노르딕 블론드라고 불리는 밝은 금발과 벽안을 지닌 여성이다. 분명 처음 만난 여성인데도 불구하고, 시도는 카렌이라는 이름의 이 여성을 예전에 만난 적이 있는 것 같은 느낌이 들었다.

"왜 그러지?"

"아, 아뇨…… 제 이름은 이츠카 시도입니다."

"나는 야토가미 토카다."

시도와 토카가 이름을 밝히자, 볼드윈은 온화한 표정을 지으면서 고개를 끄덕였다.

"음. 외국 땅에서 이렇게 멋진 커플과 만나게 해주신 것을 신께 감사드려야겠군."

"윽……!"

"음……?"

그 말을 들은 시도는 깜짝 놀라고 말았다. 볼드윈의 말을 이해하지 못한 듯한 토카는 시도의 반응을 보면서 고개를 갸웃거렸다.

"시도 군, 왜 그러지?"

"그, 그게 저희는 커플이 아니라서……."

"아, 그랬나. 이거 실례했군."

볼드윈은 어깨를 으쓱했다. 시도는 이마에 맺힌 땀을 닦았다.
바로 그때, 토카가 시도의 등을 손가락으로 콕콕 두드렸다.
"시도. 커플이 뭐냐?"
"으, 응……?! 아니, 그게……."
시도가 난처해하자, 볼드윈은 즐거운 표정을 지으면서 토카를 바라보았다.
"토카 양. 자네는 시도 군과 만난 지 얼마나 되었나?"
"음? 글쎄…… 한 반년 정도 되었다."
"그래. 그렇다면 4월쯤에 만났겠군. 일본에서는 입학식과 개학식이 열리는 시기지. 그때 만난 건가?"
"아니. 나와 시도는 공간진이 일어났을 때—."
"와앗!"
시도는 토카의 말을 막기 위해 큰소리로 고함을 질렀다.
토카는 시도의 의도를 눈치챈 것 같았다. 그녀는 눈을 동그랗게 뜨면서 얼버무리듯 말했다.
"그, 그러니까, 공간진은 공간진이라도…… 그, 그래. 내가 일으킨 게 아니라……."
"고, 공간진이 일어났을 때, 셸터에서 만났잖아!"
"아! 으, 음! 그, 그랬다!"
시도의 말을 들은 토카가 고개를 끄덕여댔다.
약간 억지스럽기는 하지만, 일단 앞뒤는 맞는 것 같았다. 시도는 우물쭈물하면서 볼드윈을 바라보았다.
볼드윈은 미심쩍은 표정을 짓고 있지 않았다. 그는 그저 따뜻한 눈길로 시도와 토카를 바라보고 있었다. 아무래도 토카의 말을 믿은 것 같았다. 시도는 가슴을 쓸어내렸다.

하지만 볼드윈은 두 사람의 사정을 전부 알고 있는 듯한 표정을 짓고 있었다.

"그래. 그야말로 운명적이군."

볼드윈은 감개무량한 표정을 지으면서 가볍게 한숨을 내쉰 후, 말을 이었다.

"—토카 양. 자네는 지금 행복한가?"

"응?"

그 질문을 받은 토카는 눈을 동그랗게 떴다. 하지만 그녀는 그 질문을 미심쩍게 여기지 않는지, 힘차게 고개를 끄덕이면서 말했다.

"음, 정말 행복하다!"

"그래."

볼드윈은 그렇게 말하면서 상냥한 미소를 지었다.

하지만— 바로 그 순간.

——위이이이이이이이이이이이이이잉————.

느닷없이.

상점가 곳곳에 설치된 스피커에서 사이렌 소리가 흘러나왔다.

"경보……!"

시도가 그렇게 외친 순간, 스피커에서 피난 안내 방송이 흘러나오기 시작했다. 그리고 그 안내 방송을 들은 사람들이 서둘러 가까운 셸터로 향했다.

하지만 시도는 다른 사람들처럼 셸터로 피난할 수 없었다.

공간진 경보가 울렸다는 건— 정령이 출현했다는 것을 뜻했다. 지금 바로 〈라타토스크〉와 연락을 취한 후, 전송 장치를 이용해 〈프락시너스〉로 이동해야 했다.

"저, 저기! 볼드윈 씨! 이곳은 위험해요. 빨리 피난하세요!"

"음, 그렇게 하지. 그런데 자네들은 어떻게 할 거지?"

"예? 저, 저는 그게, 해야 할 일이 있어서……."

시도가 우물쭈물하면서 그렇게 말하자, 볼드윈은 어깨를 으쓱하면서 웃음을 터뜨렸다.

"아, 조금 괴팍한 질문이었던 것 같군. 자네들과 다시 만나는 행운이 나를 찾아오길 빌도록 하지. —힘내게. 정령들을 잘 부탁하네."

"예……?"

볼드윈의 말을 들은 시도는 눈썹을 찌푸렸다.

하지만 그는 아무 말 없이 카렌과 함께 왔던 길을 되돌아가기 시작했다.

"시도, 뭐 하는 것이냐?"

"아, 아무것도 아냐……."

토카의 목소리를 들은 시도는 볼드윈과 카렌에게서 눈을 뗀 후, 〈프락시너스〉와 통신을 하기 위해 호주머니에 넣어둔 인터컴을 꺼내 오른쪽 귀에 꽂았다.

"이제 어떻게 하시겠습니까? —이츠카 사령관에게서 여러 차례 연락이 왔습니다만."

이츠카 시도, 야토가미 토카와 헤어진 후, 휠체어를 밀던 카렌이 볼드윈에게 물었다. 볼드윈은 카렌을 잠시 동안 쳐다본 후 다시 정면을 향해 고개를 돌렸다.

"하하, 이츠카 사령관에게 걱정을 끼친 것 같군. 하지만…… 공간진이 일어났으니 〈프락시너스〉 측도 바쁘겠지. 일단 얌전히 피난하도록 할까. —아, 그러고 보니 〈베르세르크〉 때 생포한 DEM 사원이 있다고 했던가? 모처럼 일본까지 왔으니 만나서 이야기를 좀 해보고 싶군."

"알겠습니다. 자리를 마련하겠습니다."

카렌은 담담한 목소리로 말했다. 그 말을 들은 볼드윈은 가볍게 고개를 끄덕였다.

"—그런데 그들은 어떻던가?"

"겉으로 보기에는 아무런 문제도 없어 보였습니다. 매우 안정되어 있는 것처럼 보이더군요."

"그래. 그거 다행이군."

볼드윈은 그렇게 말한 후, 가볍게 한숨을 내쉬었다.

지난달. 『반전』했다는 정령과, 복수(複數)의 천사를 현현시켰다는 소년, 이츠카 시도.

물론 검사 결과는 보고받았지만 직접 만나보고 아무 이상이 없는지 두 눈으로 확인하고 싶었다.

그리고 그의 걱정은 기우로 끝났다. 방금 들은 토카의 활기찬 목소리를 떠올린 볼드윈의 입가가 초승달 모양으로 변했다.

"—일본에 오길 정말 잘했군. 그녀는 정말 행복해 보였어."

그렇게 말한 그— 엘리엇 · 볼드윈 · 우드먼은 작게 미소 지었다.

◇

"이거…… 음산하네……."

〈프락시너스〉에서 전송 장치를 이용해 공간진 발생 현장으로 이동한 시도는 주변을 둘러보면서 식은땀을 흘렸다.

직경 1킬로미터에 달하는 광대한 범위의 지면이 원형으로 깔끔하게 도려내졌다. 공간진. 공간의 지진이라고 불리는 돌발적 재해의 통칭이다.

하지만 시도가 보고 있는 것은 공간진이 할퀴고 간 흔적이 아니었다.

공간진에 의해 소실된 지역의 남쪽 끝 부분. 그곳에는 기묘한 건조물이 세워져 있었다.

공중에서 끊어진 롤러코스터의 레일과 말의 목 윗부분이 사라진 회전목마. 금이 간 커피 잔과 반파 상태의 미러 하우스(mirror house).

그렇다. 시도가 현재 서 있는 곳은 텐구 시 외곽에 위치한

폐쇄된 유원지였다.

정식 명칭은 모른다. 근처 주민들도 『유령 랜드』라고만 부른다. 이 시설은 30년 전에 발생한 남(南) 간토 대공재의 피해 범위에서 아슬아슬하게 벗어났지만, 그 후 손님 수가 급감—아니, 아무도 오지 않게 되었다. 그 결과, 눈 깜짝할 사이에 문을 닫고 말았다고 한다.

게다가 직접적인 공간진 피해를 피했기 때문에 재개발 보조금이 나오지 않았다. 그 결과, 재건되어가는 텐구 시내를 그저 바라보면서 지금에 이르게 된 불쌍하기 그지없는 장소였다.

이번 공간진도 피해 범위가 유원지 부지와 살짝 겹쳤을 뿐, 녹슨 어트랙션 등은 거의 그대로 남아 있었다.

그런 유원지가 저녁이라는 시간대와 겹쳐지면서 불길하기 그지없는 광경을 자아내고 있었다. 마치 유원지 안의 어트랙션 중에서는 엑스트라에 불과한 귀신의 집이 시설 전체를 집어삼킨 것만 같았다.

"뭐가 이렇게 을씨년스러워……."

『불평하지 말라구.』

시도가 투덜거린 순간, 오른쪽 귀에 꽂은 인터컴에서 코토리의 목소리가 흘러나왔다.

『출현한 정령은 이미 공간진 발생 지점에서 서쪽으로 이동했어. 곧 AST도 현장에 도착할 거야. 방해꾼이 나타나기 전에 정령과 접촉해.』

"오케이……."

시도는 고개를 끄덕인 후, 남쪽— 폐허로 변한 유원지를 향해 달렸다.

솔직하게 말해 그다지 내키지는 않았지만, 지금은 그런 말을 할 때가 아니다. 아무리 선수를 치고 있다고 해도 AST— 대(對) 정령 부대(안티 · 스피릿 · 팀)도 곧 이곳에 도착할 것이다. 그렇게 되기 전에 정령과 대화를 나눠야만 했다.

하지만— 폐허를 달리던 시도는 갑자기 걸음을 멈췄다.

"……어?"

그는 망연자실한 표정을 지으면서 멈춰 섰다.

『시도, 뭐 하는 거야? 정령 반응은 거기가 아니라—.』

시도를 향해 당황한 목소리로 말하던 코토리도 입을 다물었다. 아마 자율 카메라를 통해 시도가 보고 있는 광경을 그녀 또한 본 것이리라.

그렇다. 폐허가 된 유원지 내의 일부가 데포르메된 건물과 십자가가 그려진 묘비가 세워진 악취미스러운 공간으로 변해 있었던 것이다.

"이, 이건…… 뭐야?"

최신 CG로 제작한 코미디 호러 영화, 혹은 비주얼 계열 밴드의 PV 촬영장에 온 것 같은 느낌이 든 시도는 무심코 볼을 꼬집어봤다. 당연하다면 당연한 거겠지만…… 볼에서는 아픔이 느껴졌다.

"이 유원지의 어트랙션인 건…… 아니겠지……?"

『—응. 미약하기는 하지만 주위에서 영파 반응이 느껴져.

자세한 건 모르겠지만 아마 정령의 능력과 관련이 있는 것 같아.』

차분함을 되찾은 코토리가 그렇게 말했다. 시도는 주위에 펼쳐진 기묘한 풍경을 바라보면서 마른침을 삼켰다.

—바로 그때.

"어머나?"

시도의 머리 위쪽에서 누군가의 목소리가 들려왔다.

시도가 부리나케 고개를 들자, 교회로 보이는 건물 위에 기묘한 옷차림을 한 누군가가 있는 것이 눈에 들어왔다.

오렌지빛 저녁노을을 등진 채, 십자가 위에 한 여성이 앉아 있었다.

역광인 탓에 얼굴은 잘 보이지 않지만— 그녀가 특이한 모자를 쓰고 있다는 사실만큼은 알 수 있었다.

챙이 넓고 끝 부분이 휘어진 원뿔 모양의 모자.

그것은 바로— 동화에 나오는 『마녀』가 쓸 법한 모자였다.

"우후후, 신기한 일이네. 이쪽 세계에 **끌려왔을 때** AST 이외의 인간과 만나다니 말이야."

정령은 빙긋 웃으면서 십자가에서 내려왔다.

그리고 허공에 몸을 띄운 그녀는 시도를 향해 천천히 내려왔다.

저녁노을을 연상케 하는 오렌지빛과 밤하늘 같은 칠흑빛으로 된 영장을 걸친 장신의 여성이었다. 겉보기에는 스무 살 전후 정도로 보였다. 길쭉한 손발과 풍만한 가슴. 그라비아

모델이 맨발로 도망갈 정도로 완벽한 몸매를 지닌 여성이었다.

마치 이 세상에 있는 모든 여성의 이상(理想)을 전부 결집해서 만든 듯한 미녀였다. 모자 아래로는 윤기 넘치는 긴 머리카락이 뻗어 있었고, 머리카락 사이로 보이는 에메랄드를 연상케 하는 두 눈동자가 시도를 흥미 깊은 듯이 바라보고 있었다.

"흐음……?"

정령은 시도의 얼굴을 뚫어져라 쳐다보았다. 그 시선에 당황한 시도는 무심코 부르르 떨고 말았다.

그런 시도의 반응이 재미있는 걸까, 정령이 웃음을 터뜨렸다.

"후훗, 안 잡아먹을 테니까 그렇게 무서워하지 마."

"저, 저기, 나는—."

시도가 입을 열려고 한 순간, 정령은 한 손을 뻗어 시도의 턱을 살짝 들어 올렸다.

"헤에…… 꽤 귀엽게 생겼네. 그것보다 너는 왜 이런 곳에 있는 거야? 내가 이 세계에 현계(現界) 할 때면, 이쪽 세계에서는 피난 경보라는 게 울리는 걸로 아는데 말이야."

"그, 그게……."

상대에게 페이스를 빼앗긴 시도가 우물쭈물하면서 무슨 말을 하려고 한 순간, 오른쪽 귀에 꽂은 인터컴에서 코토리의 목소리가 흘러나왔다.

『시도, 선택지야!』

시도와 마녀 같은 옷차림을 한 정령을 비추고 있는 〈프락시너스〉 함교의 메인 모니터에 윈도가 표시되었다.

〈프락시너스〉에 탑재된 AI가 현재 상황에 적합한 대답을 선택지 형식으로 표시해준 것이다.

① 「**그걸 정말 몰라서 묻는 거예요? 당신을 만나러 온 거란 말이에요.**」

② 「**저, 저는 아무것도 몰라요……. 허, 허겁지겁 도망치다 보니, 이런 곳에…….**」

③ 「**일단 가슴 좀 만져봐도 될까요?**」

"전원— 선택!"

함장석에 앉아 있는 코토리가 고함을 지르자, 함교 하단부에 있는 승무원들이 일제히 눈앞에 있는 콘솔을 조작했다.

그리고 잠시 후, 화면에 집계 결과가 표시되었다.

①과 ②가 엇비슷한 표를 얻었고— ③은 한 표도 얻지 못했다.

"뭐…… 타당한 결과네."

코토리가 막대 사탕의 막대 부분을 빙글빙글 돌리면서 그렇게 말하자, 함교 하단부에 있던 나카츠가와가 손가락을 튕겼다.

"이 상황에서는 당연히 ①로 가야죠. 아직 상대의 성격을 모르니, 정석에 따르는 편이 좋다고 생각합니다."

하지만 그 말에 반론하듯, 미노와가 입을 열었다.

"아뇨. 이 상황에서는 무조건 ②로 가야 해요. 나카츠가와 군은 남자라서 모르겠지만, 시도 군은 의외로 모성 본능을 자극하는 타입이에요! 겉모습으로 볼 때 이번에 나타난 정령은 누님 타입! 그러니 이 무기를 적극적으로 활용해야 한다구요!"

미노와가 열변을 토하자, 시이자키가 "아……." 하고 말하면서 찬동의 뜻을 밝혔다.

"흐음, 확실히 틀린 말은 아냐. ……하지만 ③이 한 표도 없는 건 의외네. 칸나즈키가 장난삼아 ③에 투표할 거라고 생각했는데 말이야."

코토리는 다리를 바꿔 꼬면서 함장석 뒤편을 쳐다보았다. 그러자 진지한 표정을 짓고 있는 잘생긴 남성이 눈에 들어왔다.

"그럴리가요. 저는 언제나 진지합니다."

"본심은 어때?"

"가슴이라는 것은 절벽만 겨우 벗어난 정도의 크기가 최고입니다. 그렇기에 저렇게 칠칠맞지 못한 가슴에는 흥미 없습니다."

"……."

"만약 선택지 중에 『발바닥을 핥게 해주세요.』가 있었다면 약간 고민했겠죠."

"……."

코토리는 아무 말 없이 손가락을 까딱거려서 칸나즈키가 몸을 숙이게 한 후, 그의 눈을 향해 다 먹은 막대 사탕의 막대 부분을 뱉었다.

"Noooooooooo?!"

칸나즈키는 눈을 감싸 쥔 채 뒤쪽으로 쓰러졌다.

코토리는 막대 사탕이 꽂혀 있는 홀스터에서 새 사탕을 꺼내면서 시도의 인터컴과 이어져 있는 마이크를 켰다.

"—시도, ②야. 울먹거리는 목소리로 말해. 아, 그리고 촉촉하게 젖은 눈으로 올려다보는 것도 잊지 마."

"……으, 으음……."

지시를 받은 시도는 미간을 살짝 찌푸렸다. 시도는 이미 고등학생이다. 솔직히 말해 그런 어린애 같은 짓은 하고 싶지 않았다.

"응? 왜 그래?"

시도가 갑자기 인상을 쓰자, 그 모습을 본 정령이 고개를 갸웃거렸다. 시간을 너무 끌었다가 의심받기라도 하면 큰일이라고 생각한 시도는 코토리의 지시에 따라 울먹거리는 목소리로 말했다.

"저, 저기…… **저**는…… 아무것도 몰라요. 허, 허겁지겁 도망치다 보니, 이런 곳에……."

"…………!"

물기 어린 눈으로 올려다보면서 시도가 그렇게 말한 순간, 정령이 눈을 치켜떴다.

그리고 볼을 붉히면서 미소를 머금었다.

"흐음…… 그렇구나. 이름은 어떻게 돼?"

"으, 으음…… 이츠카 시도예요."

"시도 군이구나. 우후후, 귀여운 이름이네."

"저, 저기, 당신은……."

시도의 말을 들은 정령은 귀여운 미소를 머금었다.

"나는 나츠미. 뭐— 이쪽 세계 사람들은 나를 〈위치〉라고 부르는 것 같더라구."

"나츠미…… 씨."

"후후, 그냥 나츠미라고 불러줘. 존댓말도 됐어. 그런 딱딱한 건 좋아하지 않거든."

"으, 으음…… 그럼, 나츠미."

시도가 볼을 긁적이면서 이름으로 부르자, 정령— 나츠미는 만족스러운 표정을 지으며 고개를 끄덕였다.

그리고 "아, 참." 하고 말하면서 뭔가가 생각난 것처럼 가볍게 손뼉을 쳤다.

"맞다. 후후후, 이번에 누군가와 만나게 되면 물어볼 생각이었지."

그리고 그 자리에서 몸을 빙글 회전시키더니, 뒤꿈치로 경쾌하게 땅을 박차면서 포즈를 취했다.

"저기, 시도 군. 이 누나가 질문 하나만 해도 될까?"

"뭐? 아…… 응."

시도가 당혹스러워하면서 고개를 끄덕이자, 나츠미는 손가락으로 자신의 입술을 섹시하게 훔치면서 미소 지었다.

"시도 군이 보기에…… 나, 예뻐?"

"응?"

전혀 예상치 못한 질문을 받은 시도는 눈을 동그랗게 떴다.

뭐, 그 질문에 솔직하게 대답하자면 무조건 YES다. 한 치의 주저도 필요 없을 정도로 말이다.

하지만 나츠미가 왜 저런 것을 묻는 것인지…… 알 수가 없었다. 어쩌면 다른 의도가 있는 건 아닐까……? 그런 생각이 든 탓에 바로 대답할 수가 없었다.

『뭐 하는 거야, 시도. 아무 말 없이 시간만 끌다간 나츠미가 기분 나빠 할지도 모른다구.』

시도가 고민에 빠져 있을 때, 코토리의 목소리가 들렸다.

확실히 코토리의 말이 옳았다. 각오를 다진 시도는 나츠미를 바라보면서 입을 열었다.

"어, 엄청…… 예쁘다고 생각해."

"뭐! 정말?!"

그 말을 들은 나츠미는 환한 미소를 지으면서 양손을 볼에 댄 채 온몸을 배배 꼬았다.

"저기, 저기, 시도 군. 구체적으로는? 누나의 어디가 예뻐?"

"뭐? 으음…… 아름다운 눈매와 뾰족한 코……."

"응응!"

"그리고 큰 키와, 끝내주는 몸매……."

"그 외에는 없어?!"

"으음, 머리카락도 정말 윤기 넘치고……."

"그렇지?! 시도 군은 뭘 좀 아네!!"

나츠미는 그렇게 외치면서 시도를 꼭 껴안았다. 볼륨감 넘치는 가슴이 몸에 닿은 탓에 시도의 얼굴은 순식간에 새빨갛게 달아올랐다.

나츠미는 그걸 눈치채지 못했는지, 시도를 꼭 끌어안은 채 콧노래를 불렀다.

하지만— 갑자기 콧노래를 멈춘 나츠미는 쓸쓸한 표정을 지으면서 낮은 목소리로 말했다.

"……역시, **지금의 나**는…… 예쁘구나……."

"뭐?"

시도는 미간을 찌푸렸다. 방금 그 말은 대체 무슨 뜻일까.

하지만 시도가 질문을 던지기도 전에, 나츠미는 뒤쪽을 쳐다보며 돌아섰다.

"어머……?"

"……?"

나츠미의 시선이 향하고 있는 방향을 쳐다본 시도는— 그녀가 돌아선 이유를 눈치챘다.

저녁노을에 물든 붉은 하늘. 그곳에 기계로 된 갑옷을 걸친 인간들이 떠 있었던 것이다.

"AST……!"

그렇다. 육상자위대 대 정령 부대. 〈라타토스크〉와는 반대로, 정령을 쓰러뜨리는 것을 목적으로 하는 조직이다.

하지만 시도는 미간을 살짝 찌푸렸다. V자 대형을 이루고 있는 AST 편대 안에서 항상 선두에 서서 싸우는 오리가미의 모습이 보이지 않았기 때문이다.

"시도 군, AST를 알아?"

"윽! 그, 그게—."

나츠미의 말을 들은 시도는 깜짝 놀란 표정을 지었다. 아무래도 의심을 살 소리를 하고 만 것 같다는 생각이 들었다.

하지만 나츠미는 그 말을 신경 쓰지 않는 듯한 표정을 지으면서 어린아이의 머리를 쓰다듬어주듯 시도의 머리를 쓰다듬었다.

"시도 군은 만물박사네. 자, 상으로 내가 머리를 쓰다듬어 줄게."

"아…… 고, 고마워."

정말 이쪽의 페이스를 흐트러뜨리는 정령이라고 생각하면서 시도는 쓴웃음을 지었다.

하지만 계속 이렇게 느긋하게 있을 수는 없었다. AST가 도착했다는 것은—.

『시도! 도망쳐!』

"……!"

코토리의 외침이 시도의 오른쪽 고막을 때린 순간, 하늘이 강렬한 빛에 휩싸이면서 엄청난 양의 미사일이 시도와 나츠미를 향해 쏟아졌다.

"우, 우왓……!"

시도는 비명을 지르면서 몸을 움츠렸다. 하지만 차분함을 잃지 않은 나츠미는 미소를 지으면서 오른손을 하늘 높이 들어 올린 후 입을 열었다.

"—자아, 일할 시간이야, 〈위조마녀(하니엘)〉."

나츠미가 그렇게 외친 순간, 허공에서 빗자루 하나가 모습을 드러내더니 나츠미의 오른손에 쥐어졌다. 빗자루 같은 형태를 하고 있지만, 끝 부분에 금속이나 보석이 박혀 있기라도 한 것처럼 찬란하게 빛나고 있었다.

저것은 아마도— 천사. 정령이 지닌, 절대적인 힘을 자랑하는 무기다.

나츠미는 그 빗자루를 가볍게 돌린 후, 빗자루의 끝 부분을 지면에 댔다. 그러자 빗 부분이 활짝 펼쳐지면서 저녁노을을 반사하는 것 같은 눈부신 빛을 뿜었다.

다음 순간—.

퐁! 하는 코미컬한 소리를 내면서 시도와 나츠미를 향해 날아오던 미사일들이 데포르메된 당근 모양으로 변해버렸다.

"어……?"

무슨 일이 일어난 것인지 이해가 되지 않은 시도가 눈을 동그랗게 뜬 순간, 당근 모양의 미사일이 지면에 떨어지더니 BOMB! 하고, 마치 개그 만화에서나 나올 법한 코미컬할 폭발음을 냈다.

"이, 이건 대체……."

"잠깐만 기다리고 있어, 시도 군."

나츠미는 그렇게 말한 후, 시도가 보는 앞에서 빗자루에 걸터앉더니, 그대로 아크로바틱한 궤도를 그리면서 하늘로 날아올랐다.

"……! 왔구나! 발사!"

그 모습을 본 AST의 대장이 지시를 내렸다. 주변에 전개하고 있던 위저드들이 일제히 방아쇠를 당기면서 나츠미를 향해 엄청난 양의 탄약을 쏟아부었다.

하지만 나츠미는 태연한 표정으로 빗자루에 앉은 채 하늘을 종횡무진 날아다녔다. 그리고 빗자루의 끝 부분을 전개해 눈부신 빛을 뿜었다. 부채꼴 모양으로 뻗어나간 그 빛은 날아오는 미사일과 AST 대원들을 휘감았다.

그리고 다음 순간.

"뭐…… 뭐가 어떻게 된 거야……?!"

이번에는 미사일만이 아니라, 빛에 휩싸인 AST 대원들의 모습까지 조금 전까지와는 완전히 달라졌다. 토끼, 강아지, 판다 같은 귀여운 캐릭터들로 변해버린 것이다.

"우후후, 좀 전까지보다 훨씬 귀여워 보이는걸?"

나츠미는 웃음을 터뜨리며 공중에서 몇 바퀴 선회한 후, 시도 곁으로 내려왔다. 코미컬한 모습이 된 AST 대원들이 여전히 공중에 떠 있었지만 갑작스러운 사태 때문에 혼란에 빠진 탓에 통솔이 이루어지지 않고 있었다.

"자, 이걸로 정리 끝~. 이 틈에 저 사람들이 없는 곳으로 도망칠 생각인데…… 시도 군도 같이 갈래?"

"아…… 그래도 돼?"

"물론이지. —이 누나의 미모를 더욱 칭송해준다면 말이야."

그렇게 말한 나츠미는 귀여운 포즈를 취하면서 시도를 향해 윙크를 했다.

하지만— 바로 그때. 누군가가 발사한 당근 모양의 미사일이 두 사람 쪽으로 날아오더니 코미컬한 소리를 내면서 터졌다.

"우왓……!"

미사일의 위력은 원래에 비하면 매우 약했다. 하지만 그 폭발 탓에 엄청난 양의 모래 먼지가 휘날리고 말았다. 그 탓에 눈에 먼지가 들어간 시도는 잠시 동안 앞을 볼 수가 없었다.

바로 그때.

"에…… 에, 엣취~!"

모래 먼지를 들이킨 나츠미는 재채기를 하고 말았다.

그와 동시에 시도는 꼭 감은 눈꺼풀 너머에서 무언가가 빛나고 있는 듯한 느낌을 받았다. 마치— 나츠미의 몸에서 빛이 뿜어져 나오고 있는 것만 같았다.

그리고 그 빛이 가라앉은 직후, 또 한 번 눈꺼풀 너머에서 무언가가 빛났다.

"으음……."

시도는 손으로 눈을 비빈 후, 겨우겨우 눈을 떴다.

바로 그때, 인터컴에서 긴급 사태 발생을 알리는 경고음이 흘러나왔다.

『시도! 조심해! 나츠미의 기분 수치가 급격하게 낮아지고 있어!』

"—뭐?"

코토리의 말을 들은 시도는 미간을 찌푸렸다. 그 순간, 주변을 가득 채우고 있던 모래 먼지가 가라앉으면서 나츠미의 모습이 다시 보였다.

—어찌 된 영문인지, 그녀는 얼굴을 새빨갛게 붉힌 채 시도를 죽일 듯이 노려보고 있었다.

"……봤지?"

시도를 향해 날카로운 눈빛을 보내고 있는 나츠미는 조금 전까지와는 달리 가라앉은 목소리로 말했다.

조금 전까지만 해도 밝고 쾌활했던 나츠미가 눈 깜짝할 사이에 이렇게 변해버리자, 시도는 당혹스러운 기분을 맛보면서 미간을 찌푸렸다.

"봐, 봤냐니, 대체 뭘……."

"시치미 떼지 마! 방금, 나— 나의……!"

말을 끝까지 잇지 못한 나츠미는 어금니를 깨문 후, 들고 있던 빗자루에 걸터앉았다. 그리고 그대로 하늘로 날아올랐다.

"그걸 본 이상, 가만 놔둘 수는 없어……! 두고 봐. 네 인생을 완전히 박살 내버릴 거야……!"

그리고 시도를 손가락으로 가리키면서 그렇게 말한 후— 나츠미는 엄청난 속도로 하늘 저편으로 사라졌다.

"큭! 도망쳤어! 빨리 쫓아!"

하늘에서 AST 대장의 목소리가 들렸다. 고개를 돌려보니 AST 대원들은 어느새 원래 모습으로 돌아와 있었다. 기계로 된 날개를 펼친 그들은 편대를 짠 채 하늘 저편으로 사라진 나츠미를 추적했다.

"뭐…… 뭐가 어떻게 된 거야……."

홀로 남겨진 시도는 망연자실한 표정을 지은 채 하늘을 올려다볼 수밖에 없었다.

제2장 열두 장의 사진

Suspect

10월 16일, 월요일.

학교에 등교한 토비이치 오리가미는 자신의 자리에 앉으면서 한숨을 내쉬었다.

"……."

어깨까지 기른 머리카락. 호리호리한 체구. 그리고 인형처럼 무표정한 얼굴.

하지만 그녀를 잘 아는 일부 사람들이라면, 그녀의 표정이 평소보다 가라앉았다는 사실을 눈치챌지도 모른다.

이유는 매우 단순했다.

어젯밤. 텐구 시 근교에서 공간진 발생이 예측되었다. 그리고 그 근교 일대에 피난 경보가 발령되었다.

즉— 정령이 현계 한 것이다. AST 대원은 즉시 출격해 정령을 공격했다.

하지만 AST 대원인 오리가미는 경보에 따라 다른 이들과 함께 셸터로 피난한 후, 정령의 위협이 사라질 때까지 기다릴 수밖에 없었다.

초조. 방아쇠를 당길 힘을 가지고 있는데도, 그것이 허용되지 않는다는 사실에서 오는 자괴감.

그런 감정이 언제나 차분하고 냉철하던 오리가미의 마음을 흐트러뜨리고 있었다.

하지만 그것도 어쩔 수 없었다.

지난달, 오리가미는 격납고에 안치되어 있던 토멸 병기 〈화이트 · 리코리스〉를 무단으로 사용해 아군을 공격했을 뿐만 아니라, 비정규 장비로 무장한 상태에서 DEM의 위저드와 전투를 벌였다.

그 결과, 오리가미는 처분이 결정될 때까지 근신하고 있으라는 명령을 받았으며, 모든 AST 장비의 사용을 금지당했다.

물론, 원래 저런 엄청난 일을 저지르면 징계뿐만 아니라 형사처분도 받게 될 것이다. 하지만 이번 일의 원인 중 하나가 DEM의 부조리한 행동 탓이라 보는 이들도 자위대 안에는 많았다. 그 결과 자위대 내부에서도 오리가미를 옹호하는 목소리가 작지 않았기 때문에 처분 결정이 늦어지고 있었다. 그런 점에서 보면 오리가미는 운이 좋은 편이라고도 할 수 있을 것이다.

하지만 그렇다고 해도 오리가미의 마음은 밝아지지 않았다.

조금 전에 말한 이유 외에도…… 오리가미의 마음을 어둡게 만드는 일이 하나 더 있기 때문이다.

"시도……."

오리가미는 아무에게도 들리지 않을 만큼 낮은 목소리로 그의 이름을 부르면서 오른편을 쳐다보았다.

그렇다. 오리가미의 오른편 자리는 여전히 비어 있었다.

오리가미가 사랑해 마지않는 남자, 이츠카 시도의 자리가 말이다.

아직 조례가 시작되려면 멀었다. 그러니 시도가 결석한 거라고 단정 짓기에는 아직 일렀다.

하지만…… 오리가미에게는 신경 쓰이는 점이 하나 더 있었다.

아무 말 없이 자리에서 일어난 오리가미는 시도—의 오른편에 있는 자리 앞에 섰다.

"음?"

그러자, 그 자리에 앉아 있던 소녀가 미심쩍은 목소리를 내면서 오리가미를 향해 불쾌감이 어린 눈빛을 보냈다.

"……뭐냐. 나한테 볼일이라도 있는 거냐?"

그녀— 야토가미 토카는 오리가미를 노려보듯 쳐다보면서 말했다.

오리가미가 신경 쓰고 있는 점이란 바로 이 소녀였다. 정말 불쾌한 일이지만, 이 소녀의 주거지는 시도의 집 바로 옆에 있는 맨션이기 때문에 두 사람은 보통 함께 등교하곤 했다.

"시도는 아직 안 온 거야?"

오리가미의 질문을 받은 토카는 "윽." 하고 말하면서 표정을 일그러뜨린 후, 고개를 세차게 돌렸다.

"흥! 시도가 다른 볼일이 있어서 조금 늦게 올 거라는 걸 너 따위 녀석에게 가르쳐줄까 보냐!"

"……."

아무래도 시도는 다른 볼일이 있어서 조금 늦는 것 같았다.

그 사실을 알았으니, 더는 이곳에 있을 필요가 없다. 그렇게 생각한 오리가미는 아무 말 없이 자기 자리로 돌아갔다. 원래 오리가미는 꼭 필요한 일이 있지 않으면 야토가미 토카와 말을 섞지 않았다.

토카는 그런 오리가미의 태도 때문에 화가 난 듯 "메롱~." 하고 말하면서 혀를 내밀었다. 그 모습을 본 다른 클래스메이트들은 작게 한숨을 내쉬었다.

바로 그때.

교실 문이 열리면서 한 소년이 안으로 들어왔다.

중성적인 외모와 상냥한 눈매를 지닌 그는 바로 오리가미의 연인 · 이츠카 시도였다.

"아! 오오, 시도!"

언짢은 눈빛으로 오리가미를 쳐다보던 토카가 밝은 목소리로 그렇게 말하며 자리에서 일어났다.

그 목소리를 듣고 고개를 돌린 시도는 토카를 향해 걸음을 옮겼다.

"빨리 왔구나! 볼일은 잘 봤느냐?"

"그래. 덕분에 잘 보고 왔어. 그것보다 토카."

"음? 뭐냐?"

토카는 고개를 갸웃거렸다. 그러자 시도는 상냥한 미소를 머금으면서 가방을 바닥에 내려놓았다. 그리고 자유를 되찾은 두 손으로 토카의 가슴을 움켜잡았다.

"음……? 으음……."

무슨 일이 벌어진 것인지 바로 눈치채지 못한 토카는 잠시 동안 멍하니 서 있더니—.

"뭐, 뭐뭐뭐뭐뭐뭐뭐뭐뭐뭐…… 뭐 하는 것이냐~!"

얼굴을 새빨갛게 붉히면서 시도의 안면을 향해 주먹을 휘둘렀다.

"어이쿠."

하지만 시도는 날렵하게 토카의 공격을 피한 후, 조금 전 만졌던 토카의 가슴 감촉을 떠올리듯 양손의 손가락을 꼼지락거렸다.

"이야, 멋진 가슴이네. 천연 가슴은 역시 감촉이 다르다니깐."

"뭐, 뭐……!"

"다음에는 옷 너머가 아니라 생으로 만져봐도 될까? 상냥하게 만져줄게."

"무, 무슨 소리를 하는 거냐! 헛소리하지 마라!"

토마토처럼 얼굴이 새빨개진 토카는 양손으로 가슴을 가리면서 당황한 목소리로 말했다.

바로 그때, 옆에서 대화를 나누고 있던 여자애 3인조가 시도를 둘러싸더니 날카로운 눈빛으로 그를 노려보았다.

야마부키 아이, 하자쿠라 마이, 후지바카마 미이. 토카와 사이좋게 지내는 2학년 4반의 명물 3인조다.

"이츠카 군! 이게 무슨 짓이야?!"

"방금 그건 완벽한 범죄라구!"

"네 사타구니에 달린 과일을 확 떼줄까?!"

세 사람은 시도를 비난해댔다.

하지만 시도는 태연자약한 표정으로 가볍게 어깨를 으쓱한 후 우아한 동작으로 아이의 손을 잡았다. 그리고 그녀를 벽으로 몰아넣더니, 아이의 턱에 손을 댔다.

"신경 써주길 원하는 건 알지만 그렇게 떽떽거리지 마. 계속 그러면 입을 확 막아버린다?"

"뭐, 뭐어……?!"

시도에게 반격을 당한 아이는 눈을 치켜뜨면서 딱딱하게 굳어버렸다. 마이와 미이도 예상외의 사태가 벌어진 탓에 놀랐는지 아연실색하고 있었다.

시도는 입가에 미소를 머금으면서 아이의 얼굴을 살짝 들어올리더니, 그녀를 향해 얼굴을 내밀었다.

"자, 잠깐만……! 나, 나한테는 키시와다 군이……!"

아이는 저항하려 했지만, 시도는 멈추지 않았다. 서로의 얼굴이 가까워지자— 아이는 몸을 딱딱하게 굳히면서 눈을 감았다.

바로 그때, 시도는 장난기 섞인 미소를 지으면서 아이의 귀에 입술을 댄 후 가볍게 숨을 불어넣었다.

"하, 하앙……."

다음 순간, 무릎이 풀린 아이는 그 자리에서 무너지듯 주저앉았다.

그리고 그제야 정신을 차린 마이와 미이가 온몸을 부르르 떨었다.

"아, 아이!"

"이, 이 자식, 아이에게 감히 이런 짓을 하다니……!"

그리고 분노에 찬 표정을 지으면서 시도를 쳐다보았다.

하지만 다음 순간, 시도는 자세를 낮추더니 양손으로 마이와 미이의 치맛자락을 잡은 후 그대로 치마를 걷어 올렸다. 그 모습을 본 남학생들은 『오오오오오오오오오오오오오오오오!』 하고 환성을 질렀고, 마이와 미이는 허둥지둥 치맛자락을 내렸다.

"꺄아아아아아아앗?!"

"무, 무슨 짓이야~?!"

"하하하, 두 사람 다 귀여운 속옷을 입었네. 다음번에는 침대 위에서 느긋하게 감상하고 싶은걸."

『뭐……!』

마이와 미이는 얼굴을 새빨갛게 붉혔다.

능청스러운 표정을 지은 시도는 손가락을 두 개 세우면서 "아듀~." 하고 말한 후, 그대로 세 소녀를 스치고 지나가면서 교실 밖으로 나갔다.

"……시도?"

소란스러운 교실 안에서 그 모습을 지켜본 오리가미는 미간을 살짝 찌푸렸다.

◇

"하암……."

시도는 하품을 하면서 라이젠 고교의 복도를 걷고 있었다.

이미 점심시간이 되었는지, 도시락을 든 채 어딘가로 향하고 있는 여학생들이나 매점을 향해 맹렬한 기세로 뛰어가고 있는 남학생들이 눈에 들어왔다. 시도는 머리카락을 긁적이면서 혼잣말을 중얼거렸다.

"벌써 점심시간이구나……. 엄청 늦었네."

그렇다. 시도는 어제 〈프락시너스〉에서 열린 긴급 대책 회의에 참가했다. 보통 밤이 깊기 전에 끝나지만, 이번에는 나츠미의 능력과 의도가 전혀 파악되지 않은 점과 그녀가 사라지기 직전에 시도에게 해를 끼치겠다는 발언을 한 탓에 회의가 길어졌다.

일단 눈을 잠시 붙이기는 했지만 잠기운이 완전히 달아나지는 않았다. 시도는 손등으로 눈가를 비비면서 한 번 더 하품을 했다.

하지만— 교실 문을 연 순간, 시도의 잠기운은 완벽하게 달아나고 말았다.

『……윽?!』

그것도 그럴 것이, 시도가 교실에 들어선 순간 교실 안에 있는 모든 학생들의 시선이 일제히 그를 향했기 때문이다.

시도는 온몸을 부르르 떤 후, 당혹스러운 표정을 지으면서 주위를 둘러보았다.

"어……? 뭐, 뭐야? 무슨 일이라도 있었어……?"

시도가 영문을 모르겠다는 표정을 지으면서 식은땀을 흘리고 있을 때, 교실 구석에 모여 있던 아이, 마이, 미이 3인조가 눈을 번뜩이면서 시도를 향해 몰려왔다.

"교실에 돌아온 용기만은 높게 사주겠어, 이츠카 시도오오오옷!"

"자신이 무슨 짓을 했는지는 알고 있겠지?!"

"통각을 가지고 있는 걸 후회하게 만들어줄 거야!"

시도를 포위한 세 사람은 "으르르르릉……." 하고 늑대 울음소리 같은 것을 내면서 말했다.

당황한 시도는 몸을 움츠렸다. 이 세 사람이 자신에게 화를 낸 적은 예전에도 있었지만, 오늘은 이런 소리를 들을 이유가 전혀 없었다. 게다가 그녀들의 말을 들어보면, 조금 전까지 이 교실에 있었던 시도가 그녀들에게 못된 짓을 하기라도 한 것만 같았다.

"자, 잠깐만! 대체 왜 화를 내는 거야?!"

시도가 분노에 찬 아이, 마이, 미이를 진정시키기 위해 그렇게 말하자, 세 사람은 더욱 화를 내기 시작했다.

"시치미 뗄 생각인가 본데 헛수고하지 말라구!"

"그래! 증인이 이렇게 많단 말이야!"

"이 벚꽃 모양 문신, 설마 잊은 건 아니겠지?!"

아이는 여자애답지 않게 오른손 가운뎃손가락을 세웠고, 마이는 교실에 있는 학생들을 손으로 가리켰으며, 미이는 어깨를 노출시키기 위해 윗옷을 벗으려다— 움직임을 멈췄다.

하지만 시도는 저 세 사람이 왜 이렇게 격렬한 반응을 보이는 것인지 전혀 짐작이 가지 않았다. 눈썹을 모은 시도는 도움을 청하려는 것처럼 주위를 둘러보았다.

바로 그때, 아이, 마이, 미이, 이 세 사람의 뒤편에서 귀에 익은 목소리가 들렸다.

"세 사람, 잠시 비켜줬으면 한다."

"아! 토카!"

시도는 환한 표정을 지으면서 그 목소리의 주인을 바라보았다.

토카는 입을 꾹 다문 채 아이와 마이 사이로 걸어 나오더니, 시도 앞에 섰다. 토카를 본 시도는 안도의 한숨을 내쉬면서 그녀를 향해 입을 열었다.

"덕분에 살았어, 토카. 대체 무슨 일이 있었던 거야? 나는 방금 등교했는데—."

바로 그때, 토카가 볼을 붉히면서 시도의 복부에 주먹을 댔다.

"왜 느닷없이 그런 짓을 한 거냐? 그게, 뭐랄까…… 깜짝 놀랐단 말이다.”

“뭐……? 토, 토카, 무슨 소리를 하는 거야? 나는 아무 짓도—.”

“……뭐?”

시도가 솔직하게 대답하자, 토카는 미간을 찌푸리면서 인상을 쓰더니— 눈물을 흘리면서 주먹으로 시도의 가슴을 두드려댔다.

“으, 으윽, 뭐, 뭐 하는 거야, 토카. 아프잖아…….”

“시끄러워! 실망했다, 시도! 백 보 양보해서 그 일은 용서한다 치더라도, 자신이 한 일을 인정하지 않다니…… 네가 이런 녀석인 줄은 꿈에도 몰랐다!”

“아니, 그러니까 그 일이 대체 뭐냐고!”

“……윽! 그, 그게…… 그, 그러니까, 네가 나의…….”

말을 끝까지 잇지 못한 토카는 얼굴을 새빨갛게 붉히면서 고개를 푹 숙였다.

그런 토카를 본 아이, 마이, 미이는 그녀를 꼭 끌어안았다.

“괜찮아, 토카! 너무 괴로워하지 마!”

“자신의 죄를 인정하지 않을 뿐만 아니라, 피해자에게 과거의 괴로웠던 순간을 떠올리게 하다니……!”

“저 자식은 지옥에 떨어질 자격조차 없어!”

“아, 아니, 대체 내가 무슨 짓을 했다는 거냐고!”

보다 못한 시도는 고함을 질렀다.

바로 그 순간, 누군가가 시도의 오른손 손목을 움켜잡았다.

"어?"

그 사람은 바로 토비이치 오리가미였다. 그녀는 차분하면서도 강렬한 의지가 느껴지는 눈빛으로 시도를 바라보고 있었다.

"오, 오리가미? 설마 너도 나한테 무슨 짓을 당한 거야……?"

시도가 머뭇거리면서 묻자, 오리가미는 고개를 저었다.

"아무 짓도 안 당했어."

"그, 그래……."

오리가미의 대답을 들은 시도는 긴장한 탓에 온몸에 주고 있던 힘을 빼면서 한숨을 내쉬었다.

바로 그때, 오리가미가 아무 말도 없이 시도의 손을 잡아당기더니, 미리 단추를 풀고 벌려놓은 자신의 블라우스 앞섶 사이로 그의 손을 집어넣었다. 즉, 그의 손을 자신의 가슴에 갖다 댄 것이다.

"아갸우야아앗?!"

느닷없이 오리가미의 가슴 감촉을 느끼고 만 시도의 입에서, 그가 태어나서 한 번도 내본 적이 없는 소리가 흘러나왔다.

시도는 반사적으로 손을 빼려고 했지만, 오리가미가 손목을 힘껏 쥐고 있는 탓에 손을 뺄 수가 없었다! 아니, 그가 저항하면 할수록 예민해질 대로 예민해진 손등을 통해 따뜻하고 부드러운 감촉이 세세하게 느껴졌다. 그 탓에 시도의 머릿속은 완벽하게 혼란에 빠졌다.

"뭐, 뭐 하는 것이냐아아앗~!"

조금 전까지만 해도 고개를 푹 숙이고 있던 토카가 시도의 손목을 잡고 있는 오리가미의 손을 떼어냈다.

겨우 오른손이 자유로워진 시도는 허둥지둥 오리가미의 블라우스 안에서 손을 뺀 후, 미친 듯이 뛰고 있는 심장을 진정시키기 위해 크게 한숨을 내쉬었다. ……하지만 조금 전까지 오리가미의 체온과 감촉을 느끼고 있었던 오른손에서 흘러나온 좋은 향기를 맡은 시도는 얼굴을 더욱 붉혔다.

"오, 오리가미……? 너, 나한테 아무 짓도 안 당했다고 했잖아……?"

시도가 당혹스러워하면서 묻자, 오리가미는 고개를 끄덕였다.

"응. 그러니까 지금부터 해줘."

"뭐…… 뭐엇?!"

"자아, 다른 애들에게 했던 걸 나에게도 해줘. 나를 벽으로 몰아넣은 후, 턱을 살며시 들어 올려줘. 내 귀에 입을 대고 달콤한 숨결을 불어넣어 줘. 내 치맛자락을 천천히 들춰줘."

"뭐……?!"

구체적인 지시를 받은 시도가 눈을 치켜뜬 순간, 아이, 마이, 미이가 부끄러움을 타듯 볼을 붉혔다.

그런 상황에서도 오리가미는 말을 이었다.

"그리고 진한 딥키스를 나눈 후, 내 옷을 찢고 순결을 빼앗아서, 평생 지워지지 않을 시도의 흔적을 내 몸에 남겨줘."

"뭐, 뭐어어어엇?"

"토비이치 오리가미! 시도는 그런 짓까지는 하지 않았다!"

시도가 비명에 가까운 목소리를 낸 순간, 토카가 고함을 질렀다.

하지만 오리가미는 토카의 말을 깔끔하게 무시한 후, 시도에게 계속 다가갔다.

"자아, 시도. 빨리 해줘."

"자, 잠깐…… 아니, 그게……."

"자아."

"죄, 죄송합니다요오오오오오오오오오옷!"

시도는 용서를 빌면서 그 자리에서 도망쳤다.

물론 오리가미는 시도를 잡으려고 했지만, 토카가 그녀 앞을 막아섰다. 그리고 두 사람은 육탄전을 벌이기 시작했다.

시도는 그 틈을 이용해 복도로 나온 후, 그대로 눈썹 휘날리게 도망쳤다.

한숨 돌릴 수 있는 곳까지 도망친 그는 땀을 닦으면서 호흡을 골랐다.

"다들 무슨 소리를 하는 거야? 나는 방금 등교했는데……."

시도는 그렇게 말하면서 눈썹을 찌푸렸다. 마치 조금 전까지 교실 안에 있었던 시도가 나쁜 짓이라도 한 것처럼 다들 말하고 있었다.

"어……?"

시도가 턱에 손을 댄 채 생각에 잠겨 있을 때, 눈에 익은 두 소녀가 이쪽으로 걸어왔다. 2학년 3반에 재적 중인 야마이 카구야 · 유즈루 자매였다.

"아, 카구야, 유즈루……. 안녀—."

인사를 건네려던 시도는 기묘한 사실을 눈치챘다. 두 사람은 라이젠 고교의 교복이 아니라 학교 지정 수영복— 통칭, 학교 수영복을 입고 있었다.

"……음?"

"발견. 시도예요."

시도를 본 카구야와 유즈루의 눈썹이 살짝 흔들렸다.

그리고 시선을 날카롭게 만든 두 사람은 시도를 위협하듯 양손을 펼쳤다.

"마침내 내 앞에 모습을 드러냈구나, 시도……! 아직도 학교 밖으로 도망치지 않고 남아 있었을 줄이야! 흥, 그 배짱 하나만큼은 칭찬해주도록 하마!"

"경계. 더는 방심하지 않겠어요. 시도가 한 짓에 대한 대가를 확실하게 치르게 해주겠어요."

"뭐……?!"

두 사람의 반응을 본 시도는 깜짝 놀란 표정을 지으면서 뒷걸음질 쳤다. 이거, 설마…….

"호, 혹시, 너희도 나한테…… 무슨 짓을 당한 건 아니지?"

시도가 떨리는 목소리로 묻자, 카구야와 유즈루는 미심쩍은 표정을 지으면서 미간을 모았다.

"네 이놈! 시치미를 뗄 생각인 게냐?! 잔말 말고 좀 전에 훔쳐간 이 몸의 팬티를 내놓거라!"

"분노. "나, 실은 옷 너머로 속옷이 살짝 비쳐 보이는 걸 좋아해."라고 말하면서 유즈루에게 물을 끼얹은 건 어디 사는 누구죠?"

"뭐, 뭐엇?!"

또 뚱딴지같은 소리를 들은 시도는 두 눈을 치켜떴다.

"이 방심 못 할 놈이 무슨 생각을 하고 있는 것인지 전혀 감이 오지 않는구나."

"동감. 갈아입을 옷이 없을 때는 정말 당황했지만, 수영복을 학교에 놔두고 다닌 덕분에 살았어요."

"나, 나는 그런 짓—."

"아직도 시치미를 뗄 생각인 게냐?! 하지만 부질없는 짓이다! 이 몸의 팬티를 훔쳐간 건 시도, 그대가 틀림없다! 우리가 그대의 얼굴도 못 알아볼 것 같더냐?!"

"동의. 맞아요. 시도 러브러브 카구야가 시도를 못 알아봤을 리가 없어요."

"유, 유즈루, 무슨 소리 하는 거야?! 그러는 너도……!"

"무시. 무슨 말을 하는 건지 전혀 모르겠어요."

그 후 잠시 동안 말다툼을 벌이던 야마이 자매는 다시 시도를 향해 고개를 돌렸다.

"아무튼! 이대로 그냥 넘어갈 수는 없다! 야마이를 희롱한 죄, 그대의 몸으로 갚게 해주마! 구체적으로 무슨 짓을 할 것이냐면! 시도! 그대의 팬티를 벗겨버리겠다!"

"호응. 그리고 유즈루는 시도의 온몸이 촉촉이 젖을 때까지

분무기로 물을 뿌려댈 거예요."

그렇게 말한 야마이 자매가 시도와의 거리를 서서히 좁히기 시작했다.

"노, 농담하지 말라고……!"

자신이 하지도 않은 짓 때문에 저딴 보복을 당할 수는 없다고 생각한 시도는 그대로 도망쳤다.

하지만 바로 그때, 또 귀에 익은 목소리가 들렸다.

"이츠카 군……!"

안경을 쓴 가녀린 체구의 여성이었다. 꽤 앳되어 보이지만 교복을 입지 않았기에 한눈에 학생이 아니라는 사실을 알 수 있을 것이다. 그녀는 바로 시도네 반의 담임인 오카미네 타마에, 통칭 타마 선생님이었다.

"타, 타마 선생님……이 아니라, 오카미네 선생님."

무심코 그녀를 애칭으로 부른 시도가 다시 본명으로 그녀를 부르는 사이, 타마 선생님은 시도의 곁으로 다가오더니 그의 멱살을 잡았다.

"서, 선생님, 왜 이러세요……?"

시도가 불길한 예감을 받으면서 그렇게 물은 순간, 타마 선생님은 금방이라도 울음을 터뜨릴 것 같은 표정을 지으면서 말했다.

"그, 그런 짓을 해놓고, 무슨 소리를 하는 거예요……! 저, 저는 이제 시집 다 갔어요……. 이츠카 군이 책임져요!"

"예, 예에엣?!"

어느 정도 각오를 하고 있기는 했지만, 이건 너무 강했다. 시도는 어깨를 부르르 떨면서 뒷걸음질 쳤다.

그러자 이번에는 복도 모퉁이에서 튀어나온 한 소년이— 시도를 보자마자 "히익." 하고 비명을 지르면서 겁먹은 표정을 지었다.

시도의 친구인 토노마치 히로토였다. 왁스로 굳힌 머리카락과 단정한 얼굴을 지닌 그는 체격도 시도보다 컸다. 그런 그가 겁먹은 소녀처럼 양손으로 가슴을 가리더니, 부들부들 떨기 시작했다.

"토, 토노마치……?"

시도가 영문을 모르겠다는 표정을 지으면서 그의 이름을 입에 담자, 토노마치는 치와와처럼 온몸을 부들부들 떨었다.

"이츠카…… **군**, 저, 저기…… 내가 그쪽 농담을 많이 해서 오해한 것 같은데…… 나, 그런 취미, 없어……."

"너는 대체 나한테 무슨 짓을 당한 거냐?!"

시도가 반사적으로 고함을 지르자, 그 목소리에 놀란 듯한 토노마치는 거북이처럼 고개를 쑥 집어넣었다.

"큭……!"

뭐가 어떻게 된 것인지는 모르겠지만, 그 어떤 변명을 해도 통할 것 같지 않았다. 일단 이 곳에 있는 건 위험하다고 생각한 시도는 도주로를 찾기 위해 주변을 살피기 시작했다.

그리고—.

"어……?"

복도 끝을 쳐다본 순간. 시도는 온몸의 털이란 털은 전부 곤두서는 듯한 느낌을 받았다.

창문을 통해 들어온 햇빛이 비추고 있는 복도 끝. 그곳에 한 소년이 서 있었다.

호리호리한 체구와 중성적인 외모. 어디선가 본 적이 있는 것 같으면서도 없는…… 그런 불가사의한 감각이 시도를 엄습했다.

하지만.

다음 순간 시도는 저 소년이 **매일 아침 거울을 통해 보고 있는 인물**이라는 사실을 눈치챘다.

그렇다. 정말 믿기지 않지만…… 복도 끝에 서 있는 이는 바로 이츠카 시도였다.

"……."

시도를 향해 미소를 지은 『또 한 사람의 시도』는 가볍게 손을 흔들면서 복도를 걸었다.

마치, 시도를 도발하기라도 하는 것처럼 말이다.

"자, 잠깐만……! 넌 대체 누구야……?!"

시도는 고함을 지르면서 『또 한 사람의 시도』의 뒤를 쫓기 위해 다리에 힘을 줬다.

하지만 야마이 자매의 순발력을 당해내지 못했다. 오른손을 카구야에게, 왼손을 유즈루에게 잡힌 시도는 한 걸음도 내디딜 수가 없었다.

"크윽, 놓칠 줄 알았더냐? 시도여, 이제 그만 포기해라! 그리고 자신의 죄를 원망하거라!"

"구속. 놓치지 않겠어요. 자아, 몸 구석구석까지 촉촉하게 적셔드릴게요."

"자…… 잠깐만! 지금 저쪽에 내가……!"

이러다간 『또 한 사람의 시도』를 놓치고 말 것이다. 각오를 다진 시도는 양손에 힘을 줬다.

"큭! 알았어! 얌전히 있을게!"

반쯤 자포자기하듯 그렇게 외치자, 시도의 양손을 잡고 있던 야마이 자매가 만족스러운 표정을 지으면서 고개를 끄덕였다.

"크큭, 처음부터 그럴 것이지. 감히 야마이에게 굴욕을 주고도 무사할 줄 알았더냐? 그대의 죄에 합당한 벌을 내려주마."

"수긍. 처음부터 이랬으면 좋았잖아요."

카구야와 유즈루가 시도의 팔을 놨다. 시도의 말을 믿은 거겠지만— 설령 그가 도망친다고 해도 금방 잡을 자신이 있는 것이리라.

카구야와 유즈루의 판단은 옳았다. 힘이 봉인되었다고 해도 야마이 자매는 바람을 조종하는 정령이다. 두 사람의 순발력은 시도와는 비교조차 되지 않았다. 두 사람을 떨쳐내는 것은 거의 불가능에 가까울 것이다.

……빈틈이라도 찌르지 않는 이상 말이다.

"그래, 포기했어. 팬티를 벗으면 되지?! 진짜로 벗으면 되는 거지?!”

시도는 그렇게 말하면서 자유를 되찾은 양손으로 허리에 하고 있는 벨트를 풀기 시작했다.

『……윽?!』

시도의 행동을 본 카구야와 유즈루, 그리고 타마 선생님은 깜짝 놀랐는지 온몸을 부르르 떨면서 양손으로 얼굴을 가렸다. 참고로 토노마치는 새파랗게 질린 얼굴로 벽 근처까지 도망쳤다.

아무튼, 기회다. 시도는 세 사람이 손으로 얼굴을 가린 틈에 『또 한 사람의 시도』를 쫓기 위해 내달렸다.

복도 끝까지 달려간 시도는 『또 한 사람의 시도』가 사라진 방향을 쳐다보았다. 그러자 조금 전에 봤던 『또 한 사람의 시도』의 뒷모습이 눈에 들어왔다.

“큭! 저 녀석……!”

어금니를 깨문 시도는 두 발에 더욱 힘을 주며 필사적으로 내달렸다.

그렇게 얼마나 달렸을까.

시도는 『또 한 사람의 시도』에게 끌려다니듯 교내를 이리저리 돌아다닌 후— 옥상으로 이어지는 문 앞에 도착했다.

“하아, 하아…… 더, 더 이상, 도망칠…… 곳은, 없어…….”

시도는 거친 숨을 내쉬면서 가슴에 손을 댄 후, 크게 심호흡했다.

그리고 문손잡이를 잡은 시도는 힘차게 문을 열어젖혔다.

어둑어둑하던 시야가 넓고 푸른 하늘로 가득 찼다.

하지만 지금은 하늘 같은 것을 신경 쓸 때가 아니었다. 옥상에 들어온 시도는 철제 펜스에 둘러싸인 공간을 둘러보았다.

"여어, 생각보다 빨리 왔네."

"……읏!"

바로 그 순간, 등 뒤에서 들려온 목소리를 들은 시도는 그 자리에서 딱딱하게 얼어붙었다.

그리고 시도는 허둥지둥 뒤를 돌아 목소리가 들린 방향을 쳐다보았다. 그러자 옥탑 건물에 걸터앉은, 시도와 똑같이 생긴 소년의 모습이 눈에 들어왔다.

"너…… 역시, 나냐……?!"

시도는 미간을 한껏 찌푸리면서 『또 한 사람의 시도』를 노려보았다.

가까이에서 보고도 믿기지가 않았다. 마치 거울 안의 세계에서 빠져나오기라도 한 것처럼, 시도와 똑같이 생긴 인간이 그의 눈앞에 서 있었다.

"후후……."

『또 한 사람의 시도』는 빙긋 웃으면서 옥탑에서 뛰어내리더니, 시도의 눈앞에 섰다.

눈앞에 있는 소년을 본 시도는 혼란스러움을 느끼면서도 한 가지 확신을 가졌다.

조금 전부터 토카와 아이, 마이, 미이, 오리가미, 야마이 자매, 타마 선생님, 토노마치 등이 입을 모아 말했던 시도의 악

행들.

그것들은 전부 눈앞에 있는 『또 한 사람의 시도』가 저지른 짓이 분명했다.

"네 생각이 맞아. 네가 없는 동안 꽤 즐거운 시간을 보냈지."

시도의 표정을 보고 무슨 생각을 하는지 눈치챈 듯한 『또 한 사람의 시도』는 미소를 지었다. 목소리, 그리고 행동거지가 시도와 완벽하게 똑같았다. 그가 말을 할 때마다 정체 모를 불쾌한 감정이 시도의 마음속 깊은 곳에서 꿈틀거렸다.

"너…… 대체 뭐야? 왜 나와 똑같이 생긴 거지? 그리고 대체 무슨 생각으로 그딴 짓을 한 거야……?!"

시도가 노려보면서 그렇게 말하자, 『또 한 사람의 시도』는 웃겨 죽겠다는 듯이 웃음을 터뜨렸다.

"뭐, 뭐가 그렇게 웃긴데?!"

"후후…… 안 웃고 어떻게 배기냐고. —**시도 군이 아직도 눈치 못 채고 있으니 말이야.**"

"뭐……."

시도는 숨을 삼키며 눈을 치켜떴다.

『또 한 사람의 시도』는 방금 한 말의 후반 부분을 시도의 목소리와는 전혀 다른, 여성의 목소리로 말했다.

게다가…… 시도는 그 목소리를 최근에 어딘가에서 들어본 적이 있는 것 같은 느낌이 들었다.

"방금 그 목소리…… 설마— 나츠미……?"

그렇다. 그 목소리는 바로 어제 시도가 만났던 정령 · 나츠미의 목소리였다.

그 말을 들은 『또 한 사람의 시도』는 요염한 미소를 지으면서 손가락 끝으로 동그라미를 그렸다.

"딩동댕! 정답이야. 참 잘했어요~."

"네, 네가 왜 나와 똑같은 모습을……."

시도는 그렇게 말하며 머릿속으로 어제 자신이 본 광경을 떠올렸다.

나츠미가 현현시킨 천사, 〈하니엘〉. 그 천사에게서 뿜어져 나온 빛을 쬔 미사일과 AST 대원은 전부 기묘한 모습으로 변해버렸다.

—물체를 전혀 다른 모습으로 변화시키는 능력. 만약 그 능력을 나츠미 본인에게도 사용할 수 있다면, 그녀가 시도와 똑같은 모습을 하고 있는 것도 납득이 되었다.

하지만 그 사실을 이해했기에 더욱 이해가 되지 않는 점이 있었다. 시도는 표정을 굳히면서 말을 이었다.

"대체 목적이 뭐야? 왜 나와 똑같은 모습이 되어서 다른 애들에게 그런 짓들을 한 거냐고……!"

시도가 그렇게 말하자, 미소를 짓고 있던 『또 한 사람의 시도』— 나츠미가 얼굴에 떠올라 있던 표정을 지우면서 시도를 노려보았다.

"……내가 왜 이러는 건지, 정말 모르는 거야?"

"그, 그게 무슨……."

나츠미의 날카로운 안광에 관통당한 시도는 심장이 옥죄어드는 듯한 착각이 들었다.

그와 동시에, 어제 나츠미가 떠나면서 했던 말을 시도는 떠올렸다.

(그걸 본 이상, 가만 놔둘 수는 없어……! 두고 봐. 네 인생을 완전히 박살 내버릴 거야……!)

"아—."

그 말을 떠올린 시도는 마른침을 삼켰다.

"서, 설마, 내 인생을 완전히 박살 내기 위해서……."

"—20점."

시도가 떨리는 목소리로 한 말을 들은 나츠미는 도끼눈을 뜨면서 대답했다.

"뭐……?"

"내가 말했지? 내 비밀을 안 이상 가만히 놔둘 수는 없다고 말이야. 이 정도 장난으로 용서받을 수 있을 거라고 생각한 거야? 착각도 유분수지. 두고 봐. 더 엉망진창에 너덜너덜하게 만들어줄 테니까……!"

"자, 잠깐만. 나는 나츠미의 비밀이 뭔지도—."

시도가 영문을 모르겠다는 표정을 지으면서 그렇게 말하자, 나츠미는 그의 말을 막으려는 것처럼 발뒤꿈치로 옥상을 걷어찼다.

"—거 봐. 이래서 위험하다는 거야. 역시 내 비밀을 아는 사람은 이 세상에 존재해선 안 돼."

"……윽?!"

나츠미의 귀기 어린 표정과 엄청난 박력에 압도당한 시도는 무심코 뒷걸음질을 치고 말았다.

나츠미는 그런 시도를 보면서 무시무시한 미소를 짓더니, 손가락으로 그를 가리켰다.

"하지만 안심해. 지금 이 자리에는 시도 군이 두 명이나 있잖아? 똑같은 인간이 두 명이나 있는 건 이상하지? 한 사람만 있어야 되겠지?"

"한 사람만…… 자, 잠깐, 설마……?!"

시도의 얼굴이 전율로 물든 순간, 나츠미는 미소를 머금으면서 고개를 끄덕였다.

"오늘부터 내가 시도 군이 되어줄게. 나는 오늘부터 시도 군을 연기하겠어. 그러니 걱정하지 마. 내 관찰안(觀察眼)은 완벽해. 당신, 그리고 당신 주위에 있는 사람들과의 관계. 이미 다 조사해뒀어. 조금 전 같은 장난은 이제 안 해. 그러니 당신이 없어져도 아무도 눈치채지 못할 거야. 당신이 없어져도 세상은 아무 일도 없었다는 듯이 잘 돌아갈 거야."

마치 연극이라도 하듯 몸짓을 섞어가면서 나츠미는 말했다.

"—참, 시도 군을 죽이지는 않을 거니까 안심해. 그저 나한테 방해가 되지 않도록 다른 곳으로 보내려는 것뿐이야."

"허, 헛소리하지 마! 그만 짓—."

참다못한 시도가 언성을 높이려고 한 순간…….

덜컹! 힘차게 옥상 문이 열리더니 두 소녀가 모습을 드러냈다.

—토카와 오리가미였다.

"너는 딴 곳에나 가봐라! 시도는 내가 찾을 거다!"

"그건 내가 할 말. 너 따위에게 맡길 수는 없어. 빨리 교실로 돌아가."

아무래도 두 사람은 시도를 찾고 있는 것 같았다. 서로를 노려보고 있는 두 사람은 몸싸움을 벌이면서 옥상으로 올라왔다.

하지만 다음 순간, 두 사람은 자신들보다 먼저 옥상에 와 있는 사람들이 눈에 들어온 것 같았다. 두 사람은 동시에 걸음을 멈추더니, 믿기지 않는 광경을 본 듯한 표정을 지으면서 눈을 동그랗게 떴다.

"시, 시도가…… 두 사람?"

"……어떻게 된 거야?"

토카와 오리가미는 영문을 모르겠다는 표정을 지으면서 시도와 나츠미를 번갈아 쳐다보았다. 뭐, 그럴 만도 했다. 똑같이 생긴 사람이 두 명이나 있으니 말이다.

하지만 이건 어떻게 보면 기회일지도 모른다. 시도가 두 사람 존재한다는 결정적 현장을 보여줬으니, 다른 사람들에게 나쁜 짓을 한 것이 진짜 시도가 아니라는 사실이 증명되었다고 봐도 될 것이다.

"토카, 오리가미! 내 말 들어봐. 저 녀석은—."

"저 녀석은 가짜야! 나로 변해서 너희에게 나쁜 짓을 한 건 저 녀석이라고!"

하지만 시도의 말을 막듯 나츠미가 큰 소리로 외쳤다.

물론— 조금 전까지와는 달리, 시도와 똑같은 목소리로 말이다.

"뭐, 뭐엇……?! 소, 속지 마! 진짜는 나라고!"

"무슨 소리를 하는 거야?! 내가 진짜야!"

시도와 나츠미가 똑같은 목소리, 똑같은 말투로 그렇게 말하자, 토카와 오리가미는 눈썹을 살짝 찌푸렸다. 아무래도 누가 진짜 시도인지 분간이 가지 않아서 당혹해하는 것 같았다.

하지만 시도가 할 수 있는 것은 자신이 진짜라는 사실을 주장하는 것뿐이었다. 그는 두 사람을 향해 더욱 큰 목소리로 말했다.

"토카, 오리가미, 믿어줘……! 내가 진짜 이츠카 시도야!"

"속으면 안 돼! 부탁이야— 내 말을 믿어줘!"

나츠미도 필사적인 목소리로 외쳤다. 그 모습은 시도가 보기에도 자기 자신으로밖에 보이지 않았다.

"으음…… 둘 중 한 명이 가짜라는 거구나. 그렇다면—."

"불가사의한 상황이야. 하지만—."

토카와 오리가미는 잠시 동안 시도와 나츠미를 번갈아 바라본 후, 검지를 세우더니—.

"네가 가짜다."

"네가, 가짜."

동시에 손가락으로 가리켰다. —시도로 변신한 나츠미를 말이다.

"아니……?!"

나츠미의 얼굴이 경악으로 물들었다. 이렇게 간단하게 가짜가 누구인지 알아낼 것이라고는 꿈에도 생각하지 못한 것이리라.

“두, 두 사람 다 무슨 소리를 하는 거야. 나는—.”

나츠미는 우왕좌왕하면서 변명을 늘어놓았지만 토카와 오리가미는 흔들리지 않았다. 두 사람은 고개를 저으면서 시도의 곁으로 다가갔다.

그제야 나츠미도 포기한 것 같았다. 그녀는 원망 섞인 눈으로 시도와 토카, 오리가미를 노려보면서 입을 열었다.

“……어떻게 알았어? 변신 자체는 완벽했어. 찍는다고 해도 확률은 50 대 50이라구. 대체 왜 그렇게 자신 있게 나를 가짜로 지목한 거야?”

나츠미의 말을 들은 토카와 오리가미는 서로를 쳐다본 후 입을 열었다.

“으음, 그게…… 딱히 이유는 없다. 겉모습은 시도와 똑같지만 냄새가 약간 다른 것 같은 느낌이 들었을 뿐이다.”

“너 혼자 이곳에 있었다면 속았을지도 몰라. 좀 전에 교실에서도 나는 네가 시도라고 생각했어. 하지만 진짜와 가짜가 같이 있는 상황에서 둘 중 진짜를 찾아내라고 한다면 이야기는 달라. 너는 진짜 시도보다 눈 깜빡임이 0.05초 정도 빠르고, 몸의 중심 또한 진짜 시도에 비해 0.2도 정도 왼쪽으로 치우쳐 있어. 그러니 못 알아볼 리가 없어.”

토카가 멍한 목소리로, 오리가미가 차분한 목소리로 대답하

자, 시도로 변한 나츠미는 믿기지 않는다는 표정을 지으면서 두 소녀를 바라보았다.

"저, 저 애들은…… 대체 뭐야?! 정말 이상한 애들이잖아……!"

"……아니, 그게, 뭐……."

나츠미의 말을 들은 시도는 애매모호한 대답밖에 할 수 없었다.

두 사람은 순식간에 진짜와 가짜를 구별해주었다. 그 점에 대해서는 저 두 사람에게 고마워해야 하겠지만…… 나츠미가 놀라는 마음도 이해가 되지 않는 것은 아니었다.

나츠미는 짜증 섞인 표정을 지으면서 어금니를 깨문 후, 오른손을 하늘 높이 들어 올렸다.

그러자 허공에서 빗자루 모양의 천사가 모습을 드러내더니 그녀의 손에 쥐어졌다. 그리고 빗자루의 빗 부분이 활짝 펼쳐지면서 태양빛을 반사한 것처럼 빛나기 시작했다.

다음 순간, 나츠미는 빛에 휩싸이더니— 어제 시도가 만났던 장신의 미녀로 변했다.

"앗……!"

"……!"

깜짝 놀랐는지 눈을 치켜뜬 토카와 오리가미는 시도를 지키기 위해 그녀와 싸우기라도 하려는 것처럼 전투태세를 취했다.

하지만 나츠미는 그런 두 사람의 반응을 전혀 신경 쓰지 않았다. 그녀는 이를 갈면서 머리를 긁어댔다.

"말도 안 돼…… 말도 안 돼…… 말도 안 된다구우우우웃!"

"뭐……."

"비밀을 들켰을 뿐만 아니라, 내 완벽한 변신까지 간파당하고 만 거야……? 거짓말이야……. 이건 거짓말이라구! 절대…… 절대 인정 못 해……!"

나츠미는 원한에 찬 목소리로 고함을 지른 후, 손가락으로 세 사람을 가리켰다.

"이대로는 끝내지 않겠어……! 반드시 한 방 제대로 먹여주고 말겠다구……!"

그리고 세 사람을 향해 적의에 찬 시선을 보내면서 그렇게 말한 나츠미는 가벼운 몸놀림으로 빗자루에 걸터앉더니, 그대로 옥상을 박차면서 하늘로 날아올랐다.

"어— 어, 어이!"

시도는 그녀를 부르면서 쫓아갔지만— 헛수고였다. 나츠미는 시도에게 눈길 한 번 주지 않은 채, 그대로 하늘 저편으로 사라졌다.

"큭……."

나츠미의 호감도를 올려 영력을 봉인해야만 하는데, 아무런 진전도 보지 못했다.

하지만 그것도 무리는 아니었다. 상대방이 시도의 모습을 하고 나타나서 시도인 척할 것이라고는 꿈에도 상상하지 못했으니까 말이다. 앞으로의 일에 대비하기 위해서라도, 코토리에게 오늘 있었던 일을 보고해야만 할 것이다.

하지만 지금은 그것보다 먼저 해야만 하는 일이 있는 것 같았다.

"시도."

"시도."

나츠미의 모습이 완전히 사라질 때까지 그녀를 쳐다보고 있던 토카와 오리가미가 동시에 시도의 이름을 부르면서 그를 향해 고개를 돌렸다.

"으, 응? 왜?"

두 사람이 무슨 말을 하려는 것인지 예상이 된 시도는 약간 상기된 목소리로 말했다.

"조금 전의 그 여자애는 대체 누구냐?!"

"저 여자는 대체 누구야? 그리고 어떤 관계야?"

두 사람은 시도의 예상과 거의 똑같은 말을 입에 담았다.

그 말을 들은 시도는 나츠미에 대한 것을 뺀 채 이 상황을 설명할 방법이 없는지 식은땀을 흘리면서 필사적으로 생각했다.

◇

DEM인더스트리, 영국 본사 빌딩.

빌딩 20층에 위치한 회의실에는 많은 남자들이 모여 있었다.

그들은 DEM사의 이사들이었다. 거대한 타원형 테이블 앞에 앉은 그들은 눈앞에 있는 서류를 읽으면서 난처한 표정을 짓고 있었다.

그들이 저런 표정을 짓는 것도 무리는 아니었다.

그들은 이미 각계각층을 통해 그 일에 대한 보고를 받았다. 그리고 그들 앞에 있는 이 자료에도 그 일에 대한 상세한 내용이 세세하게 적혀 있었다.

——DEM사 상무 이사(Managing director), 아이작 · 웨스트코트가 일본에서 부당하게 권력을 휘둘렀을 뿐만 아니라 DEM 일본 지사 건물 및 관련 시설을 반파 상태로 만들었다.

게다가 귀중한 위저드 중에서 사상자가 나온 데다, 기밀 기술인 현현장치(顯現裝置)(리얼라이저)를 일반인들 앞에서 사용한 것이다. 이 일련의 보고서를 보고도 표정이 흐트러지지 않는 사람이 있다면 지금 바로 회사를 관두고 도박사가 되는 편이 나을 것이다.

하지만 모든 이들이 그런 표정을 짓고 있는 것은 아니었다.

회의실 가장 안쪽에 놓여 있는 의자에는 한 남성이 앉아 있었다.

칠흑빛 양복으로 몸을 감싼, 30대 중반 정도로 보이는 젊은 남성이었다. 애시블론드빛 머리카락 사이로 보이는 어둠을 담아 만든 듯한 눈동자는 회의실 전체를 바라보고 있는 듯했다.

Sir.아이작 · 레이 · 펠럼 · 웨스트코트. 일련의 사태를 벌인 장본인이자 DEM사의 MD(Managing director)다.

"대체…… 무슨 생각으로 이런 일을 벌인 겁니까! 미스터 · 웨스트코트!"

부들부들 떨고 있던 이사 중 한 명이 들고 있던 서류를 테이블을 향해 내던지며 고함을 질렀다. 안경을 낀 초로의 남성이었다. 이사 중에서는 꽤 젊은 축에 속하지만 웨스트코트보다는 나이가 많아 보였다.

상무 이사를 향해 불손한 태도를 취한 그를 꾸짖는 사람은 한 명도 없었다. 정도의 차이는 있을지언정, 다들 같은 생각을 하고 있기 때문이다.

하지만 회의실 가장 안쪽에 있는 의자에 앉아 그런 그들을 바라보고 있는 웨스트코트는 당황하기는커녕 가볍게 어깨를 으쓱할 뿐이었다.

"자네 질문에 담긴 의도를 모르겠군, 머독."

"시치미 떼지 마시죠!"

웨스트코트의 말을 들은 머독이 테이블을 향해 집어 던졌던 자료를 들어 보이면서 말했다.

"자위대 측에 행한 부당한 간섭, 위저드 및 각종 장비의 사적 이용, 일반인에게 피해가 갈 수 있는 습격 작전을 지시한 데다, 오피스가 전체를 전쟁터로 만들지 않았습니까! 피해액은 아무리 적게 잡아도 10억 파운드 이상입니다! 게다가 일본 정부에도 약점을 잡혔습니다! 대체 이 사태를 어떻게 해결할 생각입니까?!"

"문제없어. 손실에 걸맞는 수확이 있었으니까 말이야."

"수확……? 그게 뭐죠?"

머독의 말을 들은 웨스트코트는 미소를 머금으면서 말했다.

"—기뻐하도록. 〈프린세스〉를 반전시키는 데 성공했다."

"……!"

만족스러운 표정을 지으면서 웨스트코트가 한 말을 들은 머독, 그리고 이사들은 눈을 동그랗게 떴다.

"말도 안 되는 헛소리는 작작 하시죠! 상황을 제대로 이해하긴 한 겁니까?! 자칫하면 DEM사가 존폐의 위기에 처할 수도 있는 사태로 발전할 가능성도 있단 말입니다! 정령이 뭐가 그렇게 잘났다는 거죠? 정령이 궁지에 처한 저희 회사를 구해줄 수 있는 겁니까?! 당신의 놀이와 자기만족에 어울려줄 여유는 이제 없습니다!"

"……호오?"

머독은 분노에 찬 얼굴로 고함을 질렀다. 그러자 조금 전까지 무기질적인 미소를 짓고 있던 웨스트코트의 눈썹이 희미하게 움직였다.

하지만 그것을 눈치채지 못한 머독은 회의실에 있는 이사들을 향해 고개를 돌렸다.

"여러분에게 묻겠습니다! 저 사람이 계속 멋대로 행동하게 둬도 되겠습니까?! 이런 짓을 반복하다간 DEM인더스트리는 머지않아 붕괴되고 말 것입니다! 그렇게 되기 전에 합당한 조치를 취해야 하지 않겠습니까?!"

"합당한 조치라면……?"

머독의 맞은편에 앉아 있던 남자가 입을 열었다. 그 말을 들은 머독은 과장스럽게 양손을 펼치면서 고함치듯 말했다.

"저는! 지금 이 자리에서 웨스트코트 MD의 해임을 요구합니다!"

『—뭐?!』

머독이 그렇게 말한 순간, 회의실 안에 있는 이사들의 눈썹이 희미하게 흔들렸다. 너무나도 갑작스러운 해임 요구였기에 놀란 사람도 있는 듯했지만— 반수 이상은 마치 이렇게 될 것을 알고 있었다는 듯한 반응을 보였다.

머독은 이사들을 둘러보면서 가볍게 고개를 끄덕인 후, 웨스트코트의 옆에 앉아 있는 노인을 바라보았다.

"자아, 러셀 의장님(Chairman). 의결해주시죠."

머독은 그렇게 말하면서 고개를 끄덕였다.

영국 회사에서는 상무 이사가 이사회의 의장을 겸임할 수 없다. 즉, 이사회에서는 웨스트코트 이외의 대표가 필요한 것이다. 그 사람이 바로 러셀이었다.

"……괜찮겠습니까? 미스터."

러셀은 난처한 표정을 지으면서 웨스트코트를 바라보았다.

그러자 웨스트코트는 별일 아니라는 듯이 가볍게 고개를 끄덕였다.

"물론이지. 그건 이사회에 주어진 정당한 권리니까 말이야."

"……."

웨스트코트의 말을 들은 러셀은 잠시 눈을 감더니, 무언가를 눈치챈 것처럼 가볍게 한숨을 내쉰 후 입을 열었다.

"그럼 의결하도록 하겠습니다. —웨스트코트 MD의 해임에 찬성하는 이는 손을 들어주십시오."

러셀이 그렇게 말한 순간, 머독은 오른손을 머리 위로 들어 올렸다.

그리고 그 뒤를 잇듯 다른 이사들이 차례차례 손을 들었다.

젊은 임원들을 중심으로 반수 이상이 손을 들었다.

정말 말이 안 되는 상황이었다.

확실히 이번에 웨스트코트가 벌인 일은 큰 파문을 불렀고, 평소 그의 방약무인한 행동에 불만을 가진 자도 적지 않았다. 하지만 이렇게 갑작스러운 해임 요구 결의에 과반수가 찬동하는 일은 있을 수가 없었다.

웨스트코트가 머독을 쳐다보았다. 그러자 머독은 코웃음을 치면서 조소를 지었다. 아마— 웨스트코트가 영국으로 돌아오기 전에, 그가 미리 손을 써둔 것이리라.

그 모습을 본 러셀은 손을 든 임원의 숫자를 세듯 회의실 안을 둘러본 후, 차분한 목소리로 말했다.

"—손을 든 사람이 한 명도 없으니, 웨스트코트 MD의 해임 요구를 기각하겠습니다."

"뭐?"

러셀의 말을 들은 머독이 눈살을 찌푸렸다.

"이런 상황에서 농담 하지 말아주시죠, 미스터 · 러셀. 당신에게는 체어맨으로서의 긍지가 없는 겁니까? 아니면 임원들이 들고 있는 손이 보이지 않을 만큼 눈이 나빠진 겁니까?"

"둘 다 아닙니다. 나는 그저 내가 본 그대로 말했을 뿐이니까요.”

“……뭐?”

그 말을 들은 머독은 미심쩍은 표정을 지으면서 주변을 둘러보았고— 다음 순간, “히익.” 하고 숨을 삼켰다.

그리고 그 뒤를 잇듯, 손을 들고 있던 이사들도 머독과 마찬가지로 숨을 삼키면서 고통에 찬 표정을 지었다.

그들이 그러는 것도 무리는 아니었다.

그것도 그럴 것이, 그들이 힘차게 든 손의 팔꿈치 윗부분이 어느새 사라졌기 때문이다.

“우, 아, 아, 아아아아아아아아아아아앗?!”

그제야 고통을 느낀 것처럼, 머독은 절규를 지르면서 그 자리에 주저앉았다. 그와 동시에 깔끔한 절단면에서 엄청난 양의 선혈이 뿜어져 나왔다.

—회의실 안이 눈 깜짝할 사이에 아비규환의 지옥도로 변해버렸다.

그와 동시에, 웨스트코트의 뒤편에서 차분한 목소리가 들려왔다.

“—놀이? 자기만족? 아이크가 만든 DEM사에 들러붙어 단물만 빨아대던 사람들 입에서 그런 말이 나올 줄은 몰랐군요.”

그렇게 말하면서 앞으로 나온 사람은 플래티나블론드빛 머리카락을 올려 묶은 소녀였다. 한 손에 작은— 그야말로 과일 깎는 칼로 보이는 크기의 레이저 에지를 쥐고 있었다.

와이어링 슈트를 입지 않고 레이저 에지를 가동시킨 점만으로도 충격적인데, 그녀는 레이저 에지의 칼날을 가늘고 길게 만들어 이사들이 들어 올린 팔을 한 번에 잘라버렸다. ―그것만으로도 그녀가 얼마나 엄청난 실력을 가지고 있는지 가늠할 수 있을 것이다.

엘렌 · M(밀라) · 메이저스. DEM 사가 소유한 어둠의 실행 부대인 제2집행부의 부장이자, 세계 최강의 위저드다.

"너무 그들을 탓하지 마, 엘렌. 그들은 그들에게 주어진 환경을 이용해, 그들에게 주어진 권리를 행사했을 뿐이니까 말이야."

"하지만……."

반박하려고 하는 엘렌을 말린 웨스트코트는 의자에서 천천히 일어섰다.

"의무실에 의료용 현현장치(메디컬 · 리얼라이저)를 준비해뒀다. 지금 바로 가서 치료를 받으면 며칠 안에 팔이 완전히 붙을 거다. ―빨리 가보도록. DEM의 미래를 짊어진 우수한 인재들인 자네들이 이런 일로 한 팔을 잃는 것만큼 바보 같은 짓은 없을 테니까 말이야."

"……크, 크윽, 이 자식……!"

반말로 그렇게 말한 머독은 웨스트코트를 노려보았다.

하지만 웨스트코트는 그의 시선을 전혀 괘의치 않는다는 듯이 작게 어깨를 으쓱였다.

"내 **놀이**와 **자기만족**이 끝나면 이 회사를 자네들에게 줄 테니 걱정하지 마. —뭐, 얼마 걸리지 않을 거야. **우리**가 지금까지 기다린 시간에 비하자면 말이야."

그렇게 말한 웨스트코트는 조용히 웃었다.

◇

"아……."

시도는 한숨을 내쉬면서 소파 팔걸이에 발을 얹었다.

10월 21일, 토요일. —나츠미가 시도로 변해 학교에 온 날로부터 벌써 닷새가 지나려 하고 있었다.

그 일이 있은 후, 나츠미는 한 번도 시도 앞에 모습을 드러내지 않았다. 공간진도 일어나지 않았을 뿐만 아니라 〈프락시너스〉의 관측 장치도 그녀가 현계 한 흔적을 감지하지 못했다.

"……아무 일도 없으니 더 불안한걸."

자택 거실의 소파에 누워 있던 시도는 이마를 손으로 짚으면서 한숨을 내쉬었다.

시도가 천장을 바라보면서 그런 말을 한 순간, 갑자기 배 언저리에서 묵직한 압박감이 느껴졌다.

"으윽…… 뭐, 뭐야……?"

압박감을 느낀 시도는 인상을 쓰면서 고개를 숙였다.

그러자 여동생인 코토리가 태연자약한 표정으로 자신의 배 위에 앉아 있는 모습이 눈에 들어왔다.

"……어이, 코토리."

시도가 코토리를 부르자, 그녀는 물고 있던 막대 사탕의 막대 부분을 까딱거리면서 미소 지었다.

"어머, 너무 힘이 없어 보여서, 새로 나온 인간 모양 소파인 줄 알았네."

"우리 집에는 엽기 살인마나 좋아할 것 같은 가구는 없다고."

시도가 도끼눈을 뜨면서 그렇게 말하자, 코토리는 반동을 주듯 시도의 배에 최대한 체중을 실은 후에 몸을 일으켰다.

"우갸앗!"

"어머, 원시인으로 퇴화하기라도 한 거야?"

코토리는 웃음을 흘리면서 어깨를 으쓱했다.

"인마……."

시도는 배 언저리를 손바닥으로 쓰다듬으면서 천천히 몸을 일으켰다.

"흥, 정령의 표적이 된 상황에서 왜 그렇게 얼빠진 표정이나 짓고 있는 거야? 상대가 무슨 짓을 할지 모르잖아. 긴장 좀 해."

"윽……."

그 말에 대꾸를 하지 못한 시도는 입술을 깨물면서 입을 다물었다.

"그 정령— 나츠미가 무슨 생각을 하고 있는지는 모르겠지만, 이대로 순순히 종적을 감출 가능성은 적어. 분명 어떤 방법으로든 시도와 접촉하려고 할 거야. —그리고 우리 쪽에서 그녀와 접촉할 방법이 없으니, 그녀 쪽에서 접촉해 왔을 때 나츠미의 호감도를 올릴 수밖에 없어. 그건 시도도 알고 있지?"

"무, 물론이지."

"흐음……."

시도의 대답을 들은 코토리는 한숨을 내쉬면서 또 어깨를 으쓱했다.

코토리의 말이 옳았다.

시도와 코토리가 소속된 〈라타토스크〉의 목적은 정령을 쓰러뜨리는 것이 아니라 평화적인 방법으로 정령의 능력을 봉인한 후, 평온한 생활을 할 수 있게 해주는 것이다.

그렇기 때문에 그 어떤 이유에서라도 정령이 적의를 가지게 해서는 절대 안 된다.

게다가 나츠미가 시도를 원수 취급하는 이유조차 알 수 없었다. 그러니 나츠미와 접촉했을 때 그 이유도 찾아내야만 했다. 문제는 산더미처럼 쌓여 있었다.

시도의 표정을 본 코토리는 가볍게 코웃음을 치면서 들고 있던 봉투를 내밀었다.

"이제 긴장감이 조금 돌아온 것 같네. —자, 받아. 우편함 안에 들어 있던 거야."

"뭐?"

시도는 고개를 갸웃거리면서 봉투를 받았다. 봉투 안에 무엇이 들어 있는지는 모르겠지만 꽤 무겁고 두꺼웠다.

앞면에 『이츠카 시도 님』이라고 적힌 새하얀 봉투였다. 그 외에는 아무것도 적혀 있지 않았고, 우표도 붙어 있지 않았다. 아마 누군가가 시도네 집의 우편함에 직접 넣은 것이리라.

“이건…… 편지?”

“응. 러브레터야. —나츠미에게서 온 러브레터.”

“뭐……?!”

코토리의 입에서 나온 이름을 들은 시도는 허둥지둥 봉투 뒷면을 보았다.

봉투는 밀랍으로 봉해져 있었고, 뒷면 구석에는 『나츠미』라고 적혀 있었다.

마른침을 삼킨 시도는 봉투를 테이블 위에 올려놓으면서 다시 소파에 앉았다.

“여, 열어봐도 괜찮은 걸까……?”

“응. 열자마자 펑! 할지도 몰라서 〈프락시너스〉에서 일단 조사해보게 했어. 아무래도 위험한 게 들어 있는 것 같지는 않아. —뭐, 보낸 이가 정령이니만큼 100% 보증은 할 수 없지만 말이야.”

“…….”

코토리가 어깨를 으쓱하면서 한 말을 들은 시도는 식은땀을 흘리면서 표정을 굳혔다.

하지만 위험성이 있다고 해서 이 봉투를 열어보지 않을 수는 없었다. 각오를 다진 시도는 마음속으로 기합을 넣으면서 밀랍 부분을 뗀 후, 봉투를 열어보았다.

"이건……."

"……사진, 같네."

시도가 꺼내 든 것을 본 코토리는 영문을 모르겠다는 표정을 지으면서 말했다.

그렇다. 봉투 안에는 사진이 들어 있었다.

정령이 사진 같은 것을 보냈다는 사실에서 시도는 약간의 위화감을 느꼈지만, 잘 생각해보니 나츠미가 지난번처럼 정숙 현계를 반복하고 있다면 이쪽 세계의 문물에 대해 잘 알고 있을 가능성도 없지는 않았다.

게다가 지금 문제시해야 하는 것은 이 사진에 찍힌 피사체 쪽이었다.

"……이거, 나 맞지?"

코토리는 미간을 찌푸리면서 사진 한 장을 들었다.

그 사진에는 하얀 리본으로 머리카락을 묶고 중학교 교복을 입은 코토리의 모습이 찍혀 있었다.

하지만 시선이 다른 곳을 향하고 있는 데다, 촬영 거리도 멀었다. 마치…… 아니, 코토리의 반응을 볼 때, 완벽한 도촬 사진인 것 같았다.

그리고 도촬 사진을 찍힌 이는 코토리만이 아니었다. 봉투 안에는 총 열두 장의 사진이 들어 있었다. 그리고 그것들은 전부 시도와 가까운 인물들의 전신사진이었다.

토카. 오리가미. 코토리. 요시노. 카구야. 유즈루. 미쿠. 아이. 마이. 미이. 타마 선생님. 그리고— 토노마치.

모든 사진은 당사자 몰래 찍은 도촬 사진이었다(하지만 오리가미는 눈치챘는지 카메라 쪽을 쳐다보고 있었다).

“이, 이 사진들은 대체 뭐지…….”

지인들의 도촬 사진을 본 시도는 미간을 찌푸렸다. 나츠미는 왜 이런 사진을 시도에게 보낸 것일까.

“사진 말고 다른 건 안 들어 있어?”

“아, 찾아볼게…….”

봉투 안을 뒤져보니, 카드 같은 것이 한 장 들어 있었다.

시도는 그 카드를 꺼내 테이블 위에 놓았다. 그 카드에는 짤막한 문장이 적혀 있었다.

『이 안에, 내가 있어.

누가 나인지, 맞출 수 있겠어?

모두 다, 사라지기 전에.

나츠미.』

Delete

제3장 오전 0시

다음 날, 10월 22일 오전 10시 59분.

시도는 핸드폰 화면에 표시된 현재 시각을 보면서 자신의 집 문 앞에 섰다.

밖은 화창한 가을 날씨지만, 반팔로 다니기에는 꽤 서늘했다. 때때로 차가운 바람이 붉은색으로 물든 나뭇잎을 흔들더니, 시도의 볼을 쓰다듬곤 하늘로 올라갔다.

"시도!"

시계가 열한 시를 표시한 순간, 시도네 집 옆에 있는 맨션 입구에서 힘찬 목소리가 들려왔다.

그쪽을 쳐다보니, 가을 느낌이 물씬 나는 옷으로 몸을 감싼 토카가 손을 흔들면서 이쪽으로 뛰어오고 있었다. 그녀를 본 시도는 가볍게 손을 흔들었다.

"미안하다. 많이 기다렸느냐?"

"아니, 나도 방금 나왔어. 그것보다 갑작스럽게 이런 부탁을 해서 정말 미안해."

"신경 쓰지 마라! 그것보다 오늘은 어디로 쇼핑하러 갈 것이냐?"

토카는 눈을 반짝이면서 시도에게 물었다.

그렇다. 어젯밤, 시도는 토카에게 같이 쇼핑을 하러 가자는 뜻을 전했다.

"으음— 글쎄. 일단 역 쪽으로 가보자."

"음!"

토카는 힘차게 고개를 끄덕였다. 토카는 시도와 같이 외출하는 게 즐거워서 어쩔 줄을 모르겠다는 듯한 표정을 짓고 있었다. 그 표정을 보고 기쁨과 부끄러움이 복잡하게 뒤섞인 감정을 맛본 시도는 머리를 긁적이면서 쓴웃음을 지었다.

『……신. 우리의 목적을 잊지 마.』

레이네의 목소리가 느닷없이 오른쪽 고막을 때린 탓에 시도는 깜짝 놀라고 말았다.

"……아, 예."

시도는 낮은 목소리로 대답한 후, 옆에 서 있는 토카의 얼굴을 힐끔 쳐다보았다.

평소와 다름없는 토카는, 평소와 다름없는 표정을 짓고 있었다. 이상한 곳은 한 군데도 없었다.

—하지만, 어쩌면…….

"……."

시도는 마른침을 삼켰다.

며칠 전, 학교에 나타났던 『또 한 사람의 시도』의 모습이 머릿속을 스치고 지나갔다.

그렇다. 옆에 있는 토카는 나츠미가 변신한 가짜일지도 모른다.

시도는 아무 말 없이 토카의 얼굴을 바라보면서, 어제 코토리와 나눴던 대화를 떠올렸다.

"—『이 안에, 내가 있어. 누가 나인지, 맞출 수 있겠어?』……."

어제. 사진과 함께 봉투 안에 들어 있던 카드를 본 코토리는 표정을 굳히면서 중얼거렸다.

"이, 이게…… 무슨 소리지?"

"……액면 그대로 받아들인다면……."

시도의 말에 대답한 사람은 코토리가 아니라 레이네였다. 조금 전, 코토리가 〈프락시너스〉에 있던 그녀를 이곳으로 불렀다.

레이네는 열두 장의 사진을 테이블 위에 깔기 시작했다.

"……나츠미가 이 열두 명 중 한 명으로 변신했다는…… 거겠지."

"……윽."

레이네의 말을 들은 시도는 숨을 삼켰다. 하지만…… 시도도 짐작은 하고 있었다.

며칠 전, 시도는 나츠미의 능력을 두 눈으로 똑똑히 보았다. 나츠미는 천사의 힘으로 시도와 완벽하게 똑같은 용모로 변신했다. 그 힘을 이용하면 다른 사람으로 변하는 것도 가능할 것이다.

"그럼, 자신이 누구로 변했는지 나보고 맞춰보라는…… 거네."

"그럴 거야. ……마지막의 『모두 다, 사라지기 전에.』라는 말이 조금 걸리지만 말이야."

코토리는 팔짱을 끼면서 말했다. 시도는 마른침을 삼킨 후, 입을 열었다.

"즉…… 뭔가 시간제한 같은 게 있다는 걸까?"

"……아마 그런 거 아닐까? 아직 판단 근거로 삼을 만한 정보는 없지만 말이야."

"……아무튼, 한시라도 빨리 움직여야 되겠어."

사진을 보던 레이네는 입가에 손을 대면서 말했다.

"움직인다고 해도, 대체 뭘 해야 하는 거죠?"

시도의 말을 들은 코토리는 물고 있던 막대 사탕의 막대 부분을 꼿꼿이 세우면서 말했다.

"글쎄……. 일단 〈라타토스크〉에서 사진이 찍힌 인물 전원의 영파 반응을 관측하게 할게. 상대는 아직 영력이 봉인되지 않은 정령이잖아. 희미하게나마 영력이 흘러나오고 있을지도 몰라."

"그렇구나……."

"……하지만."

레이네는 코토리의 말에 보충 설명을 하듯 입을 열었다.

"……영파가 관측될 가능성은 거의 없다고 생각하는 편이 좋아. 그러니까 신, 너도 움직여줘야겠어."

"예. ……제가 뭘 하면 되죠?"

시도는 주먹을 말아 쥐면서 고개를 끄덕였다. 이번 일은 첫 만남 때 시도가 나츠미의 기분을 상하게 만든 탓에 발생한 것이나 다름없다. 게다가 시도의 지인들이 이번 일에 휘말리고 만 것이다. 가만히 앉아서 지켜보고 있을 수만은 없었다.

하지만.

"……뭐, 데이트할 순서라도 정하고 있어."

"…………예?"

레이네의 말을 들은 시도는 얼빠진 목소리를 냈다.

"데이……트? 그, 그게 무슨 소리죠?"

시도가 미간을 찌푸리면서 묻자, 이번에는 코토리가 입을 열었다.

"말 그대로의 의미야. 시도는 내일부터 사진이 찍힌 열두 명 모두와 일대일로 데이트해줘야겠어. 그리고— 데이트 상대에게서 위화감이 느껴지지 않는지 체크해줘."

"……! 그, 그래!"

나츠미가 변신 능력을 이용해 아무리 외형과 목소리 같은 외적 요소를 완벽하게 재현할 수 있다고 해도, 직접 대화를 나눠보면 차이점을 발견할 수 있을지도 모른다.

하지만 문제가 없는 것은 아니었다.

"……그래도, 사진이 찍힌 열두 명 전원과 데이트하는 건……."

시도가 식은땀을 흘리면서 그렇게 말하자, 레이네는 "……음." 하고 작게 신음을 흘렸다.

"……물론 단 하루 만에 전원과 데이트하라는 건 아냐. 아무리 서두른다고 해도— 하루에 서너 명이 한계겠지."

"아니, 그게 문제가 아니라…… 토카나 정령들은 그렇다 쳐도, 야마부키, 하자쿠라, 후지바카마, 타마 선생님…… 그리고 토노마치에게도 데이트 신청을 해야 하는 거예요……?"

시도의 말을 들은 코토리가 어깨를 으쓱했다.

"하아…… 그런 소리나 하고 있을 상황이 아니라구. 그리고 나츠미는 시도가 그런 식으로 생각하길 바라고 있을지도 모르잖아."

코토리가 나무라는 듯한 목소리로 그렇게 말하자, 시도는 "으……." 하고 신음을 흘리며 입을 다물었다.

"……그, 그것도 그렇네."

시도의 말을 들은 레이네는 작게 고개를 끄덕였다.

"……물론 우리 쪽에서도 최대한 서포트 할게. 나츠미의 눈에 띄지 않을 범위 안에서……이긴 하지만 말이야."

"예……. 그럼 이번에도 서포트 잘 부탁해, 코토리."

그 말을 들은 코토리는 미간을 찌푸리면서 입을 다물었다.

코토리의 반응을 본 시도가 고개를 갸웃거린 순간, 레이네가 입을 열었다.

"……아, 미안하지만 코토리는 너를 서포트 할 수 없어."

"예? 왜죠?"

"그걸 몰라서 묻는 거야? ……나도 용의자 중 한 명이라구."

코토리는 코웃음을 치면서 그렇게 말했다. 그 말을 들은 시도는 "아." 하고 말하면서 눈을 치켜떴다.

"……이해했나 보네. 이번 서포트는 내가 맡겠어. 코토리에게는 미안하지만, 나츠미가 누구로 변신했는지 확정될 때까지 그녀를 〈프락시너스〉에 들일 수는 없어."

"뭐, 타당한 조치니 어쩔 수 없지."

코토리는 퉁명스러운 목소리로 그렇게 말하면서 어깨를 으쓱했다. 나츠미가 보낸 봉투 안에 자신의 사진이 들어 있다는 사실을 안 시점부터, 이렇게 될 것을 예상한 것이리라.

확실히 타당한 조치이기는 했다. 오늘 코토리와 대화를 나누면서 위화감을 느끼지는 못 했지만 0.1%라도 나츠미일 가능성이 있다면 〈라타토스크〉의 중추인 〈프락시너스〉에 들여서는 안 된다. 적의를 가진 정령이 함교에 나타난다니, 상상만 해도 소름이 돋았다. 그러니 용의자가 아닌 레이네가 서포트 역할을 맡는 편이 나을 것이다.

"하지만…… 왜 레이네 씨가 없는 거죠? 타마 선생님이나 야마부키 같은 애들도 있는데……."

"……으음. 내 생각에 나츠미가 용의자를 선정할 때 네 주위에 있지 않았기 때문일 거야. 나는 요즘 나츠미의 해석과 조사를 위해 〈프락시너스〉에 틀어박혀 있었잖아."

"아…… 그랬죠."

"……뭐, 내가 나츠미의 성에 차지 않았을 가능성도 있지만 말이야."

자조 섞인 목소리로 그렇게 말한 레이네는 어깨를 가볍게 으쓱했다. 시도는 어떤 반응을 보여야 좋을지 감이 오지 않는 농담이라고 생각하며 쓴웃음을 흘렸다.

코토리는 가볍게 헛기침을 한 후, 다시 이야기를 시작했다.

"아무튼. 우리의 승리 조건은 나츠미의 호감도를 올려서 영력을 봉인하는 거야. 그러니 더는 나츠미의 기분이 상하지 않도록 세심한 주의를 기울여줘."

거기까지 말한 코토리는 인상을 쓰면서 이를 갈았다.

"―나츠미의 기분이 더 상했다간, 영력 봉인이 문제가 아니라 인질이 위험해질 수도 있어."

"…………뭐, 뭐어?!"

코토리의 말을 들은 순간, 시도는 심장이 오그라드는 듯한 느낌을 받았다.

"자, 잠깐만. 인질? 그게 무슨 소리야?"

"……잘 생각해봐. 나츠미는 사진에 찍힌 인물 중 한 명으로 변신한 자신을 찾으라고 했잖아. ―같은 얼굴을 가진 사람이 두 명 있으면 선택지가 두 개로 줄어들지 않겠어?"

"……아! 그, 그럼……."

시도의 얼굴이 딱딱하게 굳었다.

확실히 그녀의 말이 옳았다. 토카와 오리가미가 시도로 변신한 나츠미를 찾아낼 수 있었던 것도, 바로 옆에 진짜 시도가 있었기 때문이다.

그 탓에 쓴맛을 제대로 봤던 나츠미가 똑같은 실수를 또 할 리가 없다.

그렇다면 어떻게 할 것인가. 해답은 매우 간단했다.

"……자신이 변한 상대를 어딘가에 감금해둔다."

"분명 그렇게 했을 거야."

시도의 말을 들은 코토리는 인상을 쓰면서 고개를 끄덕였다.

"시간이 없어. 열두 명의 용의자들과 사흘 동안 데이트를 하면서, 무슨 수를 써서라도 나츠미를 찾아내는 거야."

"그래……. 반드시 찾아내고 말겠어."

주먹을 말아 쥔 시도는 힘차게 고개를 끄덕였다.

—그리고, 현재에 이르렀다.

시도는 토카와 나란히 걸으며 그녀를 힐끔힐끔 쳐다보았다.

"음? 왜 그러느냐, 시도."

"윽! 아, 아무것도 아냐……."

토카와 시선이 마주친 시도는 고개를 돌렸다. 그리고 볼을 긁적이면서 약간 걸음을 서둘렀다.

얼굴, 체구, 목소리는 물론이고, 고개를 갸웃거리는 동작과 행동거지까지도 시도의 기억 속에 있는 토카와 동일했다. 적어도 가짜처럼은 보이지 않았다.

하지만 너무 완벽하기에 거꾸로 의심스러워 보이기도 했다. 그 탓에 시도의 머릿속은 혼란의 극치를 달리고 있었다.

시도가 혼란스러워하고 있다는 사실을 눈치챈 레이네가 인터컴 너머에서 말했다.

『……진정해. 설령 나츠미가 토카로 변했다고 해도 쉽게는 티를 내지 않을 거야. 그러니 이쪽에서 약간 흔들어보는 편이 좋을지도 몰라.』

"흔들어……보라고요?"

낮은 목소리로 그렇게 말한 시도는 잠시 동안 생각에 잠긴 후— 다시 토카를 향해 고개를 돌렸다.

"저, 저기, 토카. 이렇게 단둘이 외출하는 게 대체 얼마만이더라?"

"음? 왜 느닷없이 그런 걸 묻는 거냐?"

토카가 영문을 모르겠다는 표정을 짓자, 시도는 손을 가볍게 내저었다.

"아니, 그냥 궁금해서 말이야. 요즘 단둘이 있었던 적이 거의 없었던 것 같거든."

"음…… 그랬나? 며칠 전에도 단둘이서 외출했던 것 같은데……."

"아, 그랬었지?"

그렇게 말한 시도는 마음속으로 신음을 흘렸다. 시도와 토카는 나츠미와 처음 만난 날, 같이 시장을 보러 갔었다. 토카는 그걸 기억하고 있는 것 같았다.

토카는 시도의 침묵을 약간 곡해했는지 허둥지둥 입을 열었다.

"그, 그래도 시도와는 몇 번이고 이렇게 같이 외출하고 싶다. 음, 시도와 같이 외출하면 정말 즐겁고 행복하거든."

토카는 그렇게 말하며 환한 미소를 지었다. 그 귀여운 표정을 본 시도의 얼굴이 달아올랐다.

하지만 지금은 이럴 때가 아니었다. 시도는 입술 가장자리를 일그러뜨리면서 미소를 머금었다.

그리고 숨을 삼킨 후, 입을 열었다.

"정말 대단한걸. 토카와 완벽하게 똑같아. —**나츠미**."

"……!"

시도의 말을 들은 토카가 어깨를 부르르 떨면서 그 자리에서 멈춰 섰다.

토카의 반응을 본 시도 또한 걸음을 멈췄다.

딱히 확증이 있었던 것은 아니다. 그저 허풍을 쳐본 것뿐이었다. 솔직히 말해 눈앞에 있는 토카가 변신한 나츠미라고 해도 아무런 반응을 보이지 않을 것이라고 생각했다.

하지만 방금 토카가 보인 리액션은—.

시도가 긴장을 감추지 못하고 있을 때, 토카가 시도를 향해 돌아서면서 날카로운 눈빛으로 그를 노려보았다. 그녀의 시선은 평소 토카에게서는 느끼지 못했던 강렬한 적의로 가득 차 있었다.

시도는 말아 쥔 주먹에 힘을 주었다.

"설마, 진짜로, 네가……?"

하지만.

"……시도. 나츠미가 대체 누구냐? 설마 나를 다른 여자로 착각한 것이냐?"

"뭐?"

토카가 언짢은 목소리로 한 말을 들은 시도는 말아 쥔 주먹에서 힘이 빠져나가는 것을 느꼈다.

토카의 반응을 보아하니, 정곡을 찔려서 당황한 것이 아니라 그저 단순히 기분이 나빠진 것처럼 보였기 때문이다.

『……신. 데이트 중에 다른 여자의 이름을 언급하는 남자를 보고 기분 나빠 하지 않는 여자는 아마 없을 거야.』

"아…… 그, 그것도…… 그러네요."

시도는 식은땀을 흘리면서 레이네를 향해 그렇게 말한 후, 미심쩍은 눈빛으로 자신을 쳐다보는 토카를 달래기 시작했다.

"아, 미안 미안. 토, 토카는 『나츠~미』라는 말을 들어본 적 없어? 도미니카 공화국 쪽 인사말인데, 요즘 항간에서 유행하고 있거든……."

"그러하냐……?"

물론 거짓말이다. 시도는 도미니카 사람들에게 마음속으로 용서를 빌면서 고개를 끄덕였다.

"흠, 그 말은 무슨 뜻이지?"

"으, 으음…… 당신을 사랑합니다, 였지 아마……?"

"아……."

시도가 입에서 나오는 대로 지껄인 말을 들은 토카가 볼을 붉혔다.

하지만 바로 그때, 다른 사실을 눈치챈 토카는 미간을 모았다.

"그럼 그 앞에 말했던 "토카와 완벽하게 똑같아."는 뭐냐?"

"뭐? 아, 으음, 그게……."

시도는 적당한 변명이 생각나지 않아 당황하고 말았다. 그러자 토카의 얼굴이 미심쩍음으로 물들어가기 시작했다.

『……큰일 났네. 이대로 있다간 토카의 기분 수치가 떨어지고 말 거야. 그녀의 마음을 풀어줄 방법은 없어?』

"그, 그게…… 그렇게 쉽지는—."

미간을 찌푸린 채 주변을 둘러보던 시도는— "아." 하고 작게 탄성을 터뜨렸다.

"어, 어이, 토카. 점심 아직 안 먹었지? 좀 이르기는 하지만 뭐라도 먹으러 갈까?"

시도는 길 건너편에 있는 레스토랑을 손가락으로 가리켰다. 가게 명칭이 적혀 있는 간판 아래에는 『런치타임 뷔페 운영중!』이라고 적힌 포스터가 붙어 있었다.

"음? 점심? 뭐…… 괜찮다만……."

토카가 퉁명스러운 표정을 지으면서 말했다. 평소 같으면 눈을 반짝이면서 좋아했을 테지만…… 뭐, 저러는 것도 무리는 아니다.

시도는 굳은 표정의 토카를 데리고 레스토랑에 들어갔다.

점심때라서 그런지 손님이 꽤 있었지만, 다행히 바로 자리를 확보할 수 있었다. 가방을 의자 옆 바구니에 넣은 시도는 물수건으로 손을 닦으면서 토카를 바라보았다.

"토카. 여기는 뷔페 형식이니까 먹고 싶은 걸 마음껏 담아와도 돼."

"음……."

시도의 말을 들은 토카는 환한 미소를 지으려다— 갑자기 표정을 굳히면서 고개를 저었다.

"나는 나중에 먹겠다. 시도 먼저 먹어라."

"응? 왜 그러는 건데?"

"별것 아니니까 신경 쓰지 마라. 자, 빨리 담아 와라."

"으, 응……."

토카가 계속 고집을 피우자, 결국 시도는 혼자서 자리에서 일어났다.

"토카 녀석, 왜 저러는 걸까요?"

『……모르겠어. 하지만 지금은 그녀가 하자는 대로 하는 편이 좋을 것 같아.』

레이네의 말을 들은 시도는 "알았어요." 하고 짧게 대답한 후, 각양각색의 요리가 놓여 있는 코너를 향해 걸음을 옮겼다.

그리고 접시에 음식을 적당히 담은 후, 자리로 돌아왔다.

나츠미를 한시바삐 찾아야만 한다는 부담감 때문에 식욕이

거의 없는 시도는 약간의 샐러드와 닭고기 그릴 구이 몇 점만 담아 왔다.

"자, 그럼 토카도 갔다 와."

"…………음."

시도의 말을 들은 토카는 그가 가져온 요리를 뚫어져라 바라본 후, 자리에서 일어났다.

시도는 고개를 갸웃거리면서 토카의 등을 바라보았다. 토카가 조금 전에 있었던 일에 대해 생각하고 있는 줄 알았는데…… 아무래도 그렇지 않은 것 같았다. 토카가 식사 전에 저렇게 굳은 표정을 짓다니…… 대체 무슨 일인 걸까.

시도가 그런 생각을 하는 사이, 생각보다 빨리 토카가 자리로 돌아왔다. 그녀는 들고 있던 접시를 테이블 위에 내려놓고 의자에 앉았다.

"자, 그럼 잘 먹겠다."

"그래. ……잠깐만."

토카의 말을 듣고 식사를 시작하려던 시도는 갑자기 눈살을 찌푸렸다.

이유는 단순했다. 토카가 들고 온 요리의 양이 극단적으로 적었기 때문이다. 토카는 식욕이 없는 시도보다도 더 적은 양만 가지고 왔다.

"토카……? 너, 그걸로 괜찮겠어?"

"으…… 음. 괜찮다. 이 정도만 먹어도 배가 가득 차거든."

"…………뭐, 뭐엇?!"

그 말을 들은 시도는 눈을 치켜떴다.

—말도 안 된다. 토카의 접시에는 적은 양의 요리가 담겨 있었다. 소식하는 여고생의 배조차 채울 수 있을지 의심스러울 정도로 적은 양이었다. 게다가 토카는 시도가 아는 이들 중에서 손꼽힐 정도의 대식가다. 저 정도 식사량으로 저녁까지 버틸 수 있을 리가 없었다.

시도는 긴급사태 발생을 알리기 위해 인터컴을 손가락으로 두드렸다. 그리고 이 사실을 안 〈프락시너스〉 측도 동요를 감추지 못하고 있었다.

『거짓말……. 토카 양이 저렇게 조금만 먹는다고……?!』

『설마 속이 안 좋은 걸까?!』

『말도 안 돼! 다른 사람도 아니고 저 헝그리 · 몬스터가 배탈이라도 났다는 거야?!』

승무원들의 웅성거림과 콘솔을 조작하는 소리가 오른쪽 귀의 고막을 때렸다. 왠지 꽤 실례되는 호칭을 들은 것 같은 느낌이 들었지만, 시도는 일단 못 들은 것으로 하기로 했다.

왜냐하면, 토카가 방금 취한 그녀답지 않은 행동은 한 가지 가능성을 시사하고 있기 때문이다.

즉— 눈앞에 있는 토카가 가짜일 가능성, 말이다.

"레이네 씨……!"

『……진정해. 일단 상황을 지켜보자.』

레이네의 차분한 목소리를 들은 시도는 어느새 격렬하게 뛰고 있는 심장을 진정시키기 위해 가슴에 손을 댄 후, 토카를 향해 고개를 돌렸다.

"토카…… 왜 그래? 혹시 속이 안 좋은 거야?"

"그렇지 않다. 그것보다, 그런 건 왜 묻는 것이냐?"

"그, 그게……."

시도가 힐끔힐끔 토카의 접시를 쳐다보며 말을 잇지 못하고 있을 때, 토카가 힘차게 두 손바닥을 맞대면서 말했다.

"아무튼, 잘 먹겠습니다, 다!"

"으, 응…… 잘 먹겠습니다."

토카의 말을 듣고 무심결에 그렇게 말한 시도는 식사를 시작했다. 그리고…….

"잘 먹었습니다, 다……."

"뭐?!"

금세 맞은편에서 토카의 가라앉은 목소리가 들리자, 시도는 눈을 동그랗게 떴다. 고개를 들어보니, 토카는 이미 접시 위에 놓여 있던 음식을 다 먹은 후였다.

"버, 벌써 다 먹은 거야……?"

"……음. 맛있었다."

그렇게 말한 토카는 마주 대고 있던 두 손바닥을 뗐다. 하지만 그녀는 간에 기별도 안 간 듯한 표정을 짓고 있었다.

"토카…… 너, 아직 배가 차지 않은 거 아냐?"

"윽! 그, 그렇지 않다!"

토카가 허둥지둥 고개를 저었다.

하지만 바로 그 순간, 토카의 배에서 "꼬르륵~." 하는 코미컬한 소리가 흘러나왔다.

"……으음, 방금 그건……."

"나, 나는 이미 배부르다."

꼬륵, 꼬르르르르륵.

"……토카?"

"괘, 괜찮다고 말했지 않느냐!"

꼬르륵, 꼬르르르르르르륵.

"으, 으으……."

배에서 꼬르륵 소리가 더 크게 나자, 토카는 고개를 푹 숙였다. 시도는 미심쩍은 표정을 지으면서 미간을 찌푸렸다.

"거 봐……. 아직 배고픈 거 맞잖아. 오늘 왜 이러는 거야?"

시도의 말을 들은 토카는 잠시 동안 신음을 흘린 후, 한숨을 내쉬면서 고개를 들었다.

"……어제 본 텔레비전 방송에서 "남자는 자기보다 많이 먹는 여자를 싫어한다!"라는 소리를 했다……."

"뭐……?"

"그래서…… 시도가 나를 싫어하게 될까 봐 걱정이 되어서……."

토카가 고개를 푹 숙이면서 기어들어가는 목소리로 말했다. 그 말을 들은 시도는 땅이 꺼져라 한숨을 내쉬었다.

"나는 먹성 좋은 여자를 좋아하는데 말이야."

"뭐?! 저, 정말이냐?!"

"그래. 음식을 남기는 여자애를 보면 오히려 슬퍼진다고."

시도의 말을 들은 토카는 숨을 삼키더니, 힘차게 고개를 끄덕이면서 자리에서 일어났다.

그리고 음식이 놓여 있는 곳으로 걸어가더니, 커다란 접시에 맛있어 보이는 요리를 가득 담아 왔다. 다른 손님들과 점원들은 깜짝 놀란 표정으로 토카를 바라보고 있었다.

"잘 먹겠습니다, 다!"

하지만 토카는 그들의 시선을 전혀 신경 쓰지 않으면서, 눈앞에 있는 음식을 맛있게 먹기 시작했다.

◇

"평소와 다름없는 토카……였지?"

오후 3시 15분. 집으로 돌아온 시도는 핸드폰 화면에 표시된 시각을 보면서 토카의 오늘 언동을 떠올린 후, 혼잣말을 하듯 중얼거렸다.

점심 식사 후, 시도는 마을을 돌아다니면서 이것저것 샀다. 그리고 틈틈이 토카와 대화를 나눴지만— 이상한 점은 눈곱만큼도 찾을 수가 없었다.

레이네의 말에 따라 그녀의 마음속을 은근슬쩍 떠보기도 했고, 토카만이 알고 있는 사실 등을 물어보기도 했다. 하지만 토카는 시도의 질문에 전부 대답했다. 나츠미가 변신한 것으로는 전혀 보이지 않았다.

"역시 다른 녀석인 걸까요?"

시도가 허공을 바라보면서 그렇게 말하자, 오른쪽 귀에 꽂혀 있는 인터컴에서 레이네의 목소리가 흘러나왔다.

『……아직은 뭐라고 할 수 없어. 아무튼 지금은 나츠미의 변신 능력이 완벽하지 않을 거라고 믿으면서 작전을 계속 추진하는 수밖에 없을 것 같아. 그러고 보니 벌써 시간이 되었네. 다음 사람을 조사하도록 해.』

"—예. 다음은 누구죠? 나는 어디에 가야……."

『……신은 거기 계속 있으면 돼.』

"예?"

『……타이밍 좋게 본인 쪽에서 요청을 해 왔어. 이렇게 됐으니 한 번에 해결해버리는 것도 좋을 것 같아서 말이야. 도착할 시간이 됐는데—.』

레이네가 말을 끝까지 잇기 전에, 딩동~ 하고 현관 벨이 울렸다.

"어? 누구지?"

인터폰 화면을 보니 아무도 없었다. 시도는 고개를 갸웃거리면서 현관으로 향한 후, 문을 열었다.

"저기, 누구세—."

『어흥~!』

"으윽?!"

문을 연 순간, 문틈을 통해 튀어 들어온 무언가 때문에 놀란 시도는 그대로 몸을 뒤로 젖혔다.

그러는 와중에 시도는 들고 있던 핸드폰을 현관 안으로 들어온 『그것』을 향해 집어 던지고 말았다. 하지만 『그것』은 멋지게 핸드폰을 피하더니, 조그만 두 팔로 팔짱을 끼면서 화를 냈다.

『시도 군도 참~. 위험하잖아~.』

유심히 보니, 그것은 토끼 모양을 한 퍼핏 인형이었다. 바로 요시노의 친구인 『요시농』이었다.

하지만 『요시농』의 모습은 평소와 약간 달랐다.

얼굴에 꿰맨 자국이 있고, 머리에는 거대한 나사가 달려 있었다. 마치 인조인간 같은 모습이었다.

"요, 요시농…… 맞지?"

『응~. 모두의 아이돌, 요시농이야~.』

그렇게 말하면서 익살을 떠는 요시농을 본 시도는 한숨을 내쉬었다. 평소와 다른 모습을 하고 있기는 하지만, 속은 평소의 『요시농』과 똑같은 것 같았다.

시도가 지면에 떨어진 핸드폰을 주웠을 때, 천천히 문이 열리면서 문틈 사이로 한 소녀가 얼굴을 내밀었다. ―요시노였다. 시도가 깜짝 놀라면서 문손잡이를 놓은 탓에 요시노가 왼손에 끼고 있는 『요시농』만 안으로 들어온 것 같았다.

"아, 요시노도 왔구나. 미안해. 깜짝 놀라서 문을 열다 말았……."

현관문을 활짝 연 순간― 시도는 또 깜짝 놀라고 말았다.

문 앞에 서 있는 요시노의 복장도 『요시농』과 마찬가지로 평소와 너무 달랐기 때문이다.

챙이 넓고 끝이 뾰족한 원뿔 모양 모자를 쓰고, 검은색 로브를 입은 요시노의 오른손에는 조그만 빗자루가 쥐어져 있었다. 마치— 시도가 지금 찾고 있는 나츠미를 연상케 하는, 마녀 같은 복장을 하고 있었다.

"요, 요시노…… 그 옷은……."

시도가 질문을 던지자, 『요시농』은 요시노를 독려하듯 그녀의 볼을 손으로 살며시 두드렸다.

『자, 요시노. 파이팅~.』

"으, 응……!"

요시노는 고개를 끄덕인 후, 시도를 올려다보면서 입을 열었다.

"트, 트릭 · 오어 · 트릿……."

"응?"

요시노의 말을 들은 시도는 영문을 모르겠다는 표정을 지었지만, 곧 그 말의 의미를 깨닫고는 손뼉을 쳤다.

"아, 그래. 할로윈 분장을 한 거구나."

지금이 할로윈 시기라는 사실을 떠올린 시도는 고개를 끄덕였다.

"그럼…… 요시농도……."

『우후후, 프랑켄슈타인의 괴물이야~.』

양손을 들어 올린 『요시농』은 어흥~! 하고 말했다. 하지만 동그란 눈동자와 폭신폭신해 보이는 손 때문에 박력은 그다지 느껴지지 않았다.

“……레이네 씨. 혹시 본인의 요청이란 게…….”

『……그래. 텔레비전을 통해 할로윈이라는 걸 안 요시노가 해보고 싶어 해서 말이야.』

“그랬군요…….”

레이네의 대답을 들은 시도는 볼을 긁적였다. 할로윈은 10월 31일이지만 분위기를 맛보고 싶은 거라면 날짜는 그렇게 중요하지 않을 것이다.

요시노가 나츠미와 비슷한 복장을 하고 있는 탓에 놀라기는 했지만, 귀여운 마녀 복장은 체구가 작은 요시노에게 너무나도 잘 어울렸다.

“정말 귀여워, 요시노.”

“……읏.”

시도의 말을 듣고 숨을 삼킨 요시노는 부끄러움을 타듯 얼굴을 숙였다.

바로 그때, 『요시농』이 시도의 팔을 두드렸다.

『저기 말이야. 요시노를 칭찬해준 건 기쁘지만 뭔가 잊은 것 없어~?』

“뭐? ……아, 과자 말이구나. 잠깐만 기다려.”

그러고 보니 중요한 걸 깜빡했다. 시도는 부엌으로 가서 과자를 놔두는 찬장을 뒤졌다.

하지만 타이밍이 나쁘게도 과자는 하나도 남아 있지 않았다. 코토리의 방에 가면 막대 사탕 정도는 있겠지만, 그걸 손댔다간 나중에 무시무시한 보복을 당할 것이다.

"아…… 미안. 집에 과자가 없어."

현관으로 온 시도가 고개를 숙이면서 그렇게 말하자, 요시노는 고개를 푹 숙였다.

"그런……가요."

"정말 미안. 다음에는 꼭 준비해둘 테니까……."

시도가 말을 끝까지 잇기 직전, 『프랑켄 요시농』이 얼굴을 내밀었다.

『어이쿠~? 그러면 안 되지, 형씨~. 이쪽도 장난삼아 이런 짓을 하고 있는 게 아니라구~. ―요시노! 자, 해버려!』

"으…… 응?"

『차암~. 그러니까 트릭 · 오어 · 트릿 말이야. 과자를 안 주면(트릭 · 오어 · 트릿) 장난을 칠거야.』

"아……."

요시노는 낮은 신음을 흘린 후, 동글동글한 눈동자로 시도를 올려다보았다.

"어, 어이……?"

『흐음, 과자가 없다면 어쩔 수 없지~. 시도 군에게 마구마구 장난을 치는 수밖에 없겠네~.』

"자, 장난이라니…… 대, 대체 뭘 하려는 거야?"

시도가 뒷걸음질 치면서 묻자, 『요시농』이 의미심장한 웃음을 흘렸다.

『그건 말이지…….』

그렇게 말한 『요시농』은 요시노를 향해 눈짓을 보냈다. 그

려자 요시노는 볼을 붉히면서 고개를 돌렸다.

"아니, 진짜로 무슨 짓을 하려는 건데?!"

시도는 고함을 지른 후— "아." 하고 짧은 탄성을 터뜨렸다.

"아, 맞다. 거실에서 잠시 기다려주지 않겠어?"

"……?"

『엥?』

요시노와 『요시농』은 고개를 갸웃거리면서 서로를 쳐다보았다. 시도는 그런 두 사람을 향해 손짓을 하면서 부엌을 향해 걸음을 옮겼다.

부엌에 들어간 시도는 찬장에서 핫케이크 믹스를, 그리고 냉장고에서 우유와 달걀을 꺼낸 후, 적정량을 볼(bowl)에 집어넣었다.

『뭐야 뭐야~? 시도 군, 뭘 만드는 거야~?』

"완성된 후에 가르쳐줄게. 금방 되니까 잠시만 기다려줘."

시도의 말을 들은 두 사람은 눈을 동그랗게 뜨면서 고개를 갸웃거렸다.

그런 두 사람을 바라보며 입가에 미소를 머금은 시도는 테플론 코팅이 된 프라이팬을 가스레인지 위에 얹었다. 그리고 버터를 녹인 후, 잘 반죽된 생지를 부어서 굽기 시작했다.

그리고 새하얀 접시 위에 핫케이크 두 장을 겹쳐 놓고 그 위에 버터를 올린 후, 메이플 시럽을 뿌리면 완성이다.

"자, 다 됐어. 식기 전에 먹어."

시도가 그렇게 말하면서 테이블 위에 접시를 올려놓자, 요시노는 깜짝 놀랐는지 눈과 입을 동그랗게 벌리며 핫케이크를 유심히 쳐다보았다.

"이거…… 텔레비전에서 본 적 있어요……!"

요시노는 포크를 잡으려다— 뭔가가 생각난 것처럼 멈칫했다.

"저기…… 잘 먹겠습니다."

"응. 별것 아니지만 맛있게 먹어줘."

시도의 대답을 들은 요시노는 『요시농』에게 도움을 받으면서 핫케이크를 한입 크기로 잘랐다. 그리고 포크로 찍어 든 핫케이크를 뚫어져라 쳐다본 후, 입안에 집어넣었다.

"…………아!"

다음 순간, 요시노는 눈을 치켜뜨면서 손바닥으로 테이블을 두드린 후, 시도를 향해 엄지를 치켜들었다. 전에도 요시노가 저러는 모습을 본 적이 있었다. 그녀가 미지의 맛을 느끼고 감동했을 때 보이는 리액션이었다. 아무래도 마음에 든 것 같았다.

"하하, 맛있어?"

시도의 말을 들은 요시노가 고개를 끄덕였다. 그 모습을 본 시도는 미소를 머금었다.

『……신.』

시도가 따뜻한 분위기에 젖어 있을 때, 레이네의 목소리가 인터컴에서 흘러나왔다.

『……분위기 좋을 때 방해해서 미안한데 말이야. 요시노에게서 이상한 점 같은 건 발견했어?』

"아…… 딱히 이상한 점 같은 건 없는 것 같은데요……."
시도는 그렇게 말하면서 으흠 하고 헛기침을 했다.
"그러고 보니 전에도 이런 일이 있었지? 요시노가 처음으로 우리 집에 왔을 때 말이야. 으음, 그때 내가 요시노에게 뭘 만들어줬더라?"
시도가 은근슬쩍 그렇게 말하자, 요시노와 『요시농』은 서로를 한 번 쳐다본 후 시도를 향해 고개를 돌렸다.
"아…… 그때는…… 닭고기덮밥을, 만들어주셨어요."
요시노는 환한 미소를 지으면서 말했다.
그런 요시노를 본 시도는 쓴웃음을 흘리면서 마음속으로 '딩동댕.' 하고 중얼거렸다.
『응~? 시도 군, 그게 무슨 소리야~. 요시농은 처음 듣는 이야기라구~.』
얼굴에 꿰맨 자국이 잔뜩 나 있는 『요시농』이 불만 섞인 목소리로 말했다.
"응? 기억 못 하는 거야?"
시도가 묻자, 『요시농』은 잠시 동안 생각에 잠긴 후 손뼉을 쳤다.
『혹시 요시농이 오리가미네 집에 있을 때 그런 일이 있었던 거야?』
"아…… 맞다. 그때 요시농은 요시노와 같이 있지 않았지."
『그래~. ……그건 그렇고, 요시농이 없는 틈에 요시노와 단둘이 데이트를 하다니, 시도 군은 정말 선수네~. 그리고 요시노도 요시농이 없는 사이에 어른의 계단을 올라가 버린 신데렐라였구나…… 요시농, 복잡한 기분이야~.』

"요, 요시농……!"

요시노가 눈물을 흘리는 시늉을 하는 『요시농』의 입을 손으로 막았다. 그러자 『요시농』이 양손을 흔들어댔다.

『읍~! 읍~!』

인형인 『요시농』은 호흡을 하지 않는데도 꽤나 괴로워했다. 왠지 불쌍해 보였기에, 시도는 요시노를 말렸다.

"요, 요시노. 요시농이 괴로워하고 있잖아. 그쯤 해둬."

"아! 미…… 미안, 요시농……!"

『콜록, 콜록……. 휴우…… 죽는 줄 알았네…….』

기침을 해댄 후, 『요시농』이 고개를 갸웃거렸다.

"응? 요시농, 왜 그래?"

시도가 묻자, 『요시농』은 팔짱을 끼면서 으으음…… 하고 신음을 흘린 후, 고개를 들었다.

『으음, 생각이 안 나네. 요시노 때문에 질식사할 뻔해서 그런가~. 시도 군도 요시노와 싸울 때는 질식사 안 당하게 조심하라구~.』

"아, 아니……."

얼굴이 새빨갛게 달아오른 요시노는 부끄러움을 감추려는 듯이 허둥지둥 남은 핫케이크를 먹어댔다.

그리고 잠시 후, 『요시농』이 귀를 쫑긋 세우더니 요시노에게 귓속말을 했다.

『……야. ……니까, ……거야.』

"뭐…… 하, 하지만……."

『요시농』의 말을 들은 요시노는 시도를 힐끔 쳐다보았다. 그리고 마지막 남은 핫케이크 조각을 포크로 찍어 시도를 향해 내밀었다.

"저, 저기…… 한 입, 나눠드릴, 게요."

"아니, 안 그래도 되는데……."

"……."

시도의 말을 들은 요시노의 얼굴에 슬픔이 어렸다.

요시노의 저런 표정을 보고도 계속 거절하는 것은 무리였다. 시도는 항복 의사를 밝히듯 양손을 들면서 그녀가 내민 핫케이크를 먹었다. ……가능한 한 포크에 입이 닿지 않도록 주의하면서 말이다.

그런 시도를 본 『요시농』은 의미심장한 미소를 지었다.

『시도 군~. 요시농이 알기로, 핫케이크라는 건 간식으로 먹는 사람도 있지만 아침 삼아 먹는 사람도 있다던데, 진짜야~?』

"응? 그래. 그런 사람도 있어."

『그렇구나~. 그럼 핫케이크를 「과자」로 취급하는 건 좀 미묘하지 않을까~?』

"어, 어이……."

난처한 표정을 지은 시도는 '다 먹어놓고 그런 말을 하면 어떻게 하냐고.' 하고 마음속으로 생각하며 볼을 긁적였다.

바로 그때, 요시노가 시도의 볼을 손가락으로 가리켰다.

"저기…… 시도 씨. 입술 가장자리에, 시럽이…… 묻었어요."

"뭐? 정말?"

조금 전의 핫케이크는 한입에 먹기에는 크기가 컸던 걸까. 시도는 혀로 입술을 핥았다.

"좀 더, 옆이에요. 아…… 잠시만요."

그렇게 말한 요시노는 자리에서 일어나더니 테이블 위에 놓여 있던 물티슈를 한 장 뽑아 들면서 시도에게 다가갔다.

"으, 으음……."

약간 부끄럽기는 했지만 요시노의 호의를 거절할 수는 없다고 생각한 시도는 새빨개진 얼굴을 옆으로 돌린 채 가만히 있었다.

잠시 후, 시도에게 다가간 요시노는— 그대로 자신의 얼굴을 내밀더니, 시도의 입술과 볼의 경계 부분을 혀로 핥았다.

"우왓?!"

요시노가 이런 짓을 할 것이라고는 꿈에도 생각하지 못한 시도는 깜짝 놀란 표정을 지으면서 몸을 뒤로 젖혔다.

"요, 요요요요, 요시노……?!"

"저, 저저저저, 저기……."

시도 못지않게 동요한 요시노는 우물쭈물하면서 손가락을 꼼지락거렸다.

"이건, 저기…… 핫케이크는 과자와 식사의 중간이니까……."

요시노는 우왕좌왕하면서 말했다.

"그러니까 자, 『장난』이에요……!"

그렇게 말한 후, 집 밖으로 뛰쳐나가 버렸다.

홀로 남은 시도는 잠시 동안 멍하니 있은 후, 인터컴을 향해 말했다.

"레, 레이네 씨…… 방금 저 애, 진짜 요시노…… 맞죠?"

『……글쎄.』

되돌아온 것은 애매모호한 대답이었다.

◇

"으음…… 다음은 누구죠?"

요시노에 대한 조사가 끝난 후, 시도는 인터컴을 향해 물었다. 그러자 레이네가 그 질문에 대답했다.

『……다음은 토노마치 히로토야.』

"토노마치군요."

시도는 가볍게 숨을 내쉬면서 말했다. 시도의 오랜 친구이자 열두 명의 용의자 중 유일한 남자다. 그에 대한 조사는 데이트보다 동성 친구끼리 놀러 나가는 느낌으로 하는 편이 나을지도 모른다.

『……꽤 목소리가 밝네.』

"아하하…… 토노마치는 같은 남자잖아요. 그래서 마음이 꽤 편한 걸지도 몰라요."

『……음, 그거 다행이네. 그럼 빨리 끝내버리자. —그에게는 네 이름으로 한 시간 후에 만나자는 내용의 문자 메시지를 보내뒀어.』

"알았어요. 만나기로 한 장소는 어디죠?"

『……아, 그게—.』

레이네에게 그 장소를 들은 시도의 표정이 딱딱하게 굳어졌다.

—그로부터 약 한 시간 후.

시도와 토노마치는 사우나 안에 설치된 벤치에 나란히 앉아 있었다.

〈라타토스크〉가 지정한 장소는 바로 시도네 집 근처에 있는 찜질방 앞이었다.

"……."

"……."

두 사람은 몇 분 동안 이 벤치에 나란히 앉아 있었지만, 전혀 대화를 나누지 않았다. ……자주 같이 논 덕분에 익숙한 상대와 같이 있는데도, 여자애와 데이트할 때보다 더 긴장…… 아니, 거북한 분위기에 휩싸여 있는 것 같은 느낌이 들었다.

"어, 어이…… 토노마치."

"……읏! 왜, 왜 그래, 이츠카……."

침묵을 견디다 못한 시도가 입을 열자, 토노마치가 어깨를 부르르 떨었다.

"아니…… 뭐랄까…… 미안해."

시도는 살짝 고개를 숙인 후, 토노마치에게서 고개를 돌렸다.

"……레이네 씨. 왜 이런 곳을 약속 장소로 잡은 거예요……?!"

시도는 낮은 목소리로 인터컴을 향해 말했다. 〈라타토스크〉가 자랑하는 고성능 인터컴은 고온 다습한 사우나 안에서도 깨끗한 음질로 레이네의 졸린 듯한 목소리를 들려주고 있었다.

『……남자끼리니까, 알몸으로 속 터놓고 대화를 나누는 편이 좋을 것 같았거든.』

"뭐 그딴 이론이 다 있어요. ……그리고 타이밍이 너무 나빴잖아요. 자세한 건 모르지만 저로 변한 나츠미가 토노마치에게 이상한 소리를 한 것 같단 말이에요. 그래서 그런지 나를 무지 경계하고 있는 것 같은데……."

『……절교할 생각이라면 아예 약속 장소에 나오지 않았을 거야.』

"아니, 절교하려 한다기보다, 제 성적 취향을 의심하고 있는 것 같은데……."

시도는 그렇게 말하면서 토노마치 쪽을 힐끔 쳐다보았다. 볼이 달아올라 있는 것은 사우나 안의 온도가 높기 때문일 것이다. 틀림없다.

시도가 그런 생각을 하고 있을 때, 레이네가 천천히 입을 열었다.

『……그리고 약속 장소를 사우나로 한 것에는 이유가 있어. 나츠미는 여자잖아. 아무리 몸을 변화시킬 수 있다고 해도 남성 앞에서 알몸이 되는 것에 거부감을 느낄 수도 있잖아.』

"아…… 그것도 그러네요."

확실히 레이네의 말이 옳을지도 모른다. 만약 토노마치가 나츠미라면 찜질방에 같이 가자는 제안을 거절했을 것이다.

"그럼 토노마치가 저와 함께 사우나에 들어온 걸 보면, 저 녀석은 나츠미가 아니라는 거네요?"

『……그럴 가능성이 커. ……뭐, 나츠미가 자신의 치부를 남에게 보여줌으로써 흥분하는 성적 취향의 소유자가 아니라는 가정하에서의 이야기지만 말이야.』

"……."

시도는 아무 말 없이 볼을 긁적였다. 확실히 나츠미가 그런 취향이라면 눈앞에 있는 토노마치가 나츠미가 아니라고 단정 지을 수 없을 것이다.

"……그럼 어떻게 하면 좋죠? 역시 나츠미가 알 리가 없는 옛날 일 같은 거라도 토노마치에게 물어볼까요?"

『……그러는 게 좋겠어. 그리고 그의 반응과 수치를 확인하고 싶어. —그러니, 그의 몸에 손을 대주지 않겠어?』

"예……?"

시도의 두 눈이 경악으로 가득 찼다. 하지만 레이네는 여전히 태연했다.

『……방금 말한 것처럼 나츠미가 남자 앞에서 태연하게 알

몸을 드러낼 수 있다고 해도, 아무런 예고 없이 만진다면 어떤 식으로든 반응을 보일 거야.』

"……그, 그래요……?"

시도는 사우나 안의 뜨거운 열기와 긴장 때문에 말라버린 목을 침으로 적신 후, 토노마치를 향해 고개를 돌렸다.

바로 그때, 토노마치가 입을 열었다.

"어, 어이, 이츠카. 오늘 왜 나를 이런 곳으로 부른 거야?"

"응? 그, 그게, 실은……."

『……신, 지금이야.』

시도가 우물쭈물하고 있을 때, 레이네가 지시를 내렸다.

시도는 잠시 동안 주저한 후, 결국 그녀의 지시에 따라 토노마치의 어깨를 끌어안듯 그의 피부에 손바닥을 댔다. ―그 순간.

"히익?!"

온몸을 부르르 떤 토노마치는 도망치듯 옆으로 후다닥 이동했다. 유심히 보니, 그의 온몸에는 닭살이 돋아 있었다.

"무, 무무무무무무무무무무무, 무슨 일이야, 이츠카?!"

"아, 아니, 그게…… 아무것도 아냐."

"……."

"……."

또다시 두 사람 사이에 거북한 침묵이 흘렀다.

반대편으로 고개를 돌린 시도는 손가락으로 인터컴을 두드렸다.

"……토노마치의 반응은 어땠나요?"

『……으음, 상당히 당황한 것 같아. 신이 어깨에 손을 얹은 순간, 긴장 수치가 급격하게 올라갔어.』

"그, 그럼……."

『……데이터가 더 필요해. 몇 번 더 그의 몸에 손을 대봐.』

"아, 예……."

내키지는 않았지만 나츠미를 찾기 위해 어쩔 수 없다고 생각한 시도는 벤치에서 일어난 후, 토노마치의 옆에 앉았다. 그러자 토노마치는 또다시 부들부들 떨기 시작했다.

"이, 이츠카…… 우리, 친구 사이…… 맞지? 평범한 친구 사이 말이야."

"으, 응…… 그래."

"그, 그렇지?! 하, 하하…… 미안 미안. 내가 이상한 착각을—."

"……이얍."

바로 그때. 시도는 토노마치의 허벅지에 손을 얹었다.

"끼야아아아아아아아아아아악?!"

그러자 토노마치는 엄청난 절규를 터뜨리면서 사우나 밖으로 튀어나갔다.

◇

"하아……."

홀로 밤길을 걷던 시도는 한숨을 내쉬었다.

모처럼 사우나를 하고 왔는데도 피로가 풀리지 않았다. ……아니, 사우나에 들어가기 전보다 더 피곤한 것 같은 느낌마저 들었다.

하지만 이런 생각이나 하고 있을 때가 아니었다. 아직 오늘의 목표치를 달성하지 못했기 때문이다.

"으음, 약속 장소는 언덕 위에 있는 공원이죠?"

『……그래. 늦었으니까 서둘러.』

"예……!"

그 말을 들은 시도는 약속 장소인 공원으로 서둘렀다. 해가 진 탓에 마을 안의 공기가 서늘했지만, 목욕을 한 덕분에 달아오른 몸을 식히기에는 딱 적당한 기온이었다.

잠시 후, 시도는 공원에 도착했다. 그러자 가로등 불빛이 쏟아지고 있는 벤치 앞에 서 있는 한 소녀가 눈에 들어왔다.

옅은 색 긴소매 블라우스와 검은색 플레어스커트를 걸친 글래머러스한 소녀였다. 야마이 자매 중 한 명인— 야마이 유즈루다.

"분개. 사람을 불러놓고 늦게 오다니, 정말 배짱 한번 좋군요."

유즈루는 그렇게 말하며 도끼눈을 떴다. 시도는 허둥지둥 유즈루를 향해 뛰어간 후, 양 손바닥을 맞대면서 고개를 숙였다. 뭐, 정확하게 말하자면 그녀를 불러낸 건 시도가 아니라 레이네가 소속된 〈라타토스크〉지만, 유즈루가 그 사실을 알 리가 없었다.

"미안, 유즈루. 다른 볼일을 보느라 조금 늦었어."

"용서. 뭐, 좋아요. 유즈루는 마음이 넓으니 5분 지각한 것 정도는 봐주도록 할게요."

그렇게 말한 유즈루는 한숨을 내쉬면서 팔짱을 꼈다.

그 모습을 보고 약간의 위화감을 느낀 시도는 머리를 긁적였다.

유즈루의 행동에 문제가 있는 것은 아니었다. 언제나 함께 다니던 야마이 자매 중 한 명만 이 자리에 있다는 사실에서 기묘함을 느끼고 있는 건지도 모른다.

일단 조사 첫날의 마지막을 유즈루가 장식한다는 이야기는 들었지만, 이렇게 그녀가 혼자 나와 있는 모습을 보니 기묘한 느낌이 들었다. 시도가 영력을 봉인한 후, 야마이 자매는 화장실 갈 때 외에는 항상 같이 있다고 해도 과언이 아닐 만큼 붙어 다녔다.

시도의 시선을 보고 그가 어떤 생각을 하고 있는지 눈치챘는지, 유즈루는 어깨를 으쓱하면서 입을 열었다.

"한숨. 유즈루 혼자로는 만족할 수 없나요?"

"윽! 아니, 그런 건 아냐. 그냥 좀 신기해서……."

"부정. 무리해서 얼버무릴 필요 없어요. 유즈루와 카구야는 일심동체예요. 시도가 그렇게 생각해주니 유즈루와 카구야가 일심동체라는 걸 인정해주는 것 같아서 오히려 기쁠 지경이에요."

유즈루는 입가에 미소를 머금으면서 말했다. 야마이 자매는 여전히 사이가 좋은 것 같았다.

"질문. 왜 이런 시간에 이런 장소로 유즈루를 불러낸 거죠?"

"아, 그게 말이야. 단둘이서 이야기하고 싶어서…… 혹시 폐가 됐어?"

시도의 말을 들은 유즈루는 깜짝 놀란 표정을 지으면서 눈을 동그랗게 떴다.

"부정. 폐랄 것은 없어요. 하지만 그런 거라면—."

유즈루는 눈을 가늘게 뜨면서 시도의 팔을 잡더니 그대로 끌어안았다. 그러자 시도의 팔은 그녀의 풍만한 가슴에 감싸이고 말았다.

"유, 유즈루?"

"독점. 지금 이 시간 동안, 시도는 유즈루의 것이에요. 그리고 지금 이 시간 동안, 유즈루는 시도의 것이에요. —맞죠?"

그렇게 말한 유즈루는 시도의 목을 향해 달콤한 숨결을 토했다. 평소 카구야와 찰싹 달라붙어 시시덕대던 유즈루가 요염하기 그지없는 행동을 하자, 시도의 얼굴이 새빨갛게 달아올랐다.

"제안. —시도, 저와 잠시 걷지 않겠어요?"

"뭐?"

시도가 고개를 갸웃거리자, 유즈루는 미소를 머금으면서 시도를 잡아당겼다.

두 사람은 느긋한 걸음걸이로 공원 안을 걸었다.

언덕 위에 세워진 이 장소에서는 시도가 사는 텐구 시를 한눈에 볼 수 있었다. 어둠에 뒤덮인 마을 안에서 전기가 만들어낸 빛이 별처럼 빛나고 있었다.

"감탄. ―아름다워요."

"응…… 그래."

시도가 솔직하게 대답하자, 유즈루는 도끼눈을 뜨며 시도를 쳐다보았다.

"왜, 왜 그래?"

"지적. 여성이 "아름다워요."라고 말하면 남성은 "네가 더 아름다워."라고 말하는 게 기본이에요."

"……그, 그래?"

"긍정. 그래요."

대체 어디서 이런 지식을 얻은 것일까. 유즈루는 자신감 넘치는 목소리로 그렇게 말했다. 그 말을 들은 시도는 쓴웃음을 흘리면서 입을 열었다.

"네, 네가 더…… 아름다워."

"미소. ……후훗, 정말인가요?"

시도의 말을 들은 유즈루는 볼을 살짝 붉히면서 옅은 미소를 지었다.

평소 잘 보여주지 않는 그녀의 사랑스러운 표정을 본 순간, 시도의 가슴은 크게 뛰고 말았다.

뭐랄까…… 마음이 진정되질 않았다.

정령은 영력이 봉인된 후에도 정신 상태가 불안정해지면 그

힘이 역류할 때가 있다. 그렇기 때문에 시도는 항상 토카를 비롯한 다른 정령들의 정신 상태 안정에 힘을 쏟고 있었다.

하지만 야마이 자매는 자매끼리 같이 있으면 정신 상태가 매우 안정되기 때문에 그렇게 손이 가지 않았다. 토카가 시도네 반에 편입한 것과는 달리, 야마이 자매는 옆 반에 편입한 것이 그 증거다. 간단하게 말하자면 토카나 요시노보다 야마이 자매는 시도에게 있어 『친구』라는 느낌이 강했다.

하지만— 아니, 그렇기 때문에 이렇게 유즈루 한 사람과 이야기를 나누고 있는 것이 신선하게 느껴졌고…… 그에 맞춰 시도의 마음 또한 술렁거리고 있었다.

"호출. —시도."

바로 그때, 유즈루가 천천히 입을 열었다.

"어…… 왜?"

시도가 대답하자, 유즈루는 마른침을 삼킨 후 입을 열었다.

"애원. 솔직하게 대답해주세요."

"……으, 응. 알았어."

"질문. 시도는— 유즈루와 카구야 중, 누구를 더 좋아하죠?"

"뭐……?"

예상치 못한 질문을 받은 탓일까, 시도의 눈동자가 콩알만 해졌다. 그와 동시에 시도는 이마를 타고 흘러내리는 땀방울을 느꼈다.

"무, 무슨 소리를……."

떨리는 목소리로 얼버무리려고 했지만, 유즈루는 시도에게서 눈을 떼지 않았다. 그녀의 눈은 농담을 하고 있는 것처럼도, 장난을 치고 있는 것처럼도 보이지 않았다.

"그, 그런 느닷없는 질문에 어떻게 대답해. 두 사람 다…… 소중하단 말이야."

시도의 말을 들은 유즈루는 한심하다는 듯이 어깨를 으쓱했다.

"조소. 가장 한심하고 꼴불견인 대답을 했군요."

"시, 시끄러워. 그, 그런 질문에 어떻게 바로 대답하냐고!"

"확인. 그럼 준비 기간을 드리면 대답할 수 있나요?"

"으……."

유즈루의 말을 들은 시도는 입을 다물었다. 그런 시도를 본 유즈루는 또 한숨을 내쉬었다.

유즈루의 한숨 소리를 들은 시도는 머리카락을 긁적이면서 말했다.

"그러는 너는 내가 누구 이름을 말하길 바랐는데?"

"고민. ……글쎄요."

유즈루는 턱에 손가락 하나를 댄 채 잠시 동안 생각에 잠겼다. 그리고 다시 시도를 바라보면서 입을 열었다.

"대답. ―카구야라고 말했다면 칭찬해줬을 거예요. 유즈루라고 말했다면 화를 냈겠죠."

그렇게 말한 유즈루는 장난기 섞인 미소를 지었다.

그러고 보니 카구야와 유즈루는 원래 이런 소녀였다. 자신보다 서로를 더 좋아하는 소녀들인 것이다. 그 말을 들은 시도는 한숨을 내쉬면서 "……공부가 됐어." 하고 중얼거렸다.

"추가. 하지만 유즈루라고 말해줬다면…… 정말 기뻤을 거예요."

"뭐—."

방금 유즈루의 입에서 흘러나온 말을 들은 순간, 시도의 심장 박동은 급격하게 빨라졌다.

이렇게 몸을 밀착시키고 있으니, 유즈루도 시도의 심장이 미친 듯이 뛰고 있다는 사실을 눈치챌지도 모른다. 그렇게 생각한 시도는 고개를 저은 후, 얼버무리듯 입을 열었다.

"겨, 결론이 뭐야?"

"한숨. 방금 유즈루가 한 말을 듣고도 이해 못 한 건가요? 유즈루는 어느 쪽이라고 말했어도 상관없었어요. 그런데 시도는 겁쟁이 같은 대답을 했죠. 시도에게 실망했어요. 시도는 바보 얼간이예요."

"으윽……."

시도는 대꾸를 할 수가 없었다. 그는 입술을 깨물면서 신음을 흘렸다.

하지만 유즈루는 시도의 반응을 괘의치 않으면서 "하지만." 하고 덧붙였다.

"애원. —만약. 만약, 말이에요. 카구야가 조금 전에 유즈루가 했던 것과 같은 질문을 시도에게 한다면…… 그때는 꼭 "카구야."라고 대답해주세요."

"뭐, 그건……."

시도는 말을 끝까지 잇지 못한 채 유즈루를 바라보았다.

"예상. 시도가 그렇게 대답하면 카구야는 화를 낼 거예요. 왜 유즈루라고 말하지 않은 거야! 하고 말하겠죠. ……하지만 속으로는 너무나도 기뻐할 거예요."

"유즈루……."

"확신. 카구야는 평소 **그런 태도**를 취하지만, 실은 시도를 진심으로 좋아해요. 유즈루의 말이니 믿어도 돼요. 유즈루와 카구야는 원래 일심동체. 유즈루가 싫어하는 것을 카구야도 싫어해요. 마찬가지로— 유즈루가 좋아하는 것을 카구야도 좋아해요."

"뭐, 그럼……."

시도의 눈썹이 희미하게 떨린 순간, 유즈루는 눈을 살짝 치켜떴다. 그리고 한 손으로 입을 막으면서 시도에게서 떨어졌다.

"실수. 쓸데없는 정보를 시도에게 제공하고 말았어요. 더 쓸데없는 말을 하기 전에 퇴각해야겠어요."

"어, 어이, 유즈루?!"

"애원. 거짓말은 하지 않았어요. 카구야는 시도를 매우 마음에 들어 해요. 그러니까— 카구야를 잘 부탁해요."

유즈루는 그렇게 말하면서 고개를 숙인 후, 어둠 속으로 사라지듯 홀로 돌아갔다.

◇

"……그 후 혼자서 돌아온 거야? 하아…… 하다못해 유즈루를 맨션까지 배웅해주라구."

소파에 앉아 있는 코토리는 한숨을 내쉬면서 말했다.

이츠카 가의 거실에는 시도, 코토리, 레이네, 이렇게 세 사람이 모여 있었다. 시도는 바닥에서 무릎을 꿇고 있었고, 시도의 맞은편 소파에는 코토리가 앉아 있었다. 그리고 옆에 있는 소파에 레이네가 앉아 있었다.

홀로 공원에 남겨진 시도가 집으로 돌아오자, 거실에서 스탠바이 중이던 코토리와 레이네가 바로 설교 타임을 시작했다.

"여자애 혼자 밤길을 걷게 하다니…… 꼭 그렇게 한심한 선택지를 골라야겠어?"

"윽…… 미안."

코토리의 말이 옳았다. 하지만 유즈루의 말을 듣고 충격을 받은 시도가 딱딱하게 굳어 있는 사이, 그녀는 무시무시한 속도로 공원 밖으로 빠져나갔다. 바람의 정령다운 속도로 달려가는 그녀를 시도가 따라잡는 것은 무리였다.

"……뭐, 어쩔 수 없는 상황이었잖아. 그 정도면 시도도 잘한 편이라고 봐."

〈프락시너스〉에서 시도와 유즈루를 지켜보고 있었기에 사정을 아는 레이네는 도움의 손길을 내밀었다.

코토리는 흥 하고 코웃음을 친 후 입에 물고 있는 막대 사탕의 막대 부분을 꼿꼿이 세웠다.

"나도 알아. 그리고 시도가 엄청 빡빡한 스케줄을 소화하고 있다는 것도 이해하고 있다구."

그렇게 말한 코토리는 시도를 힐끔 쳐다보았다.

"—그런데 시도. 오늘 하루 동안 네 사람과 대화를 나눠봤잖아? 혹시 이상한 점 같은 건 없었어? 토카, 요시노, 토노마치, 유즈루. 이 중에— 나츠미로 추정되는 인물은 없었어?"

"……."

그 말을 들은 시도는 오늘 있었던 일을 떠올리면서 생각에 잠겼다.

솔직히 말해 아직 모든 용의자 중 3분의 1밖에 조사하지 못했다. 조금 의심스러운 인물이 있기는 했지만, 범인으로 단정할 수 있을 정도는 아니었다.

"……아직 모르겠어. 일단 용의자 전원과 만나봐야 할 것 같아."

"뭐…… 그럴 거야."

코토리도 시도가 그렇게 대답할 것이라고 예상했던 것 같았다. 그녀는 한숨을 내쉰 후, 다시 입을 열었다.

"나도 모든 인물의 음성을 체크하고 있으니까, 뭔가 이상한 점을 발견하면 바로 알려줄게."

"그래…… 부탁해."

"아무튼, 내일을 위해 오늘은 쉬어둬. 내일 늦잠을 자기라도 해서 스케줄을 엉망진창으로 만들면 절대 용서 안 할 거야.”

코토리가 다리를 꼬면서 말했다. 그 말을 들은 시도는 자리에서 일어나면서 고개를 끄덕였다.

“응. 그렇게 할게. —레이네 씨. 내일은 몇 시부터 시작이죠?”

“……으음, 첫 번째 일정은 열 시부터야. 미안하지만 내일은 학교를 쉬어줘야겠어.”

“이런 상황이니 어쩔 수 없죠. 으음, 첫 번째 상대는…….”

“……코토리야.”

“……윽!”

레이네의 말을 들은 코토리는 어깨를 부르르 떨었다. 바로 그때, 레이네가 무언가가 생각났다는 듯이 가볍게 손뼉을 쳤다.

“……아, 그래. 방금 코토리가 내일 늦잠을 자지 말라고 한 건—.”

“—바, 바보! 따, 딱히 그런 건 아냐! 나는 그저 사령관으로서—.”

시도의 시선을 느끼고 말을 멈춘 코토리는 그를 향해 쿠션을 집어 던졌다.

“우왓. 잠깐, 뭐 하는 거야.”

“시끄러워! 빨리 가서 자기나 해!”

코토리는 고함을 지르면서 다른 쿠션을 향해 손을 뻗었다.

이대로 있다간 또 쿠션 공격을 당하겠다고 생각한 시도는 자신의 방으로 피신했다.

◇

—찰칵 하는 소리를 내면서 시계의 긴바늘과 짧은 바늘이 동시에 12를 가리켰다.

오전 0시. 10월 22일이 끝나고, 23일이 시작되었다.

즉— **게임 첫날이, 끝난 것이다**.

"후후……."

『누군가』와 똑같은 모습을 하고 있는 나츠미는 낮은 웃음을 흘렸다.

게임 첫날. 시도는 나츠미가 누구로 변신했는지 알아내지 못했다.

하지만 그럴 만도 했다. 용의자는 열 명이 넘는 데다 룰 또한 애매했다. 이런 상황에서 시도가 할 수 있는 일은 한정되어 있었다.

하지만 그 어떤 이유가 있다고 해도, 게임 첫날이 끝나고 말았다.

"—〈하니엘〉. 시간이 됐어."

나츠미는 그 누구에게도 들리지 않을 만큼 낮은 목소리로 그렇게 중얼거리면서 손가락을 움직였다.

나츠미가 딱히 나설 필요는 없었다. 뒷일은 〈하니엘〉이 알아서 해줄 것이기 때문이다.

"자아…… 우선 한 명. 누가 나인지 맞출 수 있겠어?"

히죽, 히죽.

마녀가, 웃었다.

"—모두 다, 사라지기 전에."

◇

"으응……."

아침. 고막을 뒤흔드는 소음을 들은 시도는 기지개를 켠 후, 눈가를 문질렀다.

크게 하품을 하면서 베갯머리를 향해 손을 뻗은 시도는 자명종 시계의 스위치를 눌렀다. 하지만— 스위치를 눌렀는데도 소음은 사라지지 않았다. 아무래도 시도의 수면을 방해하는 이 소리는 자명종 시계 소리가 아닌 것 같았다.

"어라……?"

천천히 몸을 일으킨 시도는 하품을 했다. 그리고 머릿속이 맑아지자, 저 소리가 무엇인지 감이 왔다. 저것은 바로…… 초인종 소리였다. 이츠카 가의 초인종을 누군가가 마구 눌러대고 있었다.

"아침부터 대체 누구야……."

투덜대면서 침대에서 일어난 시도는 계단을 내려간 후, 복도를 따라 걸었다. 그 사이에도 초인종은 계속 울리고 있었다.

하지만 시도가 현관에 도착했을 즈음, 정체불명의 방문자는 인내심이 바닥났는지 현관문의 손잡이를 마구 돌려대기 시작했다.

"우왓……?!"

그야말로 호러 영화를 연상케 하는 광경이었다. 시도는 약간 움츠러든 목소리로 말했다.

"누, 누구세요……?"

『아! 시도!』

그러자, 문 너머에서 한 소녀의 격앙된 목소리가 들려왔다. 귀에 익은 목소리— 카구야의 목소리가 분명했다.

"카구야? 대체 무슨 일—."

시도가 현관문을 열어주자, 이마에 땀방울이 가득 맺힌 카구야가 집 안으로 뛰어 들어왔다.

"우왓, 어이, 진정해! 대체 무슨 일이야?!"

"시, 시도! 유즈루, 여기 안 왔어?!"

평소의 거만한 말투를 쓸 여유조차 없는 듯한 카구야는 다급한 목소리로 그렇게 외쳤다. 그 말을 들은 시도는 고개를 갸웃거렸다.

"유즈루……? 안 왔는데…… 무슨 일이야?"

"그, 그게…… 아침에 일어나 보니, 유즈루가 사라져버렸어!"

"뭐……?!"

카구야의 비명에 가까운 외침을 들은 시도는 미간을 찌푸리며 깜짝 놀란 목소리로 대답했다.

—어쩌면 바로 이때, 진정한 의미에서 나츠미의 『게임』이 시작된 것일지도 모른다.

High risk

제4장 용의자 지명

"……."

"……."

공원 벤치에 나란히 앉은 시도와 코토리는 아무 말 없이 분수를 바라보고 있었다.

아니, 정확하게 말하자면 바라보고 있는 것은 아니다. 그저 눈앞에 분수가 있을 뿐이다. 시도는 몸을 앞으로 숙인 채 무릎에 팔꿈치를 대고 있었고, 코토리는 다리를 꼰 채 벤치에 등을 맡기고 있었다. 두 사람은 그런 자세로 생각에 잠겨 있었다.

현재 시각은 오전 11시 30분. 평일이기 때문일까, 공원에는 아이를 데리고 나온 주부나 산책을 나온 노인들밖에 없었다. 그런 공원의 벤치에 아무 말 없이 앉아 있는 젊은 남녀가 신경 쓰이는지, 주부들이 때때로 두 사람을 쳐다보곤 했다.

하지만 시도와 코토리에게는 그런 시선들을 신경 쓸 여유가 없었다.

그럴 만도 했다. 오늘 아침— 야마이 유즈루가 홀연히 사라져버렸으니까 말이다.

그 후로 어느 정도 시간이 흘렀을 즈음, 갑자기 코토리가 입을 열었다.

"……저기. 무슨 말이라도 좀 해봐. ……우리는 지금 데이트 중이잖아."

"아…… 그, 그래."

코토리의 말을 들은 시도는 짧게 한숨을 내쉰 후, 기합을 넣듯 자신의 볼을 손바닥으로 때렸다.

그렇다. 시도와 코토리는 현재, 예정 시간보다 약간 늦어지기는 했지만 당초의 예정대로 데이트를 하고 있었다. —지금은 그것 외에 할 수 있는 것이 없었다.

"아…… 으음……."

하지만 시도는 입에서 말이 잘 나오지 않았다.

그 모습을 본 코토리는 짜증 섞인 한숨을 내쉬었다.

"데이트에 집중이 안 되나 보네. ……뭐, 무리도 아냐."

"……미안."

시도는 머리를 긁적인 후, 폐 속에 가득 들어 있는 초조함과 무력감을 한숨과 함께 토했다. ……물론, 아무리 토해본들 마음속은 전혀 가벼워지지 않았다.

시도는 인상을 쓰면서 조금 전, 자신의 집에서 본 영상을 떠올렸다.

시간을 거슬러 올라가 오늘 오전 열 시. 레이네가 시도와 코토리를 찾아왔다.

그녀는 실종된 유즈루에 대해 뭔가 알아낸 것이 있다고 말했다. 하지만 카구야에게는 알리지 않는 편이 좋은 내용이기 때문에 카구야, 토카, 요시노는 맨션의 자기 방에서 기다리고 있게 했다.

"그럼…… 레이네 씨. 유즈루는 대체 어디로 사라진 거죠?"

시도의 질문을 들은 레이네는 고개를 끄덕이면서 입을 열었다.

"……순서대로 설명할게. 우선 유즈루가 맨션으로 돌아온 걸 확인했다고 좀 전에 카구야가 말했지?"

"예. 그렇게 말했어요."

시도는 조금 전 카구야에게 들은 이야기를 떠올리면서 고개를 끄덕였다.

어젯밤, 카구야는 맨션으로 돌아온 유즈루를 본 모양이다. 피곤해 보여서 대화를 많이 나누지는 않았지만, 유즈루가 목욕을 한 후 침대에 들어가는 모습을 보았다고 한다.

즉, 유즈루는— 어젯밤부터 아침 사이에 사라지고 만 것이다.

"……이걸 봐."

레이네는 그렇게 말하면서 테이블 위에 단말기를 놓았다.

그 단말기의 모니터에는 한 방의 영상이 표시되고 있었다.

눈에 익은 방이었다. 그 방은 카구야와 유즈루가 같이 살고 있는 맨션의 침실이었다. 방 안쪽에는 침대 두 개가 나란히 놓여 있었고, 그 침대에는 똑같이 생긴 두 소녀가 각각 누워 있었다.

"이런 것도 찍은 거예요?"

"……그래. 야마이 자매의 방뿐만이 아니라 나츠미가 변신했을 가능성이 있는 용의자 전원의 방에 자율 카메라를 배치해뒀어. 어쩌면 아무도 보고 있지 않을 때 나츠미가 꼬리를 드러낼지도 모른다고 생각했거든."

그렇게 말한 레이네는 단말기를 조작했다. 그러자 화면에 나오는 영상이 고속으로 재생되기 시작했다. 방에 설치된 시계의 바늘이 빙글빙글 돌고 있었고, 침대에 누워 있는 야마이 자매의 표정 또한 쉴 새 없이 변하고 있었다.

"……여기쯤이야."

레이네가 그렇게 말하면서 단말기를 조작하자, 재생 속도가 원래대로 돌아왔다.

그리고 잠시 후, 시곗바늘이 오전 0시를 가리켰다. 그러자—.

"아……."

"이, 이게 뭐야……."

시도와 코토리의 목소리가 겹쳐졌다.

메인 모니터에 표시된 침실의 한가운데 부분이 일그러지기 시작하더니, 허공에서 빗자루처럼 생긴 무언가가 모습을 드러낸 것이다.

“저건— 〈하니엘〉……?”

그렇다. 저것은 시도가 며칠 전에 두 눈으로 직접 봤던 나츠미의 천사 〈하니엘〉이었다.

〈하니엘〉의 끝 부분이 점점 벌어지더니, 거울 같은 내부가 드러나기 시작했다.

그리고 그 거울이 반짝인 순간…….

침대 위에서 자고 있던 유즈루의 몸이 옅은 빛을 뿜으면서 그 거울 안으로 빨려 들어갔다.

“……! 유즈루?!”

이것은 어디까지나 녹화 영상이기에 시도가 고함을 질러본들 아무런 소용도 없었다. 시도의 고함 소리가 공허하게 울려 퍼지는 가운데, 유즈루는 흔적도 없이 사라지고 말았다.

유즈루를 빨아들인 〈하니엘〉은 천천히 끝 부분을 접더니, 허공 속으로 사라졌다.

“……방금 본 대로야.”

레이네는 의자를 돌리면서 시도를 바라보았다.

“……유즈루는 나츠미의 천사 〈하니엘〉 안에 빨려 들어갔어. 아마 나츠미가 변신한 『누군가』도 같은 방법으로 당했을 거야.”

“유, 유즈루는 무사한 걸까요……?! 그리고 나츠미가 변신한 『누군가』도 무사한 거겠죠……?!”

시도의 말을 들은 레이네는 고개를 숙였다.

"무사하다고 말하고 싶지만, 지금 상황에서는 뭐라고 말할 수 없어."

레이네는 차분한 목소리로 말했다. 그 말을 들은 시도는 머릿속에서 소용돌이치는 초조함과 분노를 어떻게 발산해야 좋을지 모르겠다는 듯이 머리를 쥐어뜯었다.

"내가 뭘 어떻게 해야 하지……?!"

"……네가 해야 할 일은 단 하나. 한시라도 빨리 용의자 중에서 나츠미를 찾아내는 거야."

"맞아."

레이네의 말에 맞장구를 친 코토리는 물고 있던 막대 사탕을 입에서 꺼내, 시도를 가리켰다.

"시간이 없어. —우리의 전쟁(데이트)을 시작하자구."

코토리는 날카로운 눈빛을 띠면서 말했다.

텐구 동(東) 공원.

시도가 좀 전에 집에서 있었던 일을 떠올리고 있을 때, 옆에 앉아 있던 코토리가 몸을 일으키더니 시도 앞에 섰다.

"코토리……?"

"이얍!"

시도가 고개를 든 순간, 코토리는 그의 정수리를 향해 날카로운 수도(手刀) 치기를 날렸다.

"아얏! 코, 코토리, 너, 뭐 하는 거야?!"

"멍청한 표정 짓지 말라구. 네가 죽도록 고민하면 유즈루가 돌아온다고 생각하는 거야?"

"그, 그건……!"

시도는 언성을 높이려다— 고개를 저었다.

"……아니. 네 말이 맞아, 코토리. 이런 짓을 할 때가 아니긴 해."

시도의 말을 들은 코토리는 흥 하고 코웃음을 친 후, 물고 있던 막대 사탕의 막대를 꼿꼿이 세웠다.

"알았으면 됐어. 고민하는 것만으로는 아무것도 해결되지 않으니까 말이야. —상대가 우리 쪽에 양해를 구하지도 않고 멋대로 룰을 추가하는 지금 같은 상황에서는 더욱 그럴 거야. 아니…… 추가되었다기보다 상세한 룰을 알게 되었다고 보는 편이 정확할까?"

코토리는 미간을 찌푸리면서 말했다.

상세한 룰. 그것은 어젯밤 유즈루에게 일어난 현상을 가리키는 것이리라.

"『모두 다, 사라지기 전에』…… 카드에 적혀 있던 마지막 문장은 이걸 가리킨 거겠지?"

"그럴 거야. —내 예상이지만…… 아마 하루에 한 명씩, 용의자가 〈하니엘〉에 의해 사라지지 않을까? 그리고 나츠미가 변한 『누군가』를 제외한 용의자 열한 명 모두가 사라지면 나츠미의 승리. 그 전에 나츠미를 찾아내면 시도의 승리."

코토리는 손가락 하나를 세우면서 자신의 생각을 말했다.

확실히 나츠미가 보낸 카드에 적힌 내용에 비춰보면 그렇게 봐야 할 것이다.

"……내가 나츠미를 찾아낼 수 있을까?"

"우는소리 같은 건 듣고 싶지 않아. 유즈루가 사라졌으니 남은 용의자는 나를 포함해 총 열한 명이야. 그러니 남은 시간은 열흘 정도밖에 안 된다구."

"……그, 그렇지."

코토리의 말을 들은 시도는 고개를 끄덕였다.

그리고— 또 입을 다물었다.

그러자 코토리는 짜증 섞인 목소리로 말했다.

"……그런데, 시도."

"응? 왜?"

"나와의 데이트 시간은 이제 30분밖에 남지 않았어."

"어? 아, 그렇구나……."

시도가 애매한 목소리로 그렇게 말하자, 코토리는 입술을 삐죽 내밀었다.

"그러니 한시라도 빨리 나를 조사해야 하지 않을까?"

"아……."

그 말을 들은 시도는 눈을 치켜떴다.

그렇다. 지금까지 잊고 있었지만, 지금 시도의 눈앞에 있는 코토리 또한 변신한 나츠미일지도 모르는 것이다.

물론 방금 자신을 독려해준 귀여운 여동생을 의심하고 싶지는 않다. 하지만 〈라타토스크〉의 사령관인 코토리가 가짜일 경우, 그 피해는 다른 누군가가 가짜일 때보다도 훨씬 클 것이다. 그러니 앞으로의 일을 생각해서라도 한시라도 빨리 코토리의 결백을 증명해야만 했다.

"그, 그래. 그럼 몇 가지 질문을……."

"……여기서?"

"응?"

"……조사라는 명목이 붙기는 했지만, 이건 어디까지나 데이트야."

코토리의 말을 들은 시도는 "……아." 하고 말하면서 볼을 긁적였다.

시도는 어제 코토리와 레이네가 나눈 대화를 떠올렸다.

그렇다. 유즈루가 사라지고 말았다는 비상사태가 발생한 탓에 까맣게 잊고 있었지만, 이건 어디까지나 데이트다. 코토리가 지금 벌어지는 사태에 대해 알고 있다고 해도, 사무적으로 질문 몇 개만 하고 데이트를 끝낼 수는 없다.

작게 한숨을 내쉰 시도는 벤치에서 일어난 후, 코토리를 향해 손을 내밀었다.

"—그래. 좀 걸을까?"

"……응."

퉁명스러운 표정을 지은 코토리는 볼을 살짝 붉히면서 시도의 손을 잡았다.

그리고 손을 잡은 채, 공원 안을 천천히 걷기 시작했다.

"왠지…… 이렇게 단둘이서 걷는 건 정말 오래간만인 것 같네.”

“응…… 맞아.”

“혹시나 해서 묻는데, 6월에 우리가 데이트했던 장소는 기억하지?”

“당연하지. 오션 파크에서 했잖아.”

“하하…… 딩동댕.”

시도의 말을 들은 코토리는 코웃음을 쳤다.

“하지만, 내가 나츠미가 변신한 가짜라면 조금 전 같은 질문은 의미가 없을지도 몰라.”

“뭐? 그게 무슨 소리야?”

“잘 생각해봐. 〈프락시너스〉에 탑승할 수는 없지만, 나는 이번 조사 방침을 알고 있어. 그러니 과거의 일 같은 건 당연히 조사해보지 않았겠어?”

코토리는 그렇게 말한 후, 장난기 섞인 미소를 지었다. 그 모습을 본 시도의 볼을 타고 식은땀이 흘러내렸다.

“어, 어이 어이. 농담하지 마.”

“농담이면 좋겠지만 말이야. —그, 그러니까…… 조금 다른 방법으로 나를 조사해보는 게 좋을 것 같지 않아?”

코토리는 시도의 시선을 피하면서 말했다.

“응? 그게 어떤 방법인데?”

“그러니까 내 반응을 살피기 위해, ……를 해보는 거야.”

“해본다고? 뭘?”

“그, 그게…… 저기, 그러니까, 그거 말이야. ……키, ……

키—.”

“—아.”

코토리의 말을 들은 시도는 눈을 치켜떴다.

다행히도— 시도는 코토리가 무슨 말을 하는 것인지 짐작이 되었다.

“—코토리. 눈을 감아줄래?”

“아! ……으, 응…….”

시도의 말을 들은 코토리는 볼을 희미하게 붉히면서 눈을 감았다.

“……에잇.”

시도는 그 틈에 코토리에게 다가간 후— 그녀의 머리카락을 묶고 있는 검은색 리본을 빼앗았다.

“어…… 어엇—?!”

코토리는 머리카락이 어깨를 스치는 감촉을 느끼고 깜짝 놀랐는지 새된 비명 소리를 냈다.

그리고 허둥지둥 자신의 머리를 만져보고, 리본이 없다는 사실을 안 코토리는—.

“우, 우에에에에엥?!”

울음소리를 내면서 리본을 빼앗은 시도를 향해 몸을 날렸다.

“오, 오빠~! 뭐 하는 거야~?! 빨리 리본 돌려줘!”

코토리는 울음 섞인 목소리로 고함을 지르면서 시도가 들고 있는 리본을 빼앗기 위해 제자리 점프를 했다. 조금 전까지 이곳에 있던 고압적인 분위기의 사령관님과는 180도 다른 분위기였다.

코토리는 자기 자신에게 강력한 마인드 세팅을 해두었다. 그래서 검은색 리본을 하고 있을 때는 『강한 자신』을 유지할 수 있는 것이다. 거꾸로 리본을 풀거나 흰색 리본을 맺을 때는 순진하고 귀여운 여동생 모드로 변모한다.

—즉, 이런 식으로 말이다.

"오빠~! 오빠~!"

"……."

조사는 이미 끝났지만 요즘 들어 여동생 모드의 코토리를 좀처럼 보지 못했기 때문인지, 토끼처럼 깡충깡충 뛰고 있는 자신의 여동생이 너무나도 귀여워 보였다. 코토리의 눈앞에 리본을 든 후, 그녀가 점프하는 타이밍에 맞춰 몇 번이나 손을 들어 올렸다.

"으…… 으으……."

리본을 되찾기 위해 점프를 계속하던 코토리는 이윽고 얼굴을 한껏 찡그린 채 코를 훌쩍대기 시작했다.

"아, 장난이 심했나 보네. 자, 돌려줄게."

좀 심했다는 생각이 든 시도가 리본을 내밀자, 코토리는 엄청난 속도로 리본을 빼앗은 후 머리카락을 묶었다.

그리고 스윽…… 천천히 고개를 들더니 날카로운 눈빛으로 시도를 노려보았다.

"시도…… 너……."

"이, 이야~! 정말 잘됐네! 코토리는 진짜인 것 같아!"

조금 전의 그건 코토리가 진짜인지 가짜인지 알아보기 위한 수단이었다, 라는 사실을 강조하듯 시도는 힘찬 목소리로 말했다. —하지만 코토리는 시도의 말에 귀를 기울일 생각이 전혀 없는 것 같았다.

"코, 코토리? 좀 진정—."

"입 다물어어어어어어어엇!"

절묘한 회전이 가미된 코토리의 오른손 스트레이트가 시도의 안면에 그대로 꽂혔다.

◇

"……시도. 얼굴이 말이 아니구나. 무슨 일이라도 있었던 게냐……?"

코토리와의 데이트를 끝마친 시도는 다음 데이트 장소로 향했다. 그리고 그곳에서 기다리고 있던 카구야는 시도의 얼굴을 보자마자 미간을 찌푸리면서 그렇게 말했다.

그녀가 그런 말을 하는 것도 무리는 아닐지도 모른다. 코토리에게 무자비한 보복을 당한 시도의 볼은 부을 대로 부어 있었고 쌍코피가 터진 코에는 휴지 조각이 끼워져 있었다. …… 데이트를 하러 나온 사람으로는 전혀 보이지 않았다.

"아니…… 이곳으로 오다가 복서 출신 무차별 폭행마와 마주쳤거든."

"그, 그러하느냐……."

카구야는 믿기지 않는다는 표정을 지으면서도 더는 추궁하지 않았다.

참고로 카구야는 알파벳과 십자가, 해골 등의 무늬가 그려진 셔츠와 쇠사슬과 벨트가 잔뜩 달린 바지를 입고 있었다. 흔히 고딕펑크라고 불리는 스타일이다. 일전에 레이네와 함께 일용품과 옷을 사러 갔을 때, 한눈에 반해서 산 옷이라고 한다.

"흠…… 그건 그렇고 오늘 아침에는 정말 놀랐느니라. 유즈루를 검사할 거면 검사한다고 미리 한마디 정도 해줘도 됐지 않느냐."

그렇게 말한 카구야는 훗 하고 웃으면서 멋지게 앞 머리카락을 쓸어 올렸다. 카구야의 얼굴에는 초조함과 눈물 자국 같은 것은 남아 있지 않았다.

그녀가 평상심을 되찾은 것은 레이네가 "유즈루는 검사를 받기 위해 일시적으로 〈라타토스크〉 본부에 갔다."라는 거짓말을 한 덕분이었다.

꽤 억지스러운 거짓말이지만…… 다행히도 카구야는 믿은 것 같았다.

"카구야 녀석…… 생각했던 것보다 괜찮아 보이네요."

『……그럼 다행이겠지만 말이야.』

시도가 한숨을 내쉬면서 작은 목소리로 그렇게 말하자, 인터컴 너머에 있는 레이네가 낮은 목소리로 대답했다.

"예?"

시도는 레이네가 한 말의 의미를 물어보고 싶었지만…… 그보다 먼저 카구야의 불만 섞인 목소리가 들려왔다.

"어이, 이 몸의 말을 듣고 있는 것이냐, 시도. 내 말에 귀를 기울이지 않는 불경한 녀석들은 업화(業火)에 휩싸인 채 심연의 밑바닥으로 떨어지고 말 것이니라."

"아…… 미안, 미안. 지금부터는 네 말에 귀를 기울일 테니까 용서해줘."

"음. 좋다. ―그것보다, 유즈루의 검사는 언제쯤 끝나는 게냐?"

"응? 으, 음…… 본부에 가서 받는다고 했으니까 아마 열흘 정도는 걸리지 않을까?"

시도는 잠시 동안 생각에 잠긴 후, 대답했다.

열흘. 그것은 나츠미가 벌인 게임의 시간제한이었다.

생각해보면, 방금 시도가 한 말은 시간제한 안에 나츠미를 찾아내 유즈루를 구하겠다는 결의 표명일지도 모른다.

"……흐음."

시도의 대답을 들은 카구야는 인상을 살짝 쓰며 신음을 흘렸다.

하지만 잠시 후, 카구야는 헛기침을 하고 거만한 태도를 취하며 시도를 쳐다보았다.

"크큭, 정말 느려 터졌구나. 그 전에 이 몸의 인내심이 다하지 않기를 빌고 또 비는 편이 좋을 게야."

"그…… 그래. 가능한 한 빨리 유즈루의 검사를 끝내달라고 부탁해볼게."

"음. 그리 하거라. ―그것보다 시도여."

카구야는 고개를 끄덕인 직후 그 자리에서 화려하게 몸을 회전시키더니, 자신의 등 뒤에 있는 새하얀 건물을 손가락으로 가리켰다. 그 건물의 옥상에는 거대한 볼링 핀이 설치되어 있었다.

그렇다. 〈라타토스크〉가 카구야와의 데이트 장소로 지정한 곳은 텐구 역에서 걸어서 15분 정도 떨어진 곳에 있는 볼링장이었다.

"이 몸과 승부가 하고 싶어서 이런 곳으로 불러낸 것이었더냐?"

"아니, 딱히 승부가 하고 싶었던 건 아닌데……."

"크큭, 그대의 배짱은 높이 사지만 만용을 부리는 것 아니냐? 나는 구풍(颶風)의 왕녀 · 야마이 카구야! 그대에게는 눈곱만큼의 승산도 없다!"

시도가 볼을 긁적이면서 한 말을 들은 척도 하지 않은 카구야는 멋진 포즈를 취하면서 당당한 목소리로 그렇게 말했다. 유즈루와의 승부가 끝난 지금도 그녀는 여전히 승부를 좋아하는 것 같았다.

뭐, 카구야가 느끼고 있을 외로움을 조금이라도 덜어주기 위해서라도 승부를 하는 편이 좋을 것이다. 그렇게 생각한 시도는 작게 한숨을 내쉰 후, 카구야와 함께 볼링장 안으로 들어갔다.

그리고 카운터에서 신발과 볼링공을 빌린 후, 지정된 볼링 레인으로 향했다.

바로 그때, 카구야가 시도의 옷자락을 잡아당겼다.

"시, 시도여. 저건 무엇이냐?"

카구야는 눈을 반짝이면서 카운터 안쪽을 손가락으로 가리켰다. 시도는 고개를 갸웃거리면서 그녀의 손가락이 향하고 있는 곳을 쳐다보았다.

그곳은 볼링용품이 놓여 있는 판매 코너였다. 방금 시도가 빌린 슈즈와 볼링공, 그리고 그것들을 집어넣는 가방 같은 것이 쇼케이스 안에 진열되어 있었다.

대여로 충분하잖아, 라는 말이 시도의 입에서 나오려고 한 순간— 카구야가 손가락으로 판매 코너를 가리키고 있는 이유를 그는 눈치챘다.

프로 볼링 선수들이 주로 손에 장착하는 멋진 프로텍터가 볼링공 옆에 놓여 있었다. ……게다가 그건 대여가 안 되는 것 같았다.

"……어쩔 수 없지."

작게 한숨을 내쉰 시도는 판매 카운터로 가서 여성용 프로텍터를 구매한 후, 카구야에게 건네주었다.

"자, 손에 차봐."

"우, 우오오!"

카구야는 흥분한 듯한 표정을 지으면서 프로텍터를 손에 장착했다.

폐게포이어 · 건틀릿
"이것이 전설의, 연옥수갑(煉獄手甲)……!"

"이게 전설이야……?"

"크큭, 시도여. 이런 신구(神具)를 나에게 바쳐도 괜찮겠느냐? 이것으로 내가 압도적인 점수 차로 승리하는 것이 확정된 것이나 마찬가지이니라."

카구야는 프로텍터를 장착한 손을 들어 보이면서 말했다. 그리고 기분 좋은 표정을 지으면서 신발을 갈아 신은 후, 레인을 향해 뛰어갔다. 시도는 한숨을 내쉬면서 그녀의 뒤를 따랐다.

"자아, 그럼 시작하자꾸나. 특별히 선공을 양보하마. 크크, 필사적으로 발버둥을 쳐보거라!"

"하아, 알았어. ……영차."

그렇게 말하면서 공을 든 시도가 볼링 핀이 놓여 있는 레인을 향해 걸어가려고 한 순간, 카구야가 또 입을 열었다.

"잠깐! 그래, 좋은 생각이 났다."

"응……? 뭔데?"

"그냥 승부만 해서는 재미가 없지. 그러니 내기를 하는 것은 어떻겠느냐? ―승부에서 진 쪽이 이긴 쪽의 부탁을 그 어떤 것이라 할지라도 딱 하나만 들어준다는 조건의 내기 말이다."

"으음…… 그 조건은 또 뭐야?"

시도가 인상을 쓰자, 카구야는 프로텍터를 찬 손으로 얼굴을 반쯤 가리면서 자신만만한 미소를 지었다.

"크크, 왜 그러느냐? 설마 이제 와서 지는 게 두려워진 게냐?"

"아니, 패배보다는 네가 뭘 요구할지 더 걱정된다고나 할까……."

시도가 식은땀을 흘리면서 말을 하고 있을 때, 인터컴에서 레이네의 목소리가 흘러나왔다.

『……뭐, 괜찮겠지. 만약 말도 안 되는 요구를 한다면 이쪽에서 막아줄게.』

"……."

시도는 하아, 하고 한숨을 내쉬면서 카구야를 바라보았다.

"알았어. ―하지만 그런 조건이 붙는다면 나도 전력을 다할 거야."

시도의 말을 들은 카구야는 환한 미소를 지었다.

"크크큭! 재미있어졌구나! 좋다. 그대의 전력이라는 것을 보여봐라! 이 몸께서 전력을 발휘하는 그대를 가볍게 짓밟아 주겠노라!"

"좋아. ……잘 보라고."

시도는 날카로운 눈빛을 띤 후, 멋진 폼으로 공을 던졌다.

적자색 13파운드 공이 레인을 따라 굴러가더니― V자로 놓인 볼링 핀의 중앙에 작렬했다. 볼링 핀은 기분 좋은 소리를 내면서 연쇄적으로 쓰러졌고, 레인 위에 설치된 액정 화면에는 스트라이크를 가리키는 마크가 표시되었다.

"좋았어! 봤지? 이게 내 실력이라고!"

"호오, 꽤 하지 않느냐! 하지만 그 정도는 해줘야 재미있지 않겠느냐!"

"후후, 실은 토노마치와 볼링을 치러 다니거든. 그렇게 쉽게 지지는 않을 거야."

시도는 그렇게 말하면서 팔짱을 꼈다.

하지만 카구야는 전혀 당황한 기색 없이 오렌지색 공을 쥐더니 천천히 레인을 향해 걸어갔다.

"크큭, 잘 보거라. 구풍의 왕녀가 자아내는 회오리를. 그리고 깨닫거라. 자신이 얼마나 무력한 존재인지를……!"

카구야는 그렇게 말한 후, 공을 든 손을 붕붕 돌리더니…….

둥켈하이트 · 빈트호제

"절기(絕技)! 상란암흑선풍탄(翔亂暗黑旋風彈)—!!"

영문 모를 기술명을 외치면서 레인을 향해 있는 힘껏 공을 던졌다. 쿵! 하는 묵직한 소리가 나면서 바닥이 희미하게 흔들렸다.

"어이어이, 카구야. 너, 볼링 칠 줄—."

한숨을 내쉬면서 말을 하려던 시도는 입을 다물었다.

카구야가 바닥을 향해 집어 던진 공이 키이이이이잉! 하고 급발진 하는 자동차의 타이어가 낼 법한 소리를 내더니 엄청난 기세로 굴러가기 시작했기 때문이다. 어떻게 한 것인지는 모르겠지만 공에 엄청난 회전이 실린 것 같았다.

그리고 연기를 내면서 레인 위를 내달리던 공은 앞에 있는 볼링 핀들을 허공으로 쳐서 날려버렸다. 그리고 튕겨난 볼링 핀들이 양옆 레인의 핀까지 전부 쓰러뜨렸다.

세 레인의 액정 화면에 스트라이크 마크가 동시에 표시되었다.

"이것이 바로 나의 둥켈하이트 · 빈트호제다!"

"마, 말도 안 돼!"

"크큭, 이 유희 또한 예전에 유즈루와 벌였던 승부의 종목으로 삼은 적이 있다! 극한의 대결 속에서 자아낸 이 몸의 절기들을 그대에게 보여주겠노라!"

카구야는 가볍게 몸을 돌리면서 시도를 쳐다본 후, 강렬한 미소를 머금었다.

—그리고 약 한 시간 후. 시도는 완패하고 말았다.

옆 레인의 스트라이크까지 점수에 넣으려고 하는 카구야를 말리는 데는 성공했지만, 그것은 승패에 영향을 끼치지 못했다. 시도의 점수도 나쁘지는 않지만 카구야가 차례차례 펼쳐대는 절기들의 위력은 상상을 초월했다. 결국 게임 중반 즈음에서 뒤집을 수 없을 만큼 점수 차가 벌어지고 말았다.

"크큭, 이 몸의 승리인 것 같구나. 뭐, 끝까지 포기하지 않고 싸운 점은 칭찬해주겠노라!"

"……영광입니다요."

시도가 항복 의사를 표시하듯 양손을 들자, 카구야는 만족스러운 표정을 지으면서 팔짱을 꼈다.

"자, 잊지는 않았겠지? 그대와 내가 성전(聖戰)을 치르기 전에 한 계약 말이다!"

"기억하고 있어. ……그런데 나한테 뭘 시킬 거야?"

시도의 말을 들은 카구야는 진지한 표정을 지으면서 주위를 둘러보기 시작했다.

"응? 왜 그래?"

"……이곳은 지맥 때문에 『기(氣)』의 흐름이 좋지 않구나. 장소를 옮기자꾸나."

카구야는 그렇게 말하면서 시도의 손을 잡더니, 그대로 건물 안쪽을 향해 걸음을 옮겼다.

"어, 어이. 어디 가려는 거야?"

"입 다물고 따라오기나 해라. ―아, 저기가 좋겠구나."

카구야가 손가락으로 가리킨 곳은 자동판매기가 놓여 있는 휴식 공간이었다. 카구야는 자동판매기에 가려 잘 보이지 않는 벤치를 가리켰다.

"저기 앉자꾸나."

"으, 응……."

카구야가 무슨 말을 하려는 것인지 전혀 감이 오지 않기에 약간 불안했지만, 시도에게는 거부권이 없었다. 그는 순순히 카구야가 가리킨 벤치에 앉았다.

그러자 카구야는 아무 말 없이 시도의 옆에 앉더니, 조금 전까지와는 달리 진지하기 그지없는 표정으로 그를 바라보면서 조용히 입을 열었다.

"……그럼 그대에게 명령을 내리겠다. 내 말에 귀를 기울이도록."

"아, 알았어……."

범상치 않은 분위기를 느낀 시도는 식은땀을 흘리면서 눈썹을 모았다. 그러자 카구야는 시도의 눈을 지그시 바라보면서 말했다.

"—지금부터 10분간, 내가 무슨 짓을 해도 절대 놀라지 않고, 당황하지 않고, 거부하지 않겠다고 맹세해라. 그리고 10분이라는 시간 동안 일어난 일은 절대 아무에게도 말하지 않겠다고 맹세하거라."

"응……?"

"맹세해라!"

카구야가 날카로운 어조로 말했다. 그녀의 목소리에 서린 박력을 느낀 시도는 반사적으로 고개를 끄덕이고 말았다.

"아, 알았어……."

"좋다."

그 말을 듣고 고개를 끄덕인 카구야는 잠시 동안 침묵을 지킨 후—.

갑자기 시도의 허벅지 위에 자신의 머리를 얹었다.

"……?!"

카구야의 느닷없는 행동 탓에 시도의 입에서 목소리가 흘러나올 뻔했지만, 그는 필사적으로 참았다. 조금 전, 시도는 놀라지도 당황하지도— 그리고 거부하지도 않겠다는 약속을 했기 때문이다.

"크큭, 꽤 감촉이 좋지 않으냐. 그대가 울면서 애원한다면, 이 몸의 전용 베개로 삼아줄 수도 있다."

"어, 어이……."

"호오? 패자가 승자의 말을 거부하려는 것은 아니겠지?"

"큭……."

시도가 분하다는 듯이 미간을 찌푸리자, 카구야는 웃음을 터뜨렸다.

"크크크, 정말 유쾌하구나. 자, 그럼 이번에는 내 머리를 쓰다듬어다오."

"말씀, 받들겠사옵니다."

시도는 한숨을 내쉬면서 카구야의 머리에 손을 얹은 후, 그녀의 머리를 빗겨주듯 부드럽게 쓰다듬었다. 그러자 카구야는 간지러움을 타듯 몸을 살며시 비틀었다.

"크아!"

그리고 갑자기 고함을 지르면서 몸을 뒤집더니, 양손으로 시도를 꼭 끌어안았다.

"자, 잠깐……."

"……당황하지 말라고 말했을 텐데."

"윽……."

그 말을 들은 시도가 머릿속으로만 당황하고 있는 사이, 카구야는 그를 끌어안은 채 손가락 하나 까딱하지 않았다.

"카, 카구야……?"

그 후로 어느 정도 시간이 흘렀을 즈음, 시도가 머뭇거리면서 입을 열자…….

"……흐, 흐윽……."

카구야의 입에서 낮은 울음소리가 흘러나왔다.

"카, 구야……?"

"……윽, 으, 으, ……흐윽, …………유즈루…… 유즈루……."

그리고. 카구야의 오열과 함께 들려온 이름을 들은 순간, 시도는 숨을 삼켰다.

"카구야. 너, 유즈루를—."

시도가 무심코 입을 열자, 카구야는 눈물을 삼키면서 떨리는 목소리로 말했다.

"……유즈루, 못 찾았지? ……그 정도는 알고 있다구. 바보 취급하지 말라구."

"그, 그게—."

카구야는 시도의 말을 막으면서 말을 이었다.

"……내가 그 사실을 모르는 편이 나은 거지? ……그럼 믿을게. 그때, 나와 유즈루에게 세 번째 선택지를 준 사람은 시도니까……."

"카구야……."

"그러니까…… 부탁해. 유즈루를…… 유즈루, 를—."

"……."

시도는 어금니를 깨물면서 카구야의 머리를 부드럽게 쓰다듬었다.

—그리고 10분 후.

시간이 끝나자 카구야는 눈물을 멈추고 몸을 일으켰다. 휴식 공간에서 나온 그녀는 완벽하게 조금 전까지의 상태로 돌아와 있었다.

믿기지 않을 정도의 자제심이다. 시도가 머리를 쓰다듬어주면서 "대단하네."라고 말하자, 카구야는 볼을 붉히면서 "……시끄러워." 하고 대답했다.

◇

볼링장에서 나온 시도가 카구야를 맨션까지 데려다 줬을 즈음, 〈프락시너스〉에서 통신이 들어왔다.

『……수고했어, 신.』

"아뇨……. 그것보다, 레이네 씨."

시도가 재촉하는 듯한 뉘앙스를 담아 그렇게 말하자, 레이네는 『……그래.』 하고 대답했다.

『……미안하지만 바로 다음 데이트를 시작해줘야겠어.』

"알았어요. 반드시…… 나츠미를 찾아내겠어요. 그리고 유즈루를, 카구야의 곁으로 돌려보내고야 말겠어요."

시도는 다시 결의를 다지며 주먹을 말아 쥐었다.

지금까지 설레설레 데이트를 한 것은 아니다. 하지만 카구야와의 데이트 덕분에 나츠미를 찾아내겠다는 결의가 공고해진 것은 사실이다. 역시 야마이 자매는 함께 있지 않으면 안 된다. 그 누구라 할지라도 두 사람을 갈라놓아서는 안 되는 것이다.

『……그래. 그럼 다음 목적지로 향해줘. 텐구 역 동쪽 출입구 앞에 있는 카페야. 타깃은 지금까지와 마찬가지로 네 이름으로 약속 장소에 불러냈어. 아마 30분 안에 도착할 거야.』

"예. 그런데 이번 타깃은 누구죠?"

『……네 클래스메이트인 야마부키 아이야.』

레이네의 말을 들은 순간, 시도의 눈썹이 희미하게 떨렸다.

야마부키 아이. 시도네 반의 명물 3인조 중 한 명이다. 그러고 보니 그녀들도 용의자에 포함되어 있었다.

하지만 그녀들과 사이가 좋은 것은 시도가 아니라 토카다. 그리고 그녀들과 단독으로 대화를 나눈 적은 거의 없었다.

게다가 나츠미가 시도로 변신했을 때 3인조에게 이런저런 짓을 한 탓에, 그녀들은 시도를 경계하고 있었다. 솔직하게 말해, 토노마치와는 다른 의미에서 골치 아픈 상대였다.

"……혹시나 해서 묻는 건데, 대체 어떻게 불러낸 거죠?"

『……음? 뭐, 토카나 요시노 때처럼 내가 너를 대신해 불러낸다는 수단을 사용할 수는 없어서 말이야. 오늘 낮에 타깃의 학교 신발장 안에 편지를 넣어뒀지.』

"펴, 편지……? 편지 내용은 뭐죠?"

『……「야마부키 아이 님. 단둘이서 하고 싶은 이야기가 있습니다. 방과 후, 오후 여섯 시에 역 앞 카페에서 기다리고 있겠습니다. 이츠카 시도.」.』

"……으아아……."

레이네가 담담한 목소리로 한 말을 들은 시도는 이마를 움켜쥐며 신음을 흘렸다.

뭐랄까…… 오해 사기 딱 좋은 내용이었다. ……아니, 일단 데이트라는 형식을 취하고 있으니 오해라고 하기도 조금 뭐했다.

『……왜 그래?』

"아뇨. ……아무것도 아니에요."

시도는 그렇게 말한 후, 고개를 저으면서 마음을 다잡았다.

그렇다. 지금은 그런 걸 신경 쓸 여유가 없다. 시도가 해야 하는 것은 한시라도 빨리 남은 용의자들을 조사해 나츠미를 찾아내는 것이다. 시도는 가볍게 볼을 두드린 후, 약속 장소를 향해 걸음을 옮겼다.

……하지만. 시도는 볼을 긁적였다.

시도와 아이의 관계. 시도로 변신한 나츠미가 일으킨 일련의 소동. 그리고 시도가 보낸 것으로 보이는 편지. ……그리고 여자애들의 습성.

이 모든 요소들로부터 도출되는 대답. 그것은—.

"……이럴 줄 알았다니깐."

30분 후. 역 앞 카페.

눈앞에 펼쳐진 광경을 본 시도의 볼을 타고 식은땀이 흘러내렸다.

"뭐가 이럴 줄 알았다는 거야~."

"불만이라도 있어~?"

"이 녀석, 진짜 짜증 나네~."

시도의 맞은편에는 아이, 마이, 미이, 세 사람이 앉아 있었다. ……완벽하게 시도의 예상대로였다.

카페로 향하면서 불길한 예감을 받기는 했다. 이런 상황에서 수상쩍기 그지없는 내용이 적힌 시도의 편지를 받는다면, 보통은 경계할 것이다. 그리고 순순히 혼자서 약속 장소에 오지는 않을 것이다. 어쩌면 바람맞지 않은 것만으로도 다행이라고 생각해야 할지도 모른다.

『……흠. 용의자 셋이 한자리에 모였군. 어쩔 수 없지. 조금 난이도가 높기는 하지만 세 사람을 동시에 조사해보자.』

"……알았어요."

시도는 낮은 목소리로 대답한 후, 맞은편에 앉아 있는 세 소녀를 바라보았다.

시도가 케이크 세트를 사준 덕분인지 세 사람 다 처음보다는 태도가 부드러워진 것 같지만, 그래도 여전히 언짢은 기색이 역력했다. 시도는 그런 세 사람을 바라보면서 상대방에게 할 말을 계속 생각했다.

하지만 시도가 말을 꺼내기도 전에, 맞은편에 앉은 세 사람이 먼저 입을 열었다.

"……그런데 왜 이런 편지로 나를 불러낸 거야?"

"이거 혹시 러브레터~? 이츠카 군, 설마 아이를 노리고 있는 거야?"

"그러고 보니 지난번에도 나랑 마이에게는 아이스께끼를 했지만, 아이에게는 귓가에 숨만 불어넣었잖아."

"아, 아니, 그런 게 아니라……."

왠지 이야기가 이상한 방향으로 탈선하기 시작한 것 같은 느낌이 들었다. 시도는 허둥지둥 부정했지만, 세 사람은 시도의 말에 귀를 기울이지 않는 것 같았다.

"어, 정말? 이츠카 군이 나를? 으, 으음……. 마, 마음은 고맙지만, 나한테는……."

"그래. 아이에게는 키시와다 군이 있단 말이야! 이츠카 군이 끼어들 틈 같은 건 없다구!"

"맞아 맞아! 아이는 슈퍼 초식&문화계 안경남이자, 같이 놀러 나가자고 해도 무조건 거절하고 보는 키시와다 군을 상대로 한창 짝사랑 중이라구!"

"너, 너희 둘 지금 무슨 소리를 하는 거야?!"

아이는 얼굴을 새빨갛게 붉히면서 고함을 질렀다. ……시도는 이런 비밀을 들어도 다른 사람에게 말할 생각이 없으니 저런 반응을 보일 필요는 없을 테지만, 그녀가 그런 사실을 알 리가 없었다.

"아, 아무튼! 무슨 생각인지는 모르겠지만 토카라는 연인이 있으면서도 이런 편지를 다른 여자애에게 보내다니, 절대 용서할 수 없어!"

"맞아! 토카 같은 초절정 미소녀에게 사랑받는 것만으로는 만족하지 못하는 거야?! 하렘이라도 만들 생각인 거야?!"

"앗, 그러고 보니 이츠카 군은 토비이치 양도 꼬시고 있었지. 혹시 매일 밤 주지육림 상태인 거야? 우와~! 불결해~!"

세 사람은 "꺄아~!" 하고 새된 비명을 지른 후, 시도를 무시한 채 셋이서 이야기를 나누기 시작했다.

"그러고 보니 일전의 전학생…… 토키사키 양이었지? 이츠카 군, 그 애도 꼬시려고 했었잖아."

"아~, 맞아~! 진짜 바람둥이네~."

"그리고 일전에 이츠카 군에게 도시락을 갖다 주러 왔던 정체불명의 로리 소녀도 있었지?"

"아, 그래~. 역시 로리콤에 마더콤에 시스콤이라는 사실을 커밍아웃한 사람은 다르네~."

"어? 로리콤일 뿐만 아니라 시스콤에 마더콤이기까지 한 거야?"

"응, 들은 적 있어. 그리고 강아지 귀와 꼬리, 목걸이를 한 학교 수영복 차림의 미소녀를 데리고 공원을 산책했다는 사람도 이츠카 군 아냐?"

"정말? 나는 이츠카 군이 여자애의 치마를 벗긴 이야기밖에 못 들었는데."

"꺄아~! 정말 최악이야! 토카는 왜 이런 녀석을 좋아하는 걸까?!"

"아, 옆 반 애한테 들었는데—."

"……어, 어이……."

시도가 말을 걸어보았지만, 세 사람은 여전히 자신들만의 이야기에 빠져 있었다.

◇

"……지쳤어……."

그날 밤. 모든 데이트를 끝낸 시도는 거실 소파에 드러누운 채 낮은 목소리로 말했다.

아이, 마이, 미이, 세 사람의 길고 긴 이야기가 겨우 끝나 해방되고 나니, 주변은 어둠에 뒤덮여 있었다. 이야기 중간중간에 시도는 세 사람 중 변신한 나츠미가 없는지 알아보기 위해 질문을 던졌지만, 그 즈음 시도의 정신과 육체는 피폐해질 대로 피폐해져 있었다.

집으로 돌아온 후, 코토리가 준비해놓은 저녁(슈퍼마켓에서 파는 반찬이 메인이지만, 집에 돌아왔을 때 저녁이 준비되어 있다는 사실과 자신을 신경 써주는 코토리의 마음에 감격한 나머지 눈물이 날 뻔했다)을 먹고 느긋하게 목욕을 했지만, 아직 몸속에 쌓인 피로가 완전히 풀리지는 않았다.

"정말 한심하네……라고 말하지는 않을게. 오늘은 말이야."

부엌에서 나온 코토리가 시도를 향해 천천히 걸어오더니, 차가운 무언가를 그의 볼에 갔다 댔다.

시도는 깜짝 놀랐지만, 곧 그것이 차가운 탄산음료 캔이라는 사실을 눈치챘다.

"아, 고마워."

시도의 말을 들은 코토리는 작은 목소리로 "응." 하고 대답한 후, 소파에 앉았다. 그리고 다른 한 손에 들고 있던 캔 주스의 뚜껑을 열더니 들이켰다.

시도는 몸을 일으킨 후, 코토리를 따라 하듯 캔의 뚜껑을 따고 탄산음료를 마셨다. 차갑고 자극적인 액체가 몸속에 퍼져 가는 감각이 몸 전체에서 느껴졌다.

"그런데, 오늘 조사를 해본 결과는 어때? 나츠미가 누구인지 알겠어?"

자신을 바라보면서 코토리가 한 말을 들은 시도는 고개를 살짝 끄덕였다.

"……으음, 글쎄. 조금 의심스러운 애는 있지만…… 일단 전원을 다 조사해보기 전까지는 확신을 가질 수는 없을 것 같아."

"흐음…… 그래?"

시도의 말을 들은 코토리는 별말을 하지 않았다.

코토리는 시도와 용의자들의 대화를 전부 체크하고 있을 것이다. 어쩌면 코토리도 시도가 느낀 위화감에 가까운 무언가를 느낀 것일지도 모른다.

"내일이면 사진을 찍힌 모든 용의자의 조사가 끝나. 오늘은 일찍 잠자리에 들어서 조금이라도 더 피로를 풀어두도록 해."

"응, 알았어. 그렇게 할게. 하지만—."

시도는 거기까지 말한 후, 벽에 걸린 시계를 힐끔 쳐다보았다.

"지금 잠자리에 들어도…… 한동안은 잠들지 못할 것 같아."

"……그렇겠지."

코토리는 시도의 말에 동의한다는 듯이 어깨를 으쓱했다.

이유는 매우 간단했다.

이츠카 가의 거실에 걸려 있는 시계. 그 시계의 바늘이 곧 밤 열두 시를 가리키기 때문이다.

그렇다. 어젯밤, 유즈루를 집어삼킨 천사 〈하니엘〉이 출현한 시각이다.

원래라면 사진을 찍힌 모든 용의자들의 집에 보디가드를 배치하고 싶지만 보디가드가 천사를 막을 수 있을 리가 없다. ……무엇보다, 인질이 잡혀 있는 상황에서 나츠미의 기분을 상하게 할 수 있는 짓은 하지 않는 편이 좋을 것이다.

아마 오늘 밤에도— 누군가, 한 사람이, 사라질 것이다.

"……."

시도는 아무 말 없이 〈프락시너스〉의 자율 카메라가 촬영한 영상을, 그리고 시도의 무릎을 적셨던 카구야의 뜨거운 눈물을 떠올렸다. 무력감. 더는 나츠미가 멋대로 하게 둘 수는 없다고 생각하면서도 누군가가 〈하니엘〉에 삼켜지는 것을 막을 수 없다는 초조함이 가슴 속을 가득 채우고 있었다.

—바로 그때.

시곗바늘이 12를 가리킨 순간, 이츠카 가의 거실 한가운데가 일그러졌다.

그리고 잠시 후, 빗자루 모양을 한 천사가 모습을 드러냈다.

"앗……?!"

시도는 미간을 찌푸리면서 온몸을 긴장시켰다. 왜 천사가 여기에 나타난 것일까……?!

하지만, 시도는 금방 그 이유를 눈치챘다. 그렇다. 이곳에는 코토리가— 용의자 중 한 명이 있는 것이다.

"코토리!"

고함을 지르며 마시던 탄산음료를 내던진 시도는 코토리를 지키기 위해 〈하니엘〉 앞을 가로막고 섰다. 그와 동시에 〈하니엘〉의 끝 부분이 천천히 벌어지면서 거울 같은 내부가 드러났다.

"앗?! 시도?! 위험해! 비켜!"

하지만— 내부가 드러난 후에도 〈하니엘〉은 코토리를 빨아들이려고 하지 않았다.

그 대신…….

『—후후.』

〈하니엘〉에서 웃음소리가 흘러나왔다.

미심쩍게 생각하면서 고개를 들어보니, 〈하니엘〉의 거울 부분에 나츠미의 얼굴이 떠올라 있었다.

"나츠미……?!"

『헬로~. 오래간만이네, 시도 군.』

나츠미는 가볍게 손을 흔들면서 미소를 머금었다.

『게임 둘째 날이 끝났네. 게임은 마음껏 즐기고 있어?』

거울 속의 나츠미는 고개를 갸웃거리면서 물었다. 그 모습을 본 시도는 어금니를 깨물었다.

"……대체 무슨 수작이야?"

『무슨 수작이냐니?』

"유즈루를— 어떻게 한 거야?"

시도의 질문을 들은 나츠미는 웃음을 흘리며 어깨를 으쓱했다.

『그건 비 · 밀~. 내가 누구로 변신했는지 맞추면 돌려줄게. 하지만 마지막까지 내가 누구인지 맞추지 못한다면— 그녀의 「존재」는 내 것이야.』

"『존재』……?"

미간을 찌푸리면서 시도가 되묻자, 나츠미는 고개를 끄덕였다.

『그래. 내가 이 게임에서 이기면 사라진 용의자들은 돌아오지 않아. 그 대신, 내가 사라진 이들의 얼굴로, 목소리로, 모습으로, 그쪽 세계를 즐겨주겠어.』

"…………!"

나츠미의 말을 들은 시도는 마른침을 삼켰다.

진짜가 사라져버리고 만 세계를, 진짜에 한없이 가까운 가짜가 활보한다.

즉 나츠미는 진짜 유즈루가, 그리고 이제 곧 사라질 누군가가 되려는 것이다.

"……헛소리하지 마. 그렇게 되도록 내가 두고만 보고 있을 것 같아……?!"

시도가 날카로운 눈빛으로 노려보면서 그렇게 말하자, 나츠미는 깔깔 웃었다.

『그럼 방법은 간단해. 나를 찾아내 보라구. ―자아, 누가 나일 거라고 생각해? 답변 시간은…… 한 1분 정도면 되겠지?』

나츠미의 말을 들은 시도와 코토리는 서로를 쳐다보았다.

"답변……?! 지금 바로?!"

"아무래도 그런 것 같아……."

코토리는 짜증 섞인 눈빛으로 나츠미를 노려보면서 말했다. 그러자 나츠미는 어깨를 으쓱하면서 웃었다.

『후훗, 시도 군이 계속 꾸물대서 말이야. 첫날에는 결국 아무도 선택하지 않았잖아. 그래서 내가 내비게이션을 해줘야 되겠네…… 라고 생각했어.』

"……흥, 말은 번지르르하네."

코토리는 코웃음을 치면서 말했다. 하지만 그럴 때가 아니라는 사실을 깨달은 듯, 그녀는 시도를 향해 고개를 돌렸다.

"시도, 어때? 좀 전에 의심스러운 애가 있다고 했잖아."

"그래……. 있긴 한데, 확증은―."

"입 다물고 있으면 또 한 사람이 사라지고 말 거야. 될 대로 되라는 마음으로 한번 말해봐."

코토리가 재촉하는 듯한 어조로 말했다. 시도는 잠시 동안 생각에 잠긴 후 고개를 끄덕였다.

"……좋아."

그리고 〈하니엘〉의 거울에 비친 나츠미를 향해 말했다.

"—나츠미. 네가 변신한 애는…… 요시노야."

"요시노?"

그 말을 들은 코토리는 이해가 안 된다는 표정을 지으며 되물었다. 시도는 나츠미를 바라보면서 요시노를 선택한 이유를 말했다.

"……그래. 어제, 오늘, 이틀간 조사를 해본 애들 중 가장 위화감이 강하게 느껴졌던 건 요시노였어."

"이유가 뭐야?"

"……내가 조사했던 애들 중, 가장 본인답지 않은 행동을 했거든."

그렇지만 결정적인 증거는 없었다. 다른 이들에 비해 위화감이 강하게 느껴졌을 뿐이니까 말이다. 이런 걸로 범인 취급을 한다는 사실에 미안함마저 느꼈다. 하지만 현시점에서 요시노 외에는 의심스러운 인물이 없다는 것 또한 사실이었다.

『흐음…….』

시도의 대답을 들은 나츠미는 낮은 신음을 흘린 후, 손가락을 튕겼다.

그러자 〈하니엘〉의 끝 부분이 닫히면서 빗자루 모양으로 돌아오더니, 허공 속으로 녹아들 듯 사라졌다.

"……사라졌어?! 어떻게 된 거지? 시도의 대답이 맞은 거야? 아니면 틀린 거야……?"

코토리는 미간을 찌푸리면서 말했다.

하지만 그 의문에 대답해주는 사람은 없었다.

—그리고 그날 밤.

두 소녀가 자택 침대 위에서 홀연히 모습을 감췄다.

◇

다음 날. 10월 24일.

기분 좋은 날씨와는 달리, 시도의 기분은 최악이었다.

하지만 그럴 만도 했다. 어젯밤 두 소녀가 〈하니엘〉에 의해 사라져버렸다는 사실을 〈라타토스크〉에서 알려줬기 때문이다.

—요시노와 아이. 그 두 사람이 사라지고 말았다.

"요시노…… 야마부키……, 나, 때문에—."

『……그렇지 않아.』

시도가 혼잣말을 하면서 괴로워하고 있을 때, 오른쪽 귀에 꽂은 인터컴에서 레이네의 목소리가 흘러나왔다.

『……너는 한정된 정보만 가지고 잘하고 있어. 이건 결코 네 탓이 아냐.』

"하지만…… 요시노는 내가 지목했기 때문에 사라진 게…… 아닐까요?"

그렇다. 〈라타토스크〉 측에서 두 명의 용의자가 사라졌다는 말을 한 순간, 시도와 코토리는 용의자로 지목당한 사람도 사라졌다는 가설을 세웠다.

『……그럴 가능성이 크긴 해. 하지만, 신. 그건—.』

"……걱정하지 마세요. 그것과 이건 엄연히 다른 이야기라는 건 알고 있어요. 내가 침울해한다고 해서 나츠미가 자신의 정체를 밝힐 리가 없어요. 그리고…… 이렇게 가라앉은 얼굴을 하고 있어선, 저를 위해 없는 시간을 쪼개준 아이돌에게 미안하잖아요."

시도는 그렇게 말하면서 자신의 볼을 때린 후 빙긋 웃었다.

그렇다. 오늘의 첫 번째 데이트 상대는 초 인기 아이돌 · 이자요이 미쿠다.

『……응, 그래. ……미안해, 신.』

"응? 왜 레이네 씨가 사과하는 거예요?"

『……네가 얼마나 성장했는지는 알고 있다고 생각하면서도, 또 괜한 배려를 할 뻔했잖아.』

레이네는 그렇게 말한 후, 자조적인 웃음을 터뜨렸다.

레이네가 그녀답지 않은 반응을 보인 탓에 약간 부끄러움을 느낀 시도는 볼을 긁적이면서 주위를 둘러보았다.

"그, 그러고 보니…… 기묘한 복장을 한 손님이 많네요."

시도는 일전에 코토리와 데이트를 했던 유원지— 오션 파크 · 어뮤즈먼트 에어리어 안에 있는 중앙 광장에서 미쿠를 기다리고 있었다. 그리고 이곳은 개성적인 옷을 입은 손님들로 가득 차 있었다. 일전에 왔을 때는 이렇지 않았는데 말이다.

게다가 그저 개성적이기만 한 것은 아니었다. 다들 애니메이션이나 게임의 캐릭터 복장을 하고 있었다. 마치…… 코스튬 · 플레이라는 것을 하고 있는 것 같았다.
『……아, 그건―.』
"다아아아알리이이이이잉~!"
레이네의 목소리를 막듯, 어뮤즈먼트 에어리어의 입구에서 귀에 익은 목소리가 들려왔다. ―미쿠였다.
그쪽을 향해 고개를 돌린 시도는 손을 들면서 그녀의 이름을 부르려다―.
"그래. ……어, 어라?"
달려오는 소녀를 보고는 깜짝 놀란 표정을 지었다.
그것도 그럴 것이 목소리가 들려온 곳에는 흰색과 보라색이 바탕이 되고, 프릴이 잔뜩 달린 코스튬으로 몸을 감싼 미쿠……로 보이는 소녀가 서 있었기 때문이다.
상대가 미쿠가 맞는지 아닌지를 단정 짓지 못하는 이유는 단순했다. 그녀는 눈가를 가리는 마스크를 쓰고 있었다. 마치 가면무도회에 나가는 것 같은 모습이었다.
"미쿠…… 맞지? 왜 그런 복장을 한 거야?"
시도의 질문을 들은 미쿠는 잘난 척하듯 흐흥 하고 코웃음을 친 후, 귀여운 포즈를 취했다.
"어때요? 잘 어울리죠? 『왈큐레 · 미스티』의 네 번째 왈큐레, 츠키시마 카논 양이에요~. 6화에서 미스티들을 구하기 위해 나타났을 때의, 가면 장착 버전이죠~!"
"……어? 자, 잠깐만, 어?"
그 말을 들은 시도가 미간을 찌푸리자, 미쿠는 "정말~!"이라고 말하면서 볼을 한껏 부풀렸다.

"『왈큐레 · 미스티』, 몰라요~? 일요일 아침에 하는 여자애들을 타깃으로 한 애니메이션이에요~."

미쿠의 말을 들은 시도는 "아." 하고 말했다.

"그러고 보니 전에 요시노가 보던 것 같은데……."

"아, 요시노 양도 『미스티』를 좋아하나요~? 우후후~. 좋은 정보를 얻었네요~. 다음에 저희 집에 초대해야겠어요~!"

미쿠는 그렇게 말한 후 환한 미소를 지었다.

시도는 뒤통수를 긁적이면서 미쿠의 복장을 손가락으로 가리켰다.

"그런데…… 미쿠는 왜 카논이라는 애의 복장을 하고 있는 거야?"

"예? 레이네 씨에게 듣지 못했어요~? 오션 파크의 어뮤즈먼트 에어리어는 이번 주 동안 할로윈 이벤트를 개최해요. 바로 에어리어 안에서의 자유 코스프레 이벤트죠~."

"어…… 그, 그래?"

그 말을 들은 시도는 눈을 동그랗게 떴지만…… 금방 납득했다. 그래서 에어리어 안이 코스프레를 한 사람들로 가득 차 있는 것이다.

"그랬구나. 그런데 미쿠가 코스프레를 좋아하는 줄은 몰랐는걸."

"뭐, 코스프레도 좋아하지만…… 저는 유명인이잖아요~."

"아…… 그랬지."

시도는 그 말을 듣고 이해했다. 주위에는 마스크뿐만 아니라 로봇 모양 탈 인형을 입은 사람도 있었다. 확실히 이런 장소라면 미쿠가 얼굴을 숨기고 있어도 전혀 이상해 보이지 않을 것이다.

"뭐, 저는 딱히 들켜도 상관없지만~ 달링은 신경 쓰고 있는 것 같으니까……. 그리고 모처럼의 데이트를 방해받는 것도 싫거든요~."

"하하……. 뭐, 응. 신경 써줘서 고마워."

쓴웃음을 짓는 시도를 본 미쿠는 좋은 생각이 났다는 것처럼 손뼉을 쳤다.

"그래! 실은 탈의실 로커 안에 달링이 입을 남성용 코스튬도 준비해뒀어요~. 위기에 처한 미스티들을 구하러 오는 정체불명의 히어로, 지크 님의 외투와 마스크죠! 금방 가지고 올 테니까 입어주세요~!"

"뭐? 아, 아니, 나는 괜찮은데……."

"……그럼 예비용으로 가져온 두 번째 왈큐레, 나루사키 메이 양의……."

"지크 복장 엄청 끝내줄 것 같네! 꼭 입어보고 싶어!"

미쿠가 입은 것처럼 프릴이 잔뜩 달린 옷은 절대 입고 싶지 않다고 생각한 시도가 필사적인 목소리로 그렇게 외치자, 미쿠는 만면에 미소를 지었다.

"꺄아~!!"

옷을 갈아입고 탈의실에서 나오자, 미쿠는 몸을 배배 꼬면서 새된 비명을 질렀다.

"우와~! 정말 잘 어울려요~! 엄청 멋져요, 달링~!"

"그, 그래……?"

시도는 식은땀을 흘리면서 말했다.

그것도 그럴 것이, 시도는 현재 온몸을 감싸는 검은색 외투와 얼굴을 가리는 가면, 그리고 머리에는 장발 가발을 쓰고 있었다. 겉으로 드러난 부분이라고는 귀밖에 없었다.

"……이거, 극단적으로 체형이 다르지만 않다면, 누가 입어도 다 비슷할 것 같은데?"

"아뇨~! 그렇지 않아요~! 달링은 몸에서 흘러나오는 아우라 자체가 다르단 말이에요!"

"아, 아우라……."

"예! 지크 님, 지금은 이런 복장을 하고 있지만 실은 여섯 번째 왈큐레인 카노 에미리 양이거든요~."

"잠깐. 왜 그걸 이제야 말하는 거야?"

"아하하~. 제가 말 안 했던가요~?"

미쿠는 귀엽게 고개를 갸웃거리면서 혀를 살짝 내밀었다. ……그 모습을 보니 화를 내고 싶어도 낼 수가 없었다. 뭐 치마를 입지 않은 것만으로도 다행이라고 생각해야 할지도 모른다.

그것보다, 이것으로 데이트를 시작할 수 있게 되었다는 점이 중요했다. 시도는 미쿠에게 들리지 않을 만큼 낮은 목소리로 "좋아." 하고 말했다.

"그럼 미쿠. 계속 탈의실 앞에 서 있는 것도 좀 그러니까 다른 곳으로 이동하자. —모처럼 하는 데이트니까 주변을 돌아보면서 이야기라도 좀 나누지 않겠어?"

"예~! 좋아요!"

미쿠는 환한 표정을 지으며 그렇게 말한 후, 시도의 팔을 꼭 끌어안았다. 그리고 몸을 밀착한 상태에서 걸음을 옮겼다.

……가면 캐릭터의 코스프레를 해서 다행일지도 모른다. 볼이 새빨갛게 달아오른 시도는 그런 생각을 하면서 질문을 던졌다.

"저기, 미쿠. —우리가 처음 만났을 때, 기억해? 미쿠가 텐구 아레나에서 혼자 노래를 부르고 있었잖아."

"예~. 물론 기억해요~."

미쿠는 미소를 지으면서 고개를 끄덕였다. 시도는 가면에 가려진 눈을 가늘게 뜨면서 말을 이었다.

"미쿠는 처음 만났을 때부터 이랬었잖아. 느닷없이 내 품에 안겼을 때는 정말 놀랐다고."

"예?"

시도의 말을 들은 미쿠는 눈을 동그랗게 떴다.

"그랬나요~? 당시의 전 남성을 정말정말 싫어했었는데……."

"……안 걸려드네."

"예? 달링, 방금 뭐라고 했어요?"
"아니, 아무것도 아냐. 으음, 내가 착각했었던 것 같아."
시도는 그렇게 말한 후, 다음 질문을 던지기 위해 미쿠를 바라보았다.
하지만 바로 그때…….
"저기…… 죄송한데요."
미쿠와 비슷한 복장을 한 소녀 두 명이 시도와 미쿠 앞에 서더니 우물쭈물하면서 말했다.
"저기, 카논 양과 지크 님 맞죠? 혹시 사진 한 장만 찍어도 될까요?"
"으, 으음……."
시도는 난처한 표정을 지으면서 머리를 긁적였다. 미쿠는 아이돌이다. 마스크로 얼굴을 가리기는 했지만, 사진 촬영 같은 것은 피하는 편이—.
"예~. 괜찮아요~. 그 대신 멋지게 찍어주세요~."
하지만 시도의 생각과는 달리, 미쿠는 가볍게 사진 촬영을 허락해줬다.
"고, 고맙습니다! 그, 그럼……."
한 소녀가 그렇게 말하면서 카메라를 들었다. 그 모습을 본 시도는 허둥지둥 미쿠에게 귓속말을 했다.
"어이, 정말 괜찮은 거야?"
"괜찮아요~. 가면으로 얼굴을 가렸잖아요~. 자, 달링도 빨리 포즈 취해요~."

미쿠가 즐거운 목소리로 그렇게 말한 후, 시도에게 포즈 지시를 내렸다. 시도는 미쿠의 허리를 감싸 안은 채, 마치 피겨 스케이트 혼성 페어 연기의 피니시를 장식할 듯한 불안정하기 그지없는 포즈를 취했다.

"자, 잠깐, 이거 자세가 너무 불안정한 것 같은데……."

"괜찮다니까요~. 자, 찍어주세요~."

미쿠가 미소를 지으면서 그렇게 말하자, 카메라를 든 소녀는 카메라 셔터를 연신 눌러댔다.

"아, 이쪽 앵글에서 찍어도 될까요?! 이쪽 좀 쳐다봐 주세요!"

"예~. 괜찮아요~."

미쿠는 그 소녀의 요구에 따라 몸을 비틀었다.

그러자 시도의 팔에 체중이 급격하게 실리면서 안 그래도 불안정했던 자세가 무너져버렸다.

"우왓……?!"

"꺄앗!"

그리고 시도는 미쿠를 밀어 쓰러뜨리듯 바닥에 쓰러지고 말았다.

"미, 미안! 괜찮아?!"

"으응…… 달링은 정말 대 · 담 · 하 · 다 · 니 · 깐♡"

아무래도 다친 곳은 없는 것 같았다. 미쿠는 볼을 붉히면서 시도가 쓴 가면의 코 부분을 손가락으로 두드렸다.

"……괜찮아 보이네."

시도는 그렇게 말하면서 몸을 일으킨 후, 미쿠의 손을 잡고 일으켜주었다.

그리고 바로 그때— 시도는 이변이 일어났다는 사실을 눈치챘다.

조금 전까지 사진을 찍고 있던 소녀들이 눈과 입을 동그랗게 만든 채, 망연자실한 표정을 짓고 있었던 것이다.

"미, 미쿠땅……?"

"마, 맙소사, 본인이잖아……."

"……윽?!"

그녀들의 목소리를 들은 시도는 부리나케 미쿠를 향해 고개를 돌렸다. —그렇다. 시도는 어떻게 미쿠가 볼을 붉혔다는 사실을 안 것일까.

이유는 간단했다. 쓰러지는 과정에서 미쿠가 쓰고 있던 가면이 벗겨지고 만 것이다.

"어머~?"

미쿠가 긴장감이라고는 전혀 느껴지지 않는 목소리로 그렇게 말한 순간, 두 소녀가 알고 만 충격적인 사실이 주위에 있는 코스플레이어에게 전파되고 말았다.

"뭐? 미쿠? 미쿠라면 그 미쿠?"

"이자요이 미쿠를 코스프레한 사람이 있다고? 뭐? 그게 아냐? 본인?"

"우와……. 저, 정말? 나, 광팬인데……."

"그런데 같이 있는 사람은 누구지? 남자? 여자……?"

주위에 있는 모든 이들이 웅성거리기 시작했다.

"크…… 가자, 미쿠!"

시도는 가면에 가려진 얼굴을 한껏 찡그린 후, 여전히 느긋한 미쿠의 손을 잡고 이 자리를 벗어나려 했다.

하지만 미쿠는 저항하듯 손에 힘을 주었다.

"왜, 왜 그러는 거야, 미쿠. 이대로 있다간 사람들이 몰려올 거라고."

"으응…… 방금 넘어지다 다리를 살짝 삔 것 같아서……."

"뭐? 조금 전에는 아무렇지도 않아 보였는데……."

미쿠는 시도의 말을 막듯 가면의 입 부분에 검지를 댔다.

"그 · 러 · 니 · 까…… 안아주세요."

"뭐…… 뭐어?!"

미쿠의 요구를 들은 시도는 눈을 동그랗게 떴다.

"너, 너 지금 무슨……."

"자아…… 서두르지 않으면 사람들이 몰려와서 도망치지 못하게 될지도 모른다구요~?"

"크……!"

시도는 어금니를 깨문 후, 미쿠의 어깨와 발을 안아 들면서 온몸에 힘을 주었다. 흔히 공주님 안기라고 불리는 포즈였다.

그리고 미쿠를 안아 든 채, 시도는 부리나케 도망쳤다.

"꺄아~! 달링 최고~!"

미쿠는 환한 목소리로 그렇게 외치면서 시도의 목에 팔을 둘렀다.

"그러니까 다른 사람들 앞에서 달링이라고 부르지 말라고……!"

시도는 비명에 가까운 목소리로 고함을 지르면서 코스플레이어들로 가득 찬 유원지를 내달렸다.

◇

결국, 미쿠를 안아 든 채 코스플레이어들을 따돌리는 데 상당한 시간과 체력을 소모하고 말았다.

그것도 그럴 것이, 어뮤즈먼트 에어리어는 자신의 변신한 모습을 남들에게 보여주고 싶어 하는 손님들로 넘쳐나고 있었던 것이다. 가는 곳마다 사람들이 몰려와 시도와 미쿠를 둘러싸려고 했다.

겨우겨우 화장실로 도망쳐 미쿠에게 시도의 코스튬을 입힌 덕분에 궁지를 벗어나기는 했지만— 도주극을 벌이는 사이, 시도는 지칠 대로 지치고 말았다.

하지만 시도에게는 휴식을 취할 시간이 없었다.

현재 시각은 오후 다섯 시. 미쿠와의 데이트를 끝낸 시도는 교복으로 갈아입은 후, 수업이 끝난 학교로 향했다.

다음 타깃— 타마 선생님과 만나기 위해서였다.

『……오카미네 선생에게는 미리 연락을 해뒀어. 진로 상담실에서 너를 기다리고 있을 거야.』

"예. 바로 가볼게요."

시도는 그렇게 대답 한 후, 대부분의 학생들이 하교한 학교 안을 걸었다.

바로 그때, 자그마한 불안이 시도의 머릿속을 스치고 지나갔다. 시도는 인터컴을 향해 머뭇거리면서 말했다.

"……그런데 선생님은 어떤 말로 불러냈죠?"

그렇다. 타마 선생님 또한 아이, 마이, 미이와 마찬가지로 시도가 한 번도 데이트 신청을 한 적이 없는 인물이다. 대체 어떤 말로 그녀를 불러낸 것인지 정말 신경 쓰였다.

『……"진로 문제로 상담을 받고 싶다."라고 말해뒀어.』

"그랬군요. 그건 꽤 자연스럽네요."

시도는 안도의 한숨을 내쉰 후, 타마 선생님이 기다리고 있을 진로 상담실로 향했다.

잠시 후, 시도는 진로 상담실 앞에 도착했다.

시도가 문에 노크를 하자, 방 안에서 『들어오세요.』 하는 말이 들려왔다.

"실례합니다."

시도는 그렇게 말하면서 문을 열었다. 그러자 소파에 앉아서 학생들이 제출한 과제물 프린트 같은 것을 보고 있는 타마 선생님의 모습이 눈에 들어왔다. 아무래도 시도를 기다리면서 채점을 하고 있었던 것 같았다.

"아, 이츠카 군. 오래간만이에요."

타마 선생님은 그렇게 말하면서 프린트를 정리하더니, 테이블 위에 놓여 있는 진로 관련 서적 옆에 두었다.

오래간만, 이라는 말에서 시도는 약간의 위화감을 느꼈지만…… 곰곰이 생각해보니 그녀가 오래간만이라고 말하는 것도 무리는 아니었다. 시도는 나츠미를 찾아내기 위해 어제와 오늘, 이틀 동안 학교를 결석했던 것이다.

"뭐, 일단 앉으세요."

"예."

타마 선생님의 말을 들은 시도는 맞은편 소파에 앉았다. 그러자 타마 선생님이 안경을 고쳐 쓰면서 입을 열었다.

"으음, 이츠카 군이 진로 문제로 저에게 상담을 받고 싶어 한다고 무라사메 선생님이 말씀하셨는데……."

"예. 진로 상담을 좀 부탁드려도 될까요?"

시도가 고개를 끄덕이자, 타마 선생님은 "으음……."이라고 말하며 난처한 표정을 지었다.

"그건 상관없지만…… 왜 진로 상담 선생님이 아니라 저에게 부탁하는 거죠?"

"예? 아, 그게……."

시도는 무심코 입을 다물었다. 듣고 보니 타마 선생님의 말이 옳았다. 고등학교에는 진로 상담을 전문으로 하는 선생님이 있다. 진로 문제로 고민을 하고 있다면 진로 상담 선생님을 찾는 것이 보통일 것이다.

하지만 이대로 입을 다물고 있다간 진로 상담 선생님에게 바통 터치가 될지도 모른다. 시도는 주먹을 말아 쥐면서 입을 열었다.

"아니, 그게……. 오카미네 선생님만이 할 수 있는 진로 상담이에요!"

"예……?!"

시도의 말을 들은 타마 선생님의 얼굴이 경악으로 물들었다. 마치 하트에 화살이라도 꽂힌 것 같은 표정이었다.

"저만이…… 할 수 있는, **진로**…… 상담, 이라구요?"

"예. 선생님만이 할 수 있는 진로 상담이에요."

시도가 힘차게 고개를 끄덕이자, 타마 선생님의 얼굴 곳곳에 땀방울이 맺혔다.

"어, 어……머? 그, 그 말은, 즉, 결—."

"예?"

"아, 아뇨! 아무것도 아니에요!"

타마 선생님은 당황한 것처럼 얼굴을 세차게 저었다. 그녀가 왜 그러는지 이해가 안 된 시도는 고개를 갸웃거렸다.

아무튼, 겨우 단둘이 있을 수 있게 되었다. 가능한 한 빨리 타마 선생님이 진짜인지 아닌지 확인하는 편이 좋을 것이다. 그렇게 판단한 시도는 잠시 동안 생각에 잠긴 후— 선생님이 갓 시도의 담임이 되었던 때의 일을 물어보기로 했다.

"저기, 선생님. 확인 삼아 물어보는 건데…… 4월에 있었던 일, 기억하세요?"

"4월…… 아!"

타마 선생님은 뭔가가 생각난 것처럼 눈을 치켜뜬 후, 목이 빠지지는 않을지 걱정이 될 만큼 세차게 고개를 끄덕였다.

"기억해요! 기억하고 말구요! 이츠카 군, 혹시…… 드디어 결심이 선 건가요?!"

"예……?"

예상외의 리액션을 본 시도가 입을 쩍 벌리자, 타마 선생님은 소파에 놓인 가방에서 책 몇 권을 꺼내 소파 사이에 있는 테이블 위에 놓았다.

"진로 관련 책이라면 잔뜩 준비했어요! 이 중에서 희망하는 것이 있다면 주저 말고 말해주세요!"

"저기, 선생님, 저는……."

다시 질문을 하려던 시도는 묘한 사실을 눈치챘다. 타마 선생님이 펼친『진로 관련』책들이 좀 이상했다.

우선 첫 번째 책. 아름다운 신부가 표지를 장식하고 있는 책이었다. 결혼 준비 관련 일인 걸까?

두 번째 책. 부부로 보이는 남녀와 귀여운 아기가 표지를 장식하고 있는 책이었다. 이건…… 보육사 전문학교 안내서……일 것이다. 아마도.

그리고 세 번째 책. ……아니, 이건 책이 아니라 서류 같았다. 가장 위쪽에『혼인 신고서』라는 글자가 커다랗게 적혀 있었고, 이미 신부 쪽 란에는 이름과 도장이 찍혀 있었다.

"으윽……?!"

시도는 그걸 본 후에야, 타마 선생님이 엄청난 착각을 하고 있다는 사실을 눈치챘다.

그러고 보니, 시도는 4월에 〈라타토스크〉의 지시로 타마 선생님에게 고백(이랄까 거의 프러포즈)을 한 적이 있었다.

"저, 저기, 선생님……?"

"이츠카 군…… 정말 기뻐요! 저, 믿고 있었어요. 그때는 너무 갑작스러웠기 때문에 이츠카 군도 도망치고 말았겠지만, 언젠가는 다시 제 곁으로 돌아올 거라 믿고 있었어요! 아아…… 미리 준비해둔 보람이 있네요! 저기, 이츠카 군. 상견례는 언제쯤 할까요? 아, 그 전에 이것부터 쓸까요? 예? 도장요? 걱정하지 마세요. 이미 준비해뒀어요. 참, 이츠카 군이 열여덟이 된 후에 구청에 제출할 테니까 안심하세요!"

눈을 반짝이면서 속사포처럼 말을 쏟아낸 타마 선생님이 시도의 교복 소매를 움켜잡았다. 시도는 "히익." 하고 비명을 지르면서 자리를 박차고 일어났다.

"오, 오해하게 해서 죄송합니다아아아아앗!"

그리고 고함을 지르면서 진로 상담실 밖으로 도망쳤다.

진로 상담실에 남아 있는 타마 선생님은 여전히 황홀경에 빠진 듯한 눈빛을 띤 채, 장래의 가족계획에 관해 주절대고 있었다.

◇

오후 일곱 시. 시도는 다음 타깃과 데이트를 하기 위해 밤거리를 걷고 있었다.

열두 명의 용의자. 이것으로 사진에 찍힌 모든 용의자에 대한 조사가 끝난다.

"……."

턱에 손을 댄 시도는 아무 말 없이 걸음을 옮기면서 생각에 잠겼다.

현재 남은 용의자는 토카, 토노마치, 코토리, 카구야, 마이, 미이, 미쿠, 타마 선생님, 그리고 마지막 용의자까지 해서 총 아홉 명이다.

오늘 데이트를 한 사람은 미쿠와 타마 선생님이다. 미쿠는 처음 만났을 때의 일을 기억하고 있었고, 타마 선생님과는 많은 이야기를 나누지 못했지만 4월에 시도가 했던 고백을 기억하고 있는 것 같았다. 두 사람 다 변신한 나츠미로는 보이지 않았다.

그렇다면 지금 만나는 마지막 인물이 나츠미……라고 봐야 하는 걸까.

그렇지 않으면— 나츠미에게는 사람의 기억조차 복사할 수 있는 능력이 있는 걸까.

만약 그렇다면 조사는 원점으로 돌아가고 만다. 나츠미를 찾아낼 방법을 다시 생각해야 할 뿐만 아니라, 오늘 밤 자정에 또 한 사람이 〈하니엘〉에 의해 사라져버리고 말 것이다.

하지만…… 왜일까.

조사를 시작한 후로 사흘이 흐른 현재, 시도의 머릿속에서는 자그마한 위화감이 꿈틀거리고 있었다.

단서 하나 없이 범인을 찾아야만 하는 게임. 하루에 한 명씩 용의자가 사라지며, 범인이 아닌 인물을 범인으로 지목하면, 지목당한 인물도 사라져버리고 만다. 시도는 모든 용의자가 사라지기 전에 나츠미를 찾아내야만 한다.

이 인식은 과연 올바른 것일까……?

뭔가가 계속 걸렸다. 하지만 그 뭔가가 뭔지 알 수가 없었다. 그런 기분 나쁜 감각을 느낀 시도는 머리카락을 쥐어뜯었다.

『……신, 곧 목적지에 도착할 거야.』

"……아……."

레이네의 말을 들은 시도는 고개를 들었다. 생각에 잠긴 채 꽤 긴 거리를 걸은 것 같았다. 여기까지 오면서 누구와도 부딪치지 않다니, 정말 운이 좋았다.

그런 생각을 하면서 한숨을 내쉰 순간— 시도가 향하고 있는 목적지 쪽에서 귀에 익은 목소리가 들려왔다.

"—시도."

"안녕, 오리가미."

시도는 손을 들어 올리면서 마지막 용의자— 토비이치 오리가미에게 인사를 건넸다.

"미안. 많이 기다렸지?"

시도의 말을 들은 오리가미는 고개를 가볍게 저었다.

"아니, 방금 왔어."

『……실은 한 시간 전부터 거기서 기다리고 있었어.』

인터컴에서 흘러나온 레이네의 말을 들은 시도는 쓴웃음을 흘렸다.

"응? 왜 그래?"

"아, 그게…… 오리가미와 이렇게 학교 밖에서 만나는 게 오래간만이라 좀 기뻐서 말이야."

"그래?"

시도의 말을 들은 오리가미는 무표정한 얼굴을 유지한 채 고개를 가볍게 끄덕이면서 말했다.

"나도 기뻐."

"그, 그렇구나……."

겉보기에는 전혀 변화가 없지만, 오리가미와 오랫동안 가깝게 지낸 시도는 그녀의 감정이 희미하게 변했다는 사실을 눈치챌 수 있었다. 나츠미를 찾아낸다고 하는 불순하기 그지없는 이유로 그녀와 데이트를 하고 있는 시도는 가슴이 아파 왔다.

"그런데 뭘 볼 거야?"

오리가미는 그렇게 말하면서 눈앞에 있는 건물을 올려다보았다. 그 건물에는 거대한 영화 간판이 몇 개나 걸려 있었다.

그렇다. 오리가미와의 데이트 장소는 바로 영화관이다.

"으음, 그게…… 아직 안 정했는데……."

"정하지 않은 거야?"

시도의 말을 들은 오리가미의 눈썹이 희미하게 떨렸다.

그 모습을 본 시도는 숨을 삼켰다. 시도가 이곳으로 불러내 놓고 어느 영화를 볼지 정하지 않았다는 건 너무 부자연— 혹은, 우유부단스러웠다.

"아, 미안. 그게 아니라…… 아, 그래, 이걸 보자! 텔레비전

광고도 많이 하던데……."

시도가 허둥대면서 한 말을 들은 오리가미는 차분한 목소리로 말했다.

"혹시 보고 싶은 영화가 있어서 나를 불러낸 것이 아니라, 그냥 나와 같이 외출하고 싶었던 거야?"

"응? 아…… 그, 그래."

"……."

시도가 애매하게 대답하자, 오리가미는 무표정한 얼굴로 제자리 점프를 했다.

그리고 돌아선 그녀는 영화관 안으로 들어가 버렸다.

"아, 어이, 오리가미?"

"따라와."

오리가미는 시도를 데리고 매표소로 향하더니, 직원을 바라보며 손가락 두 개를 세웠다.

"—오후 7시 30분에 시작하는 『블랙 판타지아』. **연인** 두 장."

"뭐?"

오리가미가 흔들림 없는 목소리로 한 말을 들은 판매원이 눈을 동그랗게 떴다.

"으, 으음, 어른 두 장 발권해드리면 될까요……?"

"상관없어."

"아, 예. 총 3600엔입니다."

오리가미는 티켓을 받은 후, 한 장을 시도에게 건넸다.

"자."

"아, 응…… 고마워. 아, 내가 불러냈으니까 영화비는 내가 낼게."

시도가 그렇게 말하면서 지갑을 꺼내려 하자, 오리가미가 그의 행동을 막았다.

"나중에 갚아."

"뭐?"

시도가 눈을 동그랗게 뜨자, 오리가미는 음료수와 팝콘 같은 것을 파는 카운터를 향해 걸음을 옮겼다.

오리가미의 의도를 파악하지 못한 시도가 망연자실한 표정을 지은 채 멍하니 서 있자, 오른쪽 귀에 꽂은 인터컴에서 레이네의 목소리가 흘러나왔다.

『……아하. 영화가 끝난 후에도 신을 돌려보내지 않을 생각이구나.』

"……."

그 말을 들은 순간, 시도의 등골을 타고 오한이 흘렀다.

"어, 어이, 오리가미. 6월에 있었던 일, 기억해?"

영화 상영이 시작되기 직전. 화면에 신작 영화 선전 영상이 나올 즈음, 시도는 옆자리에 앉은 오리가미에게 질문을 던졌다.

"6월에 있었던 일?"

"그래. 그때도 데이트 했었잖아."

"물론 기억해."

"정말? 무슨 일이 있었지?"

시도의 말을 들은 오리가미는 고개를 끄덕인 후 입을 열었다.

"1100시, 텐구 역, 광장 분수 앞에서 만남. 1110시, 점심을 먹기 위해 레스토랑으로 향함. 1115시, 시도가 화장실에 감. 1200시, 영화관으로 향함. 1210시, 시도가 또 화장실에 감. 속이 좋지 않은 것 같다는 판단이 섰기에 1420시에 약국으로 가서 약을 구입. 1500시—."

"자, 잠깐만."

아무렇지도 않게 당시 있었던 일들을 시간순으로 말하는 오리가미를, 시도는 일단 진정시켰다.

"……왜 그렇게 세세하게 기억하고 있는 거야……?"

시도가 식은땀을 흘리며 묻자, 오리가미는 들고 있는 가방 안을 뒤졌다. 그리고 가방 안에서 책처럼 생긴 무언가를 꺼냈다.

"그건 뭐야?"

"일기."

오리가미는 그렇게 말한 후, 시도에게 그 책을 건넸다. —그리고 읽어보라는 듯이 펼쳐줬다. 내용을 보니, 1분 간격으로 당시에 있었던 일들이 기록되어 있었다.

"어, 엄청나네."

시도는 쓴웃음을 지으면서 일기를 넘겼다. 특히, 시도가 오리가미에게 고백한 날과 시도가 처음으로 오리가미의 집에 간 날의 일기 내용은 다른 날의 다섯 배는 되어 보였다.

"……으윽."

오리가미의 일기를 본 시도의 볼을 타고 식은땀이 흘러내렸다. 시도가 사라진 후 집 안을 둘러보니, 며칠 전에 주운 토끼 퍼핏 인형이 없어졌다는 글이 적혀 있었다. ……저 인형은 바로 『요시농』을 말하는 것이리라. 일기에 그려져 있는 일러스트를 보니 틀림없어 보였다.

요시노를 위해서라고는 해도 절도나 다름없는 짓을 했다는 사실 때문에 가슴이 아팠다. ……하지만 그 밑에 적혀 있는 『시도가 내 물건을 가지고 간 기념일』이라는 문장을 본 순간, 마음이 편해졌다.

"……이런 걸 가지고 있는 걸 보면, 오리가미는 진짜 아닐까요?"

『……아직 단정할 순 없어. 일기를 쓴 사람은 진짜 토비이치 오리가미겠지만, 그것을 가지고 있다고 해서 그녀를 진짜로 단정할 순 없다고 봐.』

"뭐…… 그건 그래요."

시도는 일기를 오리가미에게 돌려주었다.

그러는 사이, 스크린이 어두워지면서 중후한 음악이 들려왔다. 아무래도 영화가 시작된 것 같았다.

바로 그때, 시도는 자신의 오른 손등에서 부드러운 감촉이 느껴진다는 사실을 눈치챘다. 오리가미가 시도의 손 위에 자신의 손을 얹은 것이다.

"하하……."

시도는 쓴웃음을 흘리면서도, 오리가미의 손을 떨쳐내지는 않았다. 영화 상영 중에 손을 잡는 것 정도는 오리가미가 지금까지 한 짓에 비하면 귀여운 축에 든다는 생각이 들었기 때문이다.

하지만. 시도의 생각은 너무나도 물렀다.

"……."

영화가 시작된 후부터 오리가미의 손은 점점 대담한 짓을 해대기 시작했다.

처음에는 시도의 손과 포개져 있기만 하던 손이 시도의 손등을 쓰다듬기 시작했다. 그리고 시도의 손을 희롱하듯 손가락 하나하나를 매만진 후, 손가락 사이를 너무나도 에로틱하게 애무했다.

"히익……?!"

오리가미가 만지고 있는 건 오른손뿐인데도 시도는 자신의 온몸을 타고 전류가 흐르는 것 같은 충격을 받았다. 간지러움과 쾌락이 뒤섞인 듯한 감각이 파도처럼 밀려온 순간, 시도의 머릿속에서 번갯불이 튀었다.

"시도……."

바로 그때, 속삭이는 듯한 목소리가 들렸다. 시도는 당황한 목소리를 냈다.

"왜, 왜왜왜왜왜왜왜왜왜?"

"시도도 나를 만져줘."

"마, 만져달라니……."

시도가 떨리는 목소리로 그렇게 말하자, 오리가미는 오른손으로 자신이 입은 옷의 목덜미 부분을 잡아당겼다.

"오늘은, 안에 아무것도 안 입었어."

"……으윽?!"

시도는 숨을 삼켰다. 폭발하는 것은 아닐까 걱정이 될 만큼 뇌가 풀 회전을 하기 시작하더니, 귀에서 연기가 나는 듯한 착각이 들 만큼 얼굴이 새빨갛게 달아올랐다.

시도는 마음을 진정시키기 위해 심호흡을 한 후, 말라버린 목을 적시기 위해 조금 전에 산 아이스티를 손으로 더듬어서 찾은 후, 컵에 꽂힌 빨대를 빨았다.

하지만 아무리 빨아도 차가운 홍차 맛이 입안에 퍼지지 않았다.

고개를 갸웃거리면서 자신이 들고 있는 것을 쳐다본 시도는 아이스티가 나오지 않는 이유를 깨달았다. 빨대가 아이스티가 든 컵에 꽂혀 있지 않았던 것이다.

그럼 시도가 물고 있는 빨대는 대체…….

시선을 아래쪽으로 내린 시도는 오리가미가 자신이 물고 있는 빨대의 반대쪽 끝을 물고 있다는 사실을 눈치챘다.

오리가미는 아무 말 없이 빨대를 빨고 있었다.

"우와앗?!"

시도는 비명을 지르면서 자리에서 일어났다. 주위에 있는 관객들의 날카로운 시선이 그를 사정없이 꿰뚫었다.

"응? 왜 그래?"

"왜, 왜 그러냐니, 너……."

『……아무래도…….』

『진짜 같네요…….』

『틀림없어요…….』

시도가 낀 인터컴에서 〈프락시너스〉 승무원들이 만장일치로 오리가미를 본인으로 인정하는 목소리가 흘러나왔다.

◇

—결국, 시도는 밤 열한 시 즈음이 되어서야 오리가미에게서 해방되었다.

지칠 대로 지친 채 밤길을 걷던 시도는 겨우겨우 집으로 돌아왔다.

"오늘은…… 정말 힘들었어."

시도는 혼잣말을 하면서 기지개를 켰다. 어깨 언저리에서 우드득 하는 소리가 들렸다.

영화를 본 후, 근처 카페에서 이런저런 이야기를 했지만…… 오리가미는 시도와 함께 보냈던 시간들을 상세하게 기억하고 있었다. 마치 기록해 둔 영상을 재생하기라도 한 것처럼 정확하게 말이다.

게다가 그녀는 여전히 적극적이기 그지없었다. 아무래도 오리가미가 나츠미일 가능성은 없어 보였다.

하지만 그렇다면…… 골치가 아파진다.

이제 모든 용의자와 데이트를 했지만, 나츠미로 의심되는 인물은—.

"시도!"

시도가 생각에 잠긴 채 문을 열려고 한 순간, 그의 집 옆에 있는 맨션의 입구가 열리면서 잠옷 차림의 토카가 나왔다.

"토카? 이렇게 늦은 시간에 무슨 일이야?"

"그건 내가 할 말이다. 이렇게 늦은 시간까지 어디에 있다 온 것이냐?"

토카가 시도를 향해 걸어오면서 말했다. 화가 났다기보다는 순수한 의문에 가까운 것 같았다.

"아…… 미안. 좀 볼일이 있었어."

"으음……."

시도가 얼버무리자, 토카는 불만을 표시하듯 볼을 부풀렸다.

"요 며칠 동안 시도는 계속 바빠 보였다. 학교도 안 나오고, 도시락과 저녁밥도 안 만들어주고……."

"미, 미안. 지금 하고 있는 일만 마무리 짓고 나면 또 만들어줄게. 응?"

시도가 그렇게 말하면서 고개를 숙이자, 토카는 허둥지둥 고개를 저었다.

"아, 아니다. 그런 뜻에서 한 말이 아니라…… 응? 잠깐, 시도가 만든 밥이 먹고 싶은 건 맞으니까, 꼭 틀린 말도 아닌가……?"

토카는 고민을 하듯 고개를 갸웃거리면서 신음을 흘렸다.

그리고 잠시 후, 고개를 세차게 저은 그녀는 시도의 손을 움켜잡았다.

“아무튼! 뭔가 그럴 수밖에 없는 사정이 있는 거지? 나는 신경 쓰지 마라. 토비이치 오리가미와 다투지도 않을 거고, 식사도 내가 알아서 해결하겠다. 그러니까, 시도는 시도가 해야만 하는 일에 집중해라.”

“토카…….”

시도가 이름을 불러주자, 토카는 볼을 붉혔다.

“……하지만, 시도가 곁에 있어주지 않으면, 저기, 그러니까…… 쓸쓸하다. 그러니 내가 도울 수 있는 일이 있으면 말해다오. 시도를 위해서라면 그 어떤 일이라도 다 하겠다!”

토카는 그렇게 말하면서 시도의 손을 움켜잡았다.

그녀의 올곧은 시선이, 그리고 따뜻한 말이 너무나도 고맙고 기쁜 나머지, 시도도 그녀의 손을 마주 움켜잡았다.

“……그래. 고마워, 토카. 네가 도와준다는 말을 들으니 천군만마를 얻은 것만 같아.”

시도의 말을 들은 토카는 환한 미소를 지었다.

“음. 하고 싶었던 말은 이게 다다! 그럼 잘 자라, 시도! 나츠~미!”

토카가 웃으면서 한 말을 들은 시도는 깜짝 놀라며 긴장했지만…… 금세 긴장을 풀었다.

“그래. 잘 자, 토카. 나츠~미.”

시도가 손을 흔들어주자, 토카는 시도보다 몇 배는 더 힘차게 손을 흔든 후, 맨션으로 뛰어갔다. 그리고 크게 하품을 하면서 맨션 안으로 들어갔다.

아무래도 방금 그 말을 시도에게 하기 위해서 자지 않고 기다렸던 것 같았다. 항상 일찍 잠자리에 드는 토카가 말이다.

뭐랄까, 미안함과 귀여움, 그리고 사랑스러움을 동시에 느낀 시도는 웃음을 흘렸다.

몇 분 전까지보다 발걸음이 가벼워진 것 같은 느낌을 받으면서 집으로 들어간 시도는 열쇠를 꺼내 현관문을 열었다.

그러자—.

"늦었잖아."

마치 시도를 기다리고 있기라도 했던 것처럼, 현관 앞에 당당하게 서 있는 여동생님께서 그렇게 말씀하셨다.

"어쩔 수 없잖아. 오늘도 정말 힘들었단 말이야……."

"……그건 알고 있어. 나도 딱히 시도에게 화가 난 건 아냐. 하지만—."

코토리는 가볍게 한숨을 내쉰 후, 눈을 가늘게 뜨면서 말을 이었다.

"—좀 있으면 자정이란 말이야."

그리고 코토리가 그렇게 말한 순간.

시도와 코토리 사이에 존재하는 공간이 일그러지면서, 빗자루 형태를 한 천사가 모습을 드러냈다.

"크…… 또 나타났네."

"〈하니엘〉……?! 벌써 열두 시인 거야?!"

시도는 인상을 찡그리며 어금니를 깨물었다. 아무래도 오리가미와 헤어진 후 집으로 돌아오는 데 꽤 시간이 걸린 것 같았다.

하지만 토카와 같이 있을 때 〈하니엘〉이 출현하지 않은 것은 불행 중 다행이었다. 시도는 마음을 진정시키기 위해 크게 숨을 내쉰 후, 빗자루 모양을 한 천사를 쳐다보았다.

그러자 〈하니엘〉의 끝 부분이 펼쳐지면서 거울 같은 내부가 모습을 드러냈다.

그리고 어제와 마찬가지로 그 거울에 나츠미의 모습이 비쳤다.

『헬로~. 하루 만이네, 시도 군. 많이 외로웠지?』

"나츠미…… 너……!"

『꺄아, 표정이 정말 무시무시하네. 좀 더 게임을 즐기는 게 어때?』

나츠미는 그렇게 말하면서 미소 지었다. 시도는 손톱이 손바닥에 박히지는 않을지 걱정이 될 만큼 주먹을 세게 말아 쥐면서, 마음을 진정시키기 위해 심호흡을 했다.

지금 이 자리에서 감정을 폭발시켜본들 아무것도 해결되지 않는다. 그뿐만 아니라 〈하니엘〉에 의해 사라진 유즈루와 요시노, 아이가 위험에 처할 가능성도 있다. 그래서 섣불리 감정에 따라 행동할 수 없었다.

히죽거리면서 시도를 바라보던 나츠미가 말을 이었다.

『후후, 게임 셋째 날이 끝났네. 이제 모든 용의자를 조사했을 것 같은데? 자아, 대답해봐. ―나는, 누구게?』

"……큭."

시도는 숨을 삼킨 후, 데이트했던 용의자들의 얼굴을 떠올렸다.

하지만― 바로 대답할 수가 없었다. 용의자 전원을 조사했지만, 시도는 아직 명확한 증거를 손에 넣지 못했던 것이다.

"시도, 시간이 없어."

"……나도 알아."

코토리에게 그렇게 말한 후, 시도는 머릿속으로 용의자를 한 명씩 지워나갔다.

마지막으로 남은 사람은― 타마 선생님이었다.

4월에 시도가 고백했다는 사실을 기억하고 있는 것 같지만 자기 입으로 기억하고 있다고 말하지는 않았다. 그리고 며칠 동안 타마 선생님을 감시하면 그녀가 결혼에 집착하고 있다는 사실 정도는 알 수 있을 것이다.

그렇게 보면, 타마 선생님이 진로 상담실에서 과격한 어프로치를 했던 것도 시도를 당황하게 만들어서 쓸데없는 질문을 하지 못하게 하기 위한 수단이었을지도 모른다는 생각이 들었다.

시도는 〈하니엘〉을 노려보면서 천천히 입을 열었다.

"나츠미는―."

하지만…… 어제 사라진 요시노의 얼굴이 머릿속을 스치고 지나간 탓에 시도는 말을 잇지 못했다.

시도가 나츠미라고 지목한 탓에— 〈하니엘〉에 의해 사라져 버리고 만 소녀.

만약 이번에도 잘못된 사람을 지목한다면, 시도는 또 가까운 이를 잃고 말 것이다.

게다가 타마 선생님은 어디까지나 「의심스러울」 뿐, 결정적인 증거가 있는 것은 아니었다. 게다가 타마 선생님을 떠올린 순간, 아지랑이처럼 시도의 머릿속을 가득 채우고 있던 위화감이 더욱 확연해졌다.

—뭔가, 뭔가 근본적인 부분에서 착각을 하고 있는 것은 아닐까.

그런 근거 없는 의문이 시도의 입을 막았다.

"—시도!"

"……윽!"

코토리의 외침을 들은 시도는 눈을 치켜떴다.

하지만— 이미 늦었다. 시도가 정신을 차린 순간, 나츠미는 양손을 X자 모양으로 교차시켰다.

『삐~! 타임 오버야. 유감이에요. 내일 다시 도전해주세요~.』

그리고 공간이 일그러지더니, 〈하니엘〉의 모습이 사라졌다.

이츠카 가의 현관에는 아무 말 없이 서 있는 이츠카 남매만이 남아 있었다.

잠시 후. 코토리는 머리를 긁적이면서 한숨을 내쉬었다.

"……책망하지는 않을게. 잘못된 사람을 지목하면 그 사람이 사라져버리는 상황에서 결정적 증거도 없이 누군가를 지목하는 건 힘들 테니까 말이야."

하지만, 하고 코토리는 말했다.

"이미 몇 명이나 사라졌다는 사실, 그리고— 시도가 나츠미를 찾아내지 못하는 한, 이 게임은 끝나지 않는다는 사실만큼은 잊지 말아줘."

"……응. ……미안."

코토리의 말이 옳았다. 시도는 결단력이 없는 자신을 향해 분통을 터뜨리며, 어금니를 깨물었다.

바로 그때, 인터컴에서 레이네의 목소리가 흘러나왔다.

『……신. 내 말 들려? 신.』

"레이네 씨……? 무슨 일이죠?"

『……방금, 용의자들을 감시하던 자율 카메라에 〈하니엘〉이 잡혔어.』

레이네의 말을 들은 순간, 시도는 자신의 심장이 옥죄어드는 듯한 느낌을 받았다.

알고는 있었다. 어제도 마찬가지였다. 시도가 대답을 한 직후, 〈하니엘〉은 용의자 중 한 명을 빨아들였다. 그렇기에 이런 일이 벌어지리라는 것은 알고 있었다.

하지만 알고 있는데도 불구하고 레이네의 말을 듣는 순간, 가슴이 미친 듯이 뛰었다.

"……이번에는 누가……."

사라진 거죠, 라는 말은 차마 입에서 나오지 않았다. 그런다고 해서 결과가 달라질 리가 없는데도, 몸이 거부하는 것처럼 그 말이 입에서 나오지 않았다.

『……오늘 사라진 건—.』

레이네는 잠시 주저하듯— 시도에게 이 사실을 전해도 될지 고민하듯— 말을 멈춘 후, 입을 열었다.

『……토카, 야.』

"예……?"

레이네의 말을 들은 순간.

시도는 자신의 온몸에 금이 가는 소리를, 들었다.

위치크래프트

제5장 마녀의 업(業)

텐구 시 근교에는 〈라타토스크〉 소유의 빌딩이 여러 채 존재했다.

우드먼은 그중 한 빌딩의 지하 3층을 찾았다.

"—이쪽입니다. 우드먼 경."

우드먼을 안내하고 있는 기관원이 긴 복도의 끝에 도착한 후, 걸음을 멈췄다.

그곳은 쇠창살이 설치된 좁디좁은 거주 공간이었다. 즉, 감옥 같은 곳이었다.

그 안에는 한 남자가 있었다. 간소한 작업복을 입은 초로의 남성이었다. 그의 얼굴, 그리고 온몸에는 최근에 생긴 것으로 보이는 상처가 남아 있었다.

"지금으로부터 약 두 달 전, 아루비 섬에서 벌어진 사건 때 잡은 DEM의 사원입니다. 지니고 있던 신분증을 통해 제2집행부 대령 상당관(相當官) 제임스 · A · 패딩튼이라는 사실을 확인했지만 그 외에는 아무것도 알아낼 수 없었습니다."

"아무것도? 묵비권을 행사하고 있는 건가?"

"묵비권이라기보다……."

기관원은 난처한 표정을 지으면서 쇠창살을 두드렸다. 하지만 감옥 안에 있는 패딩튼은 침대에 누운 채 아무런 반응도 보이지 않았다.

"계속 이런 상태입니다. 리얼라이저를 이용한 심문을 몇 번이나 해봤습니다만, 머릿속에서 기억이 깨끗하게 지워진 것 같은 상태라 아무것도 알아내지 못했습니다."

"흐음. 그 녀석이라면 그런 수법을 쓰고도 남지."

"그 녀석, 이라고요?"

기관원은 고개를 갸웃거렸다. 그러자 우드먼은 "아무것도 아니네." 하고 말했다.

"저자와 잠시 이야기를 나눠봐도 되겠나?"

"아…… 그건 괜찮습니다만……."

기관원은 의아한 표정을 지으면서 물러섰다. 우드먼은 카렌에게 지시를 내려 휠체어가 패딩튼 쪽을 향하도록 했다.

"—여어, 제임스. 나와 잠시 이야기를 나누지 않겠나?"

우드먼이 그에게 말을 건 순간.

"……!"

지금까지 아무런 반응도 보이지 않던 패딩튼이 오뚝이처럼 침대에서 몸을 벌떡 일으켰다.

"우왓……?!"

기관원은 깜짝 놀랐는지 몸을 부르르 떨었다. 하지만 패딩튼은 기관원을 전혀 개의치 않으면서 불안정한 걸음걸이로 우드먼을 향해 걸어가더니, 철컹하는 소리를 내면서 쇠창살에 몸을 맡겼다. 그리고 초점이 맞지 않는 눈과 침 범벅이 된 입술을 우드먼을 향해 내밀었다.

"아, 아, 아아아아아아아아아아아아아아, 우, 우, 우우우우우드, 머, 머머머먼."

패딩튼은 고장 난 레코드를 재생하는 듯한 소리를 내면서 머리를 부들부들 떨었다.

하지만 몇 초 후. 패딩튼의 목 깊은 곳에서 흘러나오던 기묘한 불협화음이 사람의 말로 인식할 수 있을 만큼 안정되기 시작했다.

그리고.

『—이야, 오래간만이군, 엘리엇.』

지금까지와는 전혀 다른 목소리가 패딩튼의 목에서 흘러나왔다.

아니…… 목소리가 흘러나왔다는 표현은 잘못되었을지도 모른다. 패딩튼의 표정은 지금까지와 별반 다르지 않았기 때문이다. 입에서 말이 흘러나오는데도 입술과 혀는 전혀 움직이지 않았다. 마치 인간형 스피커에서 목소리가 흘러나오고 있는 것만 같았다.

"아, 이, 이건……."

기관원은 경악에 찬 표정을 지었다. 그것도 무리는 아니리라. 우드먼은 어깨를 으쓱하면서 패딩튼— 아니, 정확하게 말하자면 패딩튼 너머에 있는 남자에게 말을 건넸다.

"그래…… 30년 만이군. 잘 지냈나, 아이크."

『덕분에 말이야. 자네는 어땠지? 엘리엇.』

"나는 그렇게 잘 지내지 못했어. 요즘 들어 눈도 꽤 나빠졌거든."

『이런 이런.』

우드먼은 좀비를 연상케 하는 남자의 입에서 흘러나오는 정체불명의 목소리와 잠시 동안 담소를 나눴다. 옆에 있는 기관원이 그 모습을 징그럽다는 듯이 바라보고 있었다.

『—그런데 엘리엇. 이제 그만 우리 곁으로 돌아올 생각은 없나? 자네도 알고 있겠지만 〈프린세스〉가 반전했어. 우리의 비원(悲願)을 성취할 날이 멀지 않았다는 거지. 자네가 도와준다면 비원을 달성할 가능성이 더욱 커질 거야. 그리고 엘렌도 매우 기뻐하겠지.』

"미안하지만 나는 그럴 생각이 없어, 아이크. 그건 30년 전에도 말했을 텐데?"

우드먼의 말을 들은 『목소리』는 유감이라는 듯이 한숨을 내쉬었다.

『아쉽군. 30년이라는 시간이 지났는데도 자네가 걸린 열병(熱病)은 완치되지 않았나 보지?』

그렇게 말한 순간, 패딩튼이 바닥을 향해 흘러내리듯 쓰러지기 시작했다.

『—그럼 다음에 만났을 때는 봐주지 않겠어. 정령은 우리의 비원을 달성하기 위해 이용하도록 하지.』

"그렇게는 안 돼. 그걸 막는 것이 〈라타토스크〉의 존재 이유니까 말이야."

『훗…….』

그 말을 끝으로, 『목소리』는 들리지 않았다.

그리고 그 순간— 패딩튼이 바닥에 쓰러지더니 대량의 피를 토했다.

"아, 아니……?!"

기관원이 거품을 물면서 단말기를 조작해, 상층부에 연락을 취했다.

그 모습을 보면서, 우드먼은 미간을 살짝 찌푸렸다.

"아이크, 자네는 변하지 않았군. —30년 전 그대로야."

그리고 우드먼은 고개를 움직이지 않은 채, 휠체어의 핸들을 쥔 여성에게 말을 걸었다.

"머지않아 DEM과 전면전을 벌이게 될지도 모르겠군. ……각오만은 해두게, 카렌."

"문제없습니다. 언니와 그렇게 될 수밖에 없다는 건 몇 년 전부터 알고 있었으니까요."

우드먼의 말에…….

……카렌 · N(노라) · 메이저스는 변함없는 목소리 톤으로 말했다.

같은 시각. DEM인더스트리 영국 본사 빌딩의 한 방에 있던 상무 이사 아이작 · 웨스트코트는 한숨을 내쉬었다.

그리고 옆에 있는 버튼을 눌러 한 사람을 불렀다.

그러자 몇 초도 지나기 전에 노크 소리가 들려왔다.

『—실례합니다.』

엘렌이 그렇게 말하면서 방 안으로 들어왔다.

"무슨 일이죠? 아이크."

"아…… 별일은 아니야."

웨스트코트는 그렇게 말하면서 엘렌을 바라보았다.

"일전의 이사회 때 머독이 한 말도 일리가 있는 것 같아서 말이야."

"그 말은……."

"일전의 작전 때 대량의 위저드를 잃은 건 사실이지. 특히 아뎁투스2 타카미야 · 마나와 아뎁투스3 제시카 · 베일리를 잃었으니, 앞으로의 작전 진행에 차질을 빚을 수도 있을 거야."

"……요원 보충을 생각하시는 건가요?"

엘렌은 미간을 살짝 찌푸리면서 말했다. 그 표정에 불만의 빛이 희미하게 어려 있다는 사실을 눈치챈 웨스트코트는 어깨를 살짝 으쓱했다.

"물론 자네 혼자만으로도 충분하겠지. 하지만 보험을 들어두자는 거야. 자네도 서포트 해주는 요원이 있는 편이 움직이기 편한 건 사실이지 않나."

"……."

엘렌은 작게 한숨을 내쉰 후, 다시 웨스트코트를 바라보았다.

"—하지만 DEM의 아뎁투스 · 넘버에 걸맞은 힘을 지닌 위저드가 있을까요? SSS의 아르테미시아는 유감스럽게도 아직—."

"아니."

웨스트코트는 엘렌의 말을 막으면서 입가에 미소를 머금었다.

"—한 명 있지 않나. 자네의 몸에 상처를 낸 뛰어난 위저드가 말이야."

◇

—방 밖에서 참새의 지저귐이 들려왔다.

"……."

시도는 아무 말 없이 창문을 통해 스며들어오는 아침 햇살을 바라본 후, 컴퓨터 화면에 표시된 데이터와 방 곳곳에 흩뿌려져 있는 엄청난 양의 서류를 번갈아 바라보았다.

그 서류들에는 용의자들이 시도와 만났을 때 보인 반응과 상세한 정보가 적혀 있었다. 신장, 체중, 혈액형, 점의 위치 같은 신체 데이터, 고향, 가족 구성, 현재 주소 같은 주변 환경, 그리고 각종 취미 취향 및 성적 취향까지 적혀 있었다. 〈라타토스크〉에서 프라이버시를 깡그리 무시하면서 수집한 정보들이었다. 물론 정령들에 대한 데이터는 다른 이들에 비해

부족했다.

그뿐만이 아니었다. 시도는 레이네에게서 받은 용의자 전원의 기록 영상도 직접 확인했다. 〈라타토스크〉 측에서 전부 체크했다고 하지만, 자신의 두 눈으로 똑똑히 확인해두고 싶었다.

"……벌써…… 아침, 이군."

눈가를 비빈 시도는 컴퓨터를 조작해 남은 용의자 리스트를 띄웠다.

—토카가 사라진 후로 이틀이 지났다.

그동안 시도는 두 번이나 범인 지목에 실패했고, 그 결과 총 네 명의 용의자가 사라지고 말았다.

토카가 사라진 다음 날. 시도가 지목한 타마 선생님과 토노마치가 사라졌다.

그리고 그 다음 날. 모든 정보를 다시 체크한 시도는 타마 선생님과 마찬가지로 과거의 정보를 입에 담지 않은 하자쿠라 마이를 지목했고— 그 결과, 마이와 미이가 사라졌다.

이제 남은 용의자는 코토리, 오리가미, 카구야, 미쿠, 이렇게 넷밖에 안 된다.

하지만— 이 넷을 아무리 조사해도, 넷 중 한 명이 변신한 나츠미라는 증거는 나오지 않았다.

"……."

하지만. 시도는 몽롱해진 의식의 끈을 부여잡은 채 생각하고 또 생각했다.

—뭔가가, 계속 머릿속에서 걸렸다.

미심쩍은 구석이 하나도 없는 용의자들. 그 사실이 시도에게 한 가지 가능성을 제시했다.

아직 확증은 없다. 그리고 나츠미가 변신한 인물이 누구인지 안 것도 아니다. 하지만 그것은 지금까지 시도가 취한 행동을 뒤집어엎을 수 있을 만큼 극약(劇藥)에 가까운 가능성이었다.

"……어쩌면, 이건—."

책상에 팔꿈치를 댄 시도는 손을 입가에 댔다. 수면이 부족한 탓인지, 그렇지 않으면 과도한 스트레스 탓인지는 모르겠지만 속이 울렁거렸다.

시도가 아무 말 없이 생각에 잠겨 있을 때, 갑자기 방문이 열리면서 코토리가 방 안으로 들어왔다.

"시도…… 자, 잠깐만. 너 혹시 밤샌 거야?"

코토리가 미간을 찌푸리면서 시도에게 다가갔다.

"……안녕, 코토리."

"내가 무리하지 말라고 했지? 네 마음을 모르는 건 아니지만 네가 쓰러져버리면 죽도 밥도 안 된다구!"

"……아직 버틸 만하니까 걱정하지 마. 오늘은…… 재조사를 하기로 한 날이지. 으음— 우선 카구야부터였나?"

시도는 그렇게 말하면서 바닥에 떨어져 있는 자료를 주우려 했다.

하지만 바로 그 순간, 현기증이 나면서 그대로 무너지듯 주저앉고 말았다.

"으윽……."

"하아, 정말……!"

코토리는 짜증 섞인 목소리로 그렇게 말하면서 시도의 손을 잡았다.

"내가 이럴 줄 알았다니깐……! 일단 좀 쉬고 있어! 지금 상태로는 제대로 된 판단을 내릴 수 없다구!"

"그럴 시간— 없어……. 이제 겨우, 알 것만 같단 말이야. 한시라도 빨리 나츠미를 찾아야 해."

"일단 내가 시키는 대로 해. 어차피 점심과 저녁때 하기로 한 조사를 취소할 생각이었으니까 잠시 동안 눈이라도 좀 붙여!"

"……!"

코토리의 말을 들은 시도가 그녀의 손을 떨쳐냈다.

"취소……? 그게 무슨 소리야? 그래서는 단서를 얻을 기회를 그냥 날려버리는 거나 마찬가지잖아! 대체 왜……!"

"일단 진정해."

코토리는 시도의 머리를 향해 수도 치기를 날렸다. 그렇게 힘이 실리지는 않았지만 지칠 대로 지친 시도에게 있어서는 무시무시할 정도로 강렬한 일격이었다. 뇌가 흔들리는 듯한 충격을 받은 시도는 그 자리에 그대로 쓰러지고 말았다.

"크윽……."

"자, 일단 이걸 좀 봐."

코토리는 그렇게 말하면서 들고 있던 흰색 카드를 보여줬다.

시도는 용의자의 사진과 함께 봉투 안에 들어 있었던 메시지 카드라고 생각했지만, 카드에 적힌 문장이 다른 것 같았다. 시도는 눈을 깜빡이면서 카드에 적힌 문장을 읽었다.

『슬슬 게임을 끝내자.
오늘 밤, 나를 찾아내 봐.
안 그러면 모두 다, 사라져버릴 거야.
나츠미.』

“뭐…….”

숨을 삼키면서 몸을 일으킨 시도는 코토리에게서 카드를 빼앗았다.

“이건…….”

“아침에 일어나 보니 우편함 안에 들어 있었어. 나츠미가 보낸 도전장……인 것 같아.”

코토리의 말을 들은 시도는 마른침을 삼켰다.

“오늘 밤…… 나츠미를 찾지 못하면 남은 용의자 전원이 사라진다는…… 걸까?”

“액면 그대로 받아들인다면 그런 뜻일 거야.”

코토리는 어깨를 으쓱하면서 말했다. 시도는 어금니를 깨물면서 손으로 이마를 짚었다.

할 수 있는 일은 전부 했다. 조사할 수 있는 건 전부 조사했다. 그래도 시도는 남은 네 용의자 중에서 나츠미로 추정되는 인물을 골라낼 수가 없었다.

그런 상황에서…… 게임 오버의 순간이 코앞까지 다가온 것이다. 초조해하지 말라는 것이 무리일지도 모른다.

—오늘, 시도가 잘못된 판단을 하면 남은 용의자들 모두가 사라지고 만다.

그런 엄청난 중압감이 시도의 심장을 옥죄었다.

하지만— 시도는 어금니를 깨물었다.

"……코토리. 부탁 하나만 해도 될까?"

"뭔데? 가능한 한 들어줄게."

코토리는 진지한 표정을 지으면서 말했다. 시도는 생각을 정리하면서 자신이 하려는 부탁을 코토리에게 말했다.

몇 분 후. 시도의 말을 들은 코토리는 턱에 손을 냈다.

"흐음. 좋아. 준비해줄게."

"……고마워. 실은 아직 결정적인 단서까지는 얻지 못한 상황이야."

"그 대신, 그때까지 딴짓하지 말고 수면을 취할 것. 그게 조건이야."

"……오케이. 알았어."

고개를 끄덕인 시도는 몸을 일으킨 후, 비틀거리면서 침대에 몸을 뉘였다.

그리고 천천히 오른손을 들어 올린 그는 손가락을 하나씩 접어 주먹을 만들었다.

시도는 나츠미가 누구로 변신했는지 알아낼 증거를 손에 넣지 못했다. 퍼즐에 빗대어 말하자면 마지막 몇 조각을 맞추지 못한 상태였다.

그러니— 나츠미에게서 도전장이 오지 않았더라도, 시도는 코토리에게 같은 부탁을 했을지도 모른다.

"—나츠미."

시도는 허공을 바라보면서 중얼거리듯 말했다.

"오늘 밤…… 반드시 너를— 찾아주겠어."

◇

"우후후…… 후후후……."

×××로 변신한 나츠미는 환한 미소를 지었다.

첫날에 유즈루가, 둘째 날에 요시노와 아이가, 셋째 날에 토카가, 넷째 날에 타마에와 토노마치가, 다섯째 날에 마이와 미이가 사라졌을 때, 시도가 지었던 표정을 떠올리면서.

전율, 초조, 낭패, 절망이 뒤섞인, 말로 형용하기 힘든 표정. 그런 표정을 짓고 있는 시도를 떠올릴 때마다 나츠미의 몸은 황홀한 쾌감으로 가득 찼다.

하지만.

—그것만으로는 만족할 수 없다.

나츠미는 갈망하고 있었다. 지금까지보다 더욱 큰 공포를. 극한의 절망에 사로잡혀 괴로워하는 시도의 표정을.

그렇기 때문에— 마지막 편지를 시도에게 보냈다.

남은 모든 용의자를 없애버리기 위해서.

그리고 그 순간 시도가 지을 표정을 보기 위해서.

그렇게 모든 용의자가 사라진 후— 실의에 빠진 채 무릎을 꿇은 시도마저 이 세상에서 지워버리기 위해서.

"내 비밀을 본 사람은…… 가만둘 수 없어. 그냥 지워버리는 것만으로는 성에 안 차. 가까운 이들을 모두 잃고, 완전히 실의에 빠지게 만든 후에 없애버리겠어."

나츠미는 그렇게 중얼거린 후, 어금니를 깨물었다.

"어차피 아무도…… 나를 찾아내지 못할 테니까."

◇

그날 밤.

그 후, 듬뿍 수면을 취한(정확하게 말하자면 반 강제적으로 수면을 취한) 시도는 코토리와 함께 어둑어둑한 방 안에 와 있었다.

이곳은 〈라타토스크〉가 소유한 시설의 지하인 것 같지만, 자세한 것은 알 수 없었다. 입구에서부터 꽤 떨어진 곳인 탓에 지도상의 위치가 어디쯤인지도 알 수가 없었다.

방의 넓이는 열 평 정도 되는 것 같았다. 곳곳에 놓여 있는 입식(立式) 테이블 외에는 아무것도 없는, 댄스홀 같은 공간이었다.

〈프락시너스〉의 회의실을 쓰고 싶었지만 용의자 중에 오리

가미, 그리고 아직 힘이 봉인되지 않은 정령 · 나츠미가 있기 때문에 그럴 수가 없었다.

잠시 후— 이 방의 문이 천천히 열렸다.

그리고 그 문을 통해 세 소녀가 이 방 안으로 들어왔다.

"크큭, 흡족하구나. 이 몸께서 사왕(邪王)을 심판하기에 딱 좋은 무대지 않느냐."

가장 먼저 들어온 소녀는 카구야.

"와아~ 비밀 기지 같은 곳이네요~."

다음은 미쿠.

"……."

그리고 마지막으로— 오리가미.

미리 이 방에 와 있던 시도, 코토리를 포함하면 총 다섯 명.

현재 남아 있는 용의자 전원이 이 방에 모여 있었다.

그렇다. 이것이 시도가 코토리에게 한 부탁이었다.

남은 용의자 모두를 한곳에 모아, 전원과 대화를 나눌 수 있는 환경을 만들어줬으면 한다.

최후의 확신을 얻기 위해서는 이 방법밖에 없었다.

그리고— 또 하나. 용의자들에게서 새로운 의견을 듣고 싶었다.

그녀들은 이미 〈라타토스크〉의 기관원으로부터 이번 일의 경위를 들었다. 다행인지 불행인지— 『정령』의 존재를 아는 멤버만이 남아 있기에 이 방법을 쓸 수 있었다.

"—다들 와줘서 고마워."

코토리가 입을 열자, 세 사람은 약간 거북한 표정을 지으면서 시도와 코토리를 향해 걸어왔다.

시도는 가볍게 숨을 들이마신 후, 소녀들을 순서대로 바라보았다.

"……세 사람 다 이야기는 들었을 거야. 그러니 우선…… 사과부터 할게. 미안. 너희가 이런 위험한 일에 휘말린 건 전부 나 때문이야. ……정말, 미안해."

그리고 그녀들을 향해 깊숙이 고개를 숙였다. 그러자 세 사람의 표정이 희미하게 흔들렸다.

"흥, 신경 쓰지 말거라. 솔직히 말해 이런 중대한 사실을 이 몸에게 숨기고 있었다는 사실부터 사과해야 하는 것 아니냐?"

"으음~ 일전의 데이트는 조사의 일환이었던 거군요~. 약간 아쉬워요~."

"……."

그녀들의 말을 들은 시도는 더욱 깊게 고개를 숙인 후, 천천히 고개를 들었다.

"뻔뻔한 부탁이라는 건 알지만…… 부탁할게. 나를…… 도와줘……!"

시도는 호소하는 듯한 목소리로 말했다. 그 말을 들은 소녀들은 힘차게 고개를 끄덕였다. —단 한 사람을 제외하고 말이다.

"시도."

조금 전부터 침묵으로 일관하고 있던 오리가미가 시도를 바라보면서 입을 열었다.

"이게 대체 어떻게 된 거야?"

"아! 미안, 오리가미. 하지만 부탁이야. 너희의 힘이 꼭 필요해."

시도의 애원을 들은 오리가미는 가볍게 고개를 저었다.

"착각하지 마. 내가 시도를 돕는 건 당연한 일이야. 정령과 관련된 일이라면 더욱 그래. ―내가 묻고 싶은 건 그런 게 아냐."

"응? 그럼……."

"여긴 대체 어디야? 조금 전에 우리에게 전후 사정을 설명해준 사람은 누구야? 전부터 계속 궁금했었어. 시도는 대체 무슨 일을 하고 있는 거야?"

"그, 그게……."

시도는 무심코 입을 다물었다. 확실히 오리가미라면 충분히 가지고도 남을 의문일 것이다.

"사소한 걸 너무 신경 쓰면 주름살만 늘 거야."

바로 그때, 시도의 왼편에 서 있던 코토리가 입을 열었다. 오리가미의 날카로운 시선이 코토리에게 향했다.

"……이츠카, 코토리."

"……왜?"

오리가미가 자신의 이름을 부르자, 코토리는 날카로운 눈빛으로 그녀를 노려보았다. 잠시 동안, 두 사람은 아무 말 없이 시선을 교환했다.

그러고 보니 이 두 사람은 범상치 않은 사이였다. 코토리를 자기 부모의 원수로 오해한 오리가미가 그녀를 죽이려 한 적이 있었던 것이다.

결국 그 오해는 풀렸지만— 두 사람은 여전히 미묘한 관계를 유지하고 있었다.

하지만. 오리가미는 아무 말 없이 고개를 숙이더니, 가볍게 숨을 내쉬면서 코토리에게서 시선을 뗐다.

"—이야기는 나중에 듣겠어. 우선 시도에게 협력할게."

"아, 응……. 고마워, 오리가미."

"괜찮아. 하지만."

"하지만?"

"느닷없이 시도가 불러내기에, 조금 기대했어."

"……그, 그건…… 뭐랄까, 미안."

시도는 그렇게 말하면서 고개를 숙일 수밖에 없었다. ……소녀들을 이 자리로 불러낸 사람은 레이네였다. 그래서 시도는 레이네가 무슨 말로 저 소녀들을 불러냈는지 알지 못했다.

"크큭, 이야기가 정리된 것 같구나."

바로 그때, 카구야가 힘찬 목소리로 말했다.

"그럼 시작하자꾸나. 우리 중에 숨어 있는 극악무도한 자를 찾아낼, 선별(選別)의 의식을 말이다!"

"어머, 꽤 기합이 들어간 것 같네."

"당연하지 않느냐!"

코토리의 말을 들은 카구야가 양손을 활짝 펼쳤다.

"이 안에 유즈루를 유괴한 고얀 녀석이 있다지 않느냐?! 그렇다면 그 녀석을 찾아내 응분의 대가를 치르게 하지 않으면 — 분이 풀리지 않는다구……!"

심하게 흥분한 탓일까, 카구야는 말을 하던 도중에 과장스러운 말투를 쓰는 것을 깜빡한 것 같았다. 카구야는 그 사실을 눈치챈 듯, 어험 하고 헛기침을 한 후 다시 입을 열었다.

"아무튼! 유즈루나 다른 녀석들을 없앤 정령을 반드시 찾아내고야 말겠노라!"

그렇게 말한 카구야는 힘차게 주먹을 말아 쥐었다. 꽤나 기합이 들어간 것 같았다. 유즈루가 사라진 후부터 쌓이고 쌓였던 감정이 범인을 향해 폭발하고 있는 것이리라.

"하아. 기합이 진뜩 들어간 건 알았으니까 일단 좀 진정해."

코토리가 막대 사탕의 막대 부분을 꼿꼿이 세우면서 입을 열었다.

"현재 상황은 이 방으로 안내하기 전에 설명했던 대로야. 우리 중에 숨어 있는 변신 능력을 지닌 정령을 찾아내야만 해. 지금까지의 조사 결과는 이 자료 안에 들어 있어. 아무리 사소한 거라도 상관없으니까 질문이나 신경 쓰이는 점이 있다면 주저하지 말고 얼마든지 해줘."

코토리는 근처에 있는 테이블을 손가락으로 가리켰다. 그곳에는 클립으로 고정된 여러 개의 서류 뭉치가 놓여 있었다.

소녀들은 그 자료들을 잠시 동안 살펴보았다.

그리고 잠시 후, 미쿠가 한숨을 내쉬었다.

"아하…… 그때 달링이 했던 질문은 이런 의미였군요~."

"……달링?"

그 말을 들은 오리가미의 눈썹이 희미하게 흔들렸다. 시도는 허둥지둥 입을 열었다.

"저, 저기, 그 이야기는 나중에 하자. 응?"

"……."

오리가미는 불만을 표시하듯 잠시 동안 침묵한 후, 다시 자료를 쳐다보았다.

그 뒤를 잇듯 이번에는 카구야가 손가락을 세우면서 입을 열었다.

"그런데 시도. 그 나츠미라는 녀석은 어떤 용모를 하고 있느냐?"

"응? 아, 그게—."

"—쳐다만 보고 있어도 소름이 돋을 정도로 흉측하게 생겼어."

시도의 말을 막듯 코토리가 입을 열었다.

"그야말로 차에 치인 두꺼비 같은 얼굴이야. 툭 튀어나온 두 눈은 멀찍이 떨어져 있고, 코는 돼지처럼 납작한데다, 피부에는 달 표면처럼 곰보 자국이 잔뜩 나 있어. 그리고 무지 뚱뚱해서 스리 사이즈가 전부 똑같아 보일 정도야. 그리고 얼굴이 엄청 커. 거의 3등신 정도라고나 할까? 솔직히 말해 정령이라기보다 몬스터에 가깝게 생겼어."

코토리는 진지한 표정으로 나츠미의 용모를 설명했다. 하지만 그것은 시도의 기억 속에 남아 있는 나츠미의 외모와는 완전히 다른, 거짓 정보였다.

"어이, 코토리……."

시도가 말을 걸자, 코토리는 "쉿." 하고 말하면서 손가락을 입술에 댔다.

그 모습을 보고 시도는 눈치챘다. 코토리는 이 안에 있을 나츠미가 방금 그 말을 듣고 어떤 식으로든 리액션을 취하길 바라고 있는 것이다. 자신에 대한 악독하기 그지없는 험담을 듣고도 아무렇지도 않게 생각하는 사람은 거의 없을 것이다. 설령 표정이나 행동으로 드러내지는 않더라도, 이 방에 설치된 관측 장치가 나츠미가 보인 반응을 잡아낼 수 있을 것이다.

하지만—.

『……별다른 반응은 관측되지 않았어.』

시도의 오른쪽 귀에 꽂힌 인터컴에서 레이네의 목소리가 흘러나왔다.

코토리도 같은 보고를 받은 것 같았다. 쳇, 하고 혀를 찬 그녀는 테이블 위에 놓인 소형 단말기를 조작했다.

"……방금 그건 농담이야. 이걸 봐."

코토리가 그렇게 말한 순간, 단말기 화면에 나츠미의 모습이 표시되었다. 마녀를 연상케 하는 영장을 걸친 아름다운 여성이었다.

"어…… 조금 전 이야기와는 완전 딴판이잖아요~. 코토리 양은 무시무시한 사람이군요."

미쿠는 식은땀을 흘리면서 미간을 찌푸렸다. 하지만 코토리는 그 말을 괘의치 않으며 "그 외에 물어볼 건 없어?"라고 말했다.

"으음, 시도와 코토리가 이렇게까지 했는데도 꼬리를 잡지 못했다는 점이 신경 쓰이는구나."

미쿠의 뒤를 이어 입을 연 사람은 카구야였다.

"이 안에 나츠미라는 녀석이 있는 것은 확실한 게냐? 실은 누군가로 변신했다는 건 거짓말이고, 그저 당황한 시도를 보면서 희열에 젖어 있는 것뿐일 가능성도 있지 않느냐?"

카구야는 그렇게 말하면서 고개를 갸웃거렸다.

"……물론 그럴 가능성도 없지는 않아. 하지만—."

코토리는 팔짱을 끼면서 시도에게 눈짓을 보냈다. 눈짓을 받은 시도는 고개를 끄덕였다.

"나도 나츠미와 이야기를 많이 나눠본 건 아니지만…… 거짓말을 하고 있는 건 아니라고 생각해."

"호오? 왜 그렇게 생각하는 게지? 상대는 유즈루를 비롯한 다른 애들을 없애버린 정령이지 않느냐. 신뢰하는 것 자체가 말이 안 되는 것 같은데?"

"으음, 뭐랄까…… 나츠미는 자신의 능력에 엄청 자신감을 가지고 있는 것 같았어. 그리고 나츠미는 『이 안에 자신이 있다』고 밝혔어. 룰 안에 존재하는 빈틈을 찌르는 거라면 몰라도, 룰에 위배되는 짓을 하지는 않을 거라고 생각해."

"흠……."

카구야는 낮은 신음을 흘린 후, 납득했다는 것처럼 고개를 끄덕였다.

"그런 게냐. 뭐, 나츠미와 직접 대화를 나눠본 그대 말이니 믿어보도록 하마."

카구야는 그렇게 말한 후, 자료를 향해 고개를 돌렸다.

그 후, 모든 자료를 다 읽어본 듯한 오리가미가 고개를 들었다.

"시도. 정령 〈위치〉가 보낸 사진과 카드를 보여줄 수 있어?"

"물론이지."

고개를 끄덕인 시도는 가방 안에서 하얀 봉투를 꺼내 오리가미에게 건넸다.

"……."

봉투를 받은 오리가미는 안에 들어 있는 사진과 카드를 테이블 위에 펼쳐놓았다. 옆에 있던 카구야와 미쿠가 그것들을 쳐다보았다.

"과연……. 우리 몰래 사진을 찍은 것이냐."

"잠깐! 사진 속의 저, 눈을 반쯤 감고 있는데요~?!"

카구야는 고개를 끄덕였고, 미쿠는 화를 냈다. 하지만 오리가미는 그런 두 사람을 전혀 개의치 않으면서 테이블 위에 놓인 사진과 카드를 쳐다보았다.

그리고 턱에 손을 댄 채 잠시 동안 생각에 잠긴 후, 고개를 들었다.

"—확인하고 싶은 게 하나 있어."

"그게 뭔데?"

"〈위치〉의 변신 능력이면 인간이나 정령 이외의 존재로도 변신하는 게 가능해?"

"뭐……?"

그 말을 들은 시도는 눈을 동그랗게 떴다.

"인간이나 정령 이외의 존재……?"

"그래. 구체적으로 이야기하자면 생명 활동을 하지 않는 물질, 혹은 원래 모습과 체구가 크게 차이 나는 존재로도 변신할 수 있는지 알고 싶어. 예를 들어, 손바닥만 한 물건이 된다거나, 종이처럼 얇아지는 것도 가능해?"

오리가미의 말을 들은 시도는 고개를 끄덕였다.

그러고 보니 시도가 처음 만났을 때, 나츠미는 AST 대원들을 코미컬한 캐릭터로 변신시켰다. 제삼자에게 그런 짓을 할 수 있다면 자기 자신을 인간 이외의 형태로 변신시키는 것도 불가능하지 않을 것이다.

"아마 가능할 거야. 하지만 극단적으로 체구가 차이 나는 존재로 변신할 수 있는지는…… 모르겠어."

"불가능하다고 단언할 수는 없다는 거네?"

"응…… 맞아."

"그렇구나."

오리가미는 고개를 끄덕였다. 바로 그때, 옆에 앉아 있던 미쿠가 뭔가가 생각났다는 것처럼 살짝 손뼉을 쳤다.

"그, 그럼 혹시……."

미쿠는 테이블 위에 놓여 있는 사진을 손가락으로 가리켰다.

"그 정령이 이 사진 중 하나로 변했을지도 모른다……는 건가요~?"

"사진……."

시도는 턱에 손을 댔다. 확실히…… 부정은 할 수 없었다.

『이 안에, 내가 있어. 누가 나인지, 맞출 수 있겠어?』

그렇다. 편지에 쓰인 글만으로 본다면, 확실히 『이 안』— 사진으로 나츠미가 변했을 가능성은 충분히 있었다.

"그래."

오리가미는 미쿠를 힐끔 쳐다본 후, 고개를 끄덕였다.

"보통 사진을 제시하면서 "이 안에 내가 있어." 같은 말을 하면 사진에 찍힌 인물 중 한 명으로 정령이 변신했을 거라고 생각할 거야. —하지만 상대는 그 점에 대해 명확하게 밝히지 않았어."

오리가미는 테이블 위에 있는 사진을 노려보면서 말을 이었다.

"그리고 이 룰 자체에서도 위화감이 느껴져. 시간이 지나면 지날수록 용의자는 줄어드는 이 방법은 시도를 초조하게 만드는 데 있어서는 효과적인 수단일지도 몰라. 하지만 그 대신 자신이 잡힐 가능성이 커진다는 리스크를 안아야 해. —절대로 잡히지 않을 확신이 없다면 이런 방법을 쓰지 못할 거야."

오리가미의 말을 들은 시도는 고개를 끄덕였다. 실은 시도도 오리가미와 마찬가지로 위화감을 느끼고 있었다.

옆에서 이야기를 듣고 있던 카구야가 코웃음을 치면서 팔짱을 꼈다.

"—과연. 하지만 그럼 그 가정이 사실이라면 어떻게 할 것이냐? 사진은 열두 장이나 되지 않느냐. 설마 이 사진들을 하나씩 지목할 생각인 게냐?"

"그럴 필요 없어."

오리가미는 그렇게 말하면서 열한 장의 사진을 포갰다.

"오리가미?"

"잠자코 보고 있어."

그리고 다음 순간.

오리가미가 품속에 손을 집어넣나 했더니, 다음 순간 푸욱 하는 소리를 내면서 나이프가 포개진 사진에 꽂혔다. 칼날은 완전히 사진을 관통한 후, 테이블에 꽂혔다.

"윽……?!"

"이게 가장 간결하고 빠른 확인 방법이야."

오리가미는 눈썹 하나 까딱하지 않은 채 그렇게 말한 후, 사진에 꽂힌 나이프를 뽑았다.

—하지만 아무런 일도 일어나지 않았다.

"……아무래도 내 생각이 틀렸던 것 같아."

오리가미는 아쉬움 섞인 목소리로 그렇게 말하면서 나이프를 품속에 넣었다. 시도는 이마에 맺힌 땀방울을 손으로 닦았다. ……혹시 나츠미가 진짜로 사진으로 변했다면 어떤 일이 벌어졌을지 생각하니 땀이 절로 났다.

"흥, 또 원점으로 돌아왔구나."

"하지만~ 저는 오리가미 양의 말이 옳다고 생각해요~. 단순히 스릴을 즐기려는 건 아닌 것 같구~. 룰에 존재하는 빈틈을 이용해서 자신이 절대 잡히지 않게 했을 거라고 생각해요~. 그리고 용의자는 이제 넷밖에 남지 않았잖아요~? 대충 찍어서도 맞출 수 있는 확률이라구요~."

미쿠는 손으로 턱을 잡으면서 말했다. 시도는 그 의견에 동의하여 고개를 끄덕였다.

하지만—. 카구야는 난처한 표정을 지으면서 미쿠를 노려보았다.

"그럼 뭐냐? 그대는 용의자 안에 나츠미가 없다는 게냐? 그건 시도가 조금 전에 부정했지 않느냐."

"그, 그런 뜻은 아니지만……."

"그대, 혹시 이 네 사람 안에 나츠미가 없다고 우리가 생각하게 만들려는 것은 아니겠지?"

카구야가 눈을 가늘게 뜨면서 말했다. 그러자 미쿠는 울컥한 것처럼 입술을 삐쭉 내밀었다.

"그게 무슨 소리죠~? 아무리 카구야 양이라도 그런 말도 안 되는 소리를 하면 화낼 거예요~."

"흥, 정곡을 찔려서 당황한 게냐? 더 의심스럽구나. 네 등에서 칠흑의 파동이 흘러나오고 있느니라."

"자, 잠깐. 두 사람 다 진정해……!"

코토리가 허둥지둥 카구야와 미쿠 사이에 끼어들었다. 두 사람은 코토리 너머로 서로를 노려보고 있었다.

"지금은 우리끼리 다툴 때가 아니잖아. 시도, 너도 뭐라고 말 좀 해봐."

"……."

하지만 시도는 한 손으로 입가를 막은 채, 다른 이들의 언동을 주시하고 있었다.

"시도……? 왜 그래?"

"……그래, 맞아. 어쩌면—."

시도는 혼잣말을 중얼거리면서 머리를 긁적였다.

"오리가미. 사진 좀 줄래?"

"응."

오리가미는 시도에게 사진을 건네줬다.

시도는 구멍이 난 사진을 테이블 위에 펼친 후 지그시 응시했다.

"남은 용의자는 네 명…… 하지만 이 중에 나츠미로 의심되는 녀석은 없어……. 룰에 존재하는 빈틈을 이용해서 자신이 절대 잡히지 않도록 했을 것이다……『이 안에, 내가 있어. 누가 나인지, 맞출 수 있겠어?』……."

그것은 잠잘 시간까지 줄여가며 모든 정보를 조사하고, 생각에 생각을 거듭한 시도가 내놓은 하나의 가능성이었다.

시도는 주문이라도 외듯 혼잣말을 하면서 한숨을 내쉬었다.

그리고 이 자리에 있는 이들을 둘러본 후, 시도는 입을 열었다.

"—어쩌면 나츠미는 이 안에 없을지도 몰라."

『……뭐……?』

시도가 그렇게 말하자, 다른 사람들은 눈을 동그랗게 떴다.

그럴 만도 했다. 나츠미를 찾기 위해 일부러 한자리에 모였는데 이 안에 나츠미가 없을지도 모른다고 말한 것이다. 본말전도(本末顚倒)나 다름없었다.

"잠깐만. 무슨 소리를 하는 거야, 시도."

"그러하니라. 조금 전에 그대가 한 말을 부정하는 것이냐?"

코토리와 카구야가 눈썹을 찌푸리면서 말했다. 그 말을 들은 시도는 고개를 저었다.

"아니, 내가 말하고 싶은 건 사진 속 인물 중에 나츠미가 없다는 게 아냐. 어디까지나 **현재 남은 네 사람 안에는 없다**는 말이야."

시도가 그렇게 말하자—.

"……!"

그 말의 의미를 이해했는지, 코토리가 눈썹을 꿈틀댔다.

그리고 엄청난 속도로 자료를 다시 뒤져보기 시작했다. 카구야와 미쿠는 영문을 모르겠다는 표정을 짓고 있었다.

"그래…… 설마…… 하지만……."

"어? 응? 잠깐~ 두 사람만 납득하지 말고 설명 좀 해주세요~."

미쿠가 어리광 부리는 듯한 목소리로 그렇게 말하자, 코토리는 이마에 맺힌 땀을 닦으면서 고개를 끄덕였다.

"……응. 어쩌면, 이건—."

하지만— 코토리가 입을 연 바로 그 순간.

방 중심에 있는 공간이 일그러지더니, 그곳에서 옅은 빛이 흘러나오면서—.

천사 〈하니엘〉이 출현했다.

『앗……?!』

이 자리에 있는 모든 이들은 당황할 대로 당황하고 말았다.

시도는 허둥지둥 방 안에 있는 시계를 쳐다보았다. 23시 30분— 아직 오전 0시가 되려면 30분이나 남았다.

"무슨 일이야? 아직 날짜가 바뀌지 않았잖아!"

시도가 고함을 지르자, 〈하니엘〉의 끝 부분이 펼쳐지면서 그 안에 존재하는 거울이 모습을 드러냈다. 그 거울에는 나츠미의 모습이 떠올라 있었다.

『—우후후, 너무 당황하지 마. 마지막 밤이니까 좀 더 즐기지 않겠어?』

나츠미가 웃음을 흘리면서 말했다.

『마지막 밤은 특별 룰이야. 오늘의 지명 시간은 평소의 열배, 즉 10분을 줄게. 이 10분 안에 나를 찾아내지 못할 경우, 혹은 아무도 지명하지 못한 경우, 10분을 더 줄게. 최종적으로 용의자가 한 명이 될 때까지 나를 맞추지 못하면 네 패배야. 지금 이 자리에 있는 모든 이의 『존재』를 내가 받아가겠어.』

"큭……!"

시도가 인상을 찡그리고 있을 때, 코토리가 가볍게 혀를 차면서 입을 열었다.

"30분……. 또 짜증 나는 방법을 생각해냈네."

"그게 무슨…… 소리야?"

"—남은 용의자는 총 네 명."

시도의 의문에 답한 사람은 코토리가 아니라 오리가미였다. 그녀는 나츠미를 노려보면서 낮은 목소리로 말했다.

"지금부터 범인을 한 명도 지목하지 못한 채 게임 오버를 맞이할 경우, 오전 0시에 용의자가 딱 한 명만 남게 돼. 즉 〈위치〉는 날짜가 변하는 것과 동시에 이 게임을 끝낼 생각인 거야."

"……큭."

시도는 주먹을 말아 쥐면서 방 안에 있는 소녀들을 바라보았다.

코토리, 오리가미, 카구야, 미쿠.

그녀들의 얼굴은 긴장과 공포, 초조 같은 감정으로 가득 차 있었다. 언뜻 봐서는 이 중 누가 다른 이들의 『존재』를 빼앗으려고 하는 정령인지 알 수가 없었다.

하지만 시도가 생각에 잠기는 것을 막으려는 것처럼, 나츠미는 말을 이었다.

『아, 맞다. 모처럼 다들 한자리에 모였으니까, 오늘은 다른 사람이 나를 지목해도 돼. 하지만 지목 기회는 10분에 한 번

뿐이니까 잘 생각해서 지목해. 만약 투표 같은 걸 해서 동점이 나오면 그 지목은 무효 처리할 거야.』

"……정말 제멋대로군."

추가 룰을 들은 시도는 미간을 찌푸렸다.

하지만 이러고 있을 수는 없었다. 남은 시간은 30분. 나츠미를 지목할 기회는 세 번밖에 없었다.

이 기회를 놓치면— 이 자리에 있는 모든 이들이 〈하니엘〉에 의해 사라져버리고 만다. 실패는 허락되지 않는다.

바로 그때, 코토리가 〈하니엘〉에 달린 거울에 비친 나츠미를 쳐다보았다.

"—마침 잘됐네. 게임마스터에게 확인할 게 있어."

『어머, 뭔데?』

"이 게임의 룰은, 이 사진 안에 네가 있다. 찾아내지 못하면 하루에 한 명씩 사라진다. 범인을 잘못 지목했을 경우, 지목당한 사람도 사라진다…… 맞지?"

코토리의 말을 들은 나츠미는 어깨를 으쓱했다.

『글쎄…… 라고 말해야 되겠지만, 뭐, 그 정도 질문에는 대답해줄게. —네가 방금 말한 대로야.』

"……그래?"

나츠미의 대답을 들은 코토리는 낮게 코웃음을 치면서 시도를 힐끔 쳐다보았다.

그 시선을 받은 시도는 고개를 끄덕였다. 방금 그 질문은 시도가 하려고 했던 질문과 동일했기 때문이다.

"그, 그게 무슨 소리지? 코토리, 설명해보거라."

카구야는 미간을 찌푸리면서 말했다.

그러자 코토리는 자료를 테이블 위에 내려놓으면서 말했다.

"……어쩌면 우리는 엄청난 착각을 하고 있었던 걸지도 몰라."

"뭐……?"

코토리의 말을 들은 카구야는 고개를 갸웃거렸다. 코토리는 테이블 위에 놓인 사진을 펼치면서 말을 이었다.

"우리는 이 사진 속 인물들 안에서 나츠미를 찾으려고 했어."

"음…… 그게 이 게임의 룰이지 않느냐?"

"응. 그 전제조건 자체는 맞아. 하지만— 우리는 잘못된 방향으로 생각을 전개해나가도록 유도당했어."

코토리는 테이블 위에 놓인 사진을 두 그룹으로 나눴다.

왼쪽에는 오리가미, 코토리, 카구야, 미쿠의 사진이 놓였고, 오른쪽에는 다른 여덟 명의 사진이 놓였다.

즉, 남은 용의자와 이미 사라져버린 이들로 나뉜 것이다.

"어, 어떻게 된…… 거야?"

"방금 토비이치 오리가미와 미쿠가 한 말은 나도 전부터 생각했던 것들이야. 현재 이 자리에 있는 네 용의자는 열두 명의 용의자 중에서도 더욱 세밀한 조사를 받았어. 물론 상대는 정령. 우리의 예상을 뛰어넘는 능력을 가지고 있다고 해도 이상할 것은 없어. 하지만 만약— **이미** 나츠미가 우리 중에 없다면 어떨까? 그럼 앞뒤가 맞아."

"뭐……?!"

"예?!"

"…………!"

카구야와 미쿠가 당황한 듯한 표정을 지은 순간, 오리가미는 눈을 치켜뜨면서 들고 있던 자료를 다시 살펴보았다.

그리고 잠시 후, 다시 고개를 들었다.

"—그래. 확실히 어디에도 적혀 있지 않아."

"자, 잠깐만요! 그럼……."

미쿠가 혼란스러운 머릿속을 진정시키려는 것처럼 손바닥으로 이마를 짚으면서 말했다. 시도는 고개를 끄덕였다.

"……그래. 단순하게 생각하면 남은 용의자 안에 범인이 존재해야 할 거야. —하지만 이건 추리 소설이 아니야. 사라져버렸다고 해서 용의자가 죽은 것도 아냐. **사라져버린 사람이 나츠미가 아니라는 룰은, 없어.**"

『……아?!』

시도의 말을 들은 카구야와 미쿠는 숨을 삼키면서 눈을 치켜떴다.

그렇다. 이것이— 시도가 도달한 가능성이었다.

아무리 조사해도 수상한 점을 찾을 수 없는, 남은 네 용의자들.

게임이 진행되면 될수록 나츠미가 불리해지는 룰.

만약 이 가정이 사실이라면…… 그 모든 것은 하나로 이어졌다.

"그럼 시도. 그대는 지금 이 자리에 있는 이들이 아니라, 이미 사라져버린 용의자들 안에 나츠미가 있다는 게냐?"

볼에 땀방울이 맺힌 카구야가 시도에게 물었다. 그러자 코토리는 미간을 살짝 찌푸리면서 턱에 손을 댔다.

"정확하게 말하자면— 이미 사라진 인물 중에서 시도에게 지목 당하지 않은 인물 중 누군가야. 시도에게 지목당한 인물 중 나츠미가 있는데도 그냥 시치미를 떼고 있다면 그건 완벽한 룰 위반이니까 말이야."

그렇게 말한 코토리는 테이블 오른편에 놓여 있는 사진 안에서 요시노, 타마 선생님, 마이의 사진을 제거했다.

남은 것은 유즈루, 아이, 토카, 토노마치, 미이의 사진이었다. 그들은 시도에게 지목을 당하지 않았는데도 나츠미에 의해 사라지고 만 이들이었다.

"자, 잠깐만 기다려주세요~. 그럼 상황이 더 힘들어진 것 아닌가요~? 용의자 숫자가 늘어난 거잖아요~!"

미쿠가 비명에 가까운 목소리로 외쳤다. 확실히 지금 이 자리에 있는 용의자는 네 명. 안 그래도 찬스는 세 번밖에 없는데 선택지는 늘어나고 말았다.

바로 그때. 오리가미는 미쿠의 말을 부정하듯 고개를 저었다.

"—숫자상으로 보면 그렇게 보여. 하지만 실은 그렇지 않아. 자료를 볼 때, 거의 완벽하게 안전권을 확보하고 있는 인물이 딱 한 명 있어."

"뭐……?"

오리가미의 말을 들은 시도는 미간을 찌푸렸다. 시도는 나츠미가 저 다섯 명 안에 있다는 데까지만 도달했을 뿐, 그중 한 명을 솎아낼 결정적인 단서를 얻지 못했다.

하지만 코토리는 오리가미의 말에 동의하듯 고개를 끄덕였다.

"맞아. 확실히 지목당하기 전에 사라져버리면, 우리 머릿속에서는 그 인물이 나츠미라는 생각 자체가 사라져버릴 거야. 그렇게 본다면 안전권을 확보한 거나 다름없어."

코토리는 눈썹을 찌푸리면서 말을 이었다.

"하지만 그렇다고 해도 처음 조건은 다른 애들과 같아. 확률은 낮지만, 자신이 사라지기 전에 시도에게 지목을 당했다면 나츠미는 지고 말았을 거야. —시도, 잘 생각해봐. 딱 한 명, 너에게 지목당할 가능성이 전혀 없었던 인물이 딱 한 명 있다구."

그 말을 들은 시도는 생각에 잠겼다.

그리고 코토리와 오리가미가 말하는 인물이 누구인지 알아냈다.

그렇다. 그 사람은 바로—.

"설마…… 유즈루……?"

시도는 가장 먼저 사라진 소녀의 이름을 말한 후, 숨을 삼켰다. 그러자 코토리와 오리가미는 동의한다는 듯이 고개를 끄덕였다.

하지만 유즈루의 자매인 카구야는 그 이름을 듣고 한껏 인상을 썼다.

"뭐? 시도. 그대는 유즈루가 범인이라는 것이냐?"

카구야가 시도를 향해 다가가면서 말했다. 그러자 시도는 허둥지둥 고개를 저었다.

"잠깐만. 나는 그렇게 생각하지—."

하지만, 시도의 말을 막듯 코토리가 입을 열었다.

"자료를 보면 알겠지만…… 나와 시도의 눈앞에 〈하니엘〉이 나타나서 범인을 지목하라고 말한 건 둘째 날부터야."

코토리의 말대로, 첫째 날에는 〈하니엘〉이 나타나지 않았다.

즉— 그때는 시도에게 범인을 지목할 수단이 주어지지 않았던 것이다.

그날 밤, 유즈루는 〈하니엘〉에 의해 사라졌다. 그때는 용의자가 사라진다는 사실에 경악했지만— 지금 생각해보니, 첫째 날에 〈하니엘〉이 왜 나타나지 않았는지에 대해서는 생각해보지 않았다.

"첫째 날 자정에 유즈루는 사라져버렸어. 그 말은 바꿔 말하면 범인으로 지목당하지 않게 되었다는 말과 같지 않을까?"

코토리가 말을 이었다. 카구야는 유즈루가 의심받고 있다는 사실 때문에 기분 나빠 하고 있었지만, 그 말을 부정할 근거가 없기 때문인지 아무 말도 하지 않았다.

코토리는 휴우 하고 한숨을 내쉰 후, 나츠미를 바라보았다.

"……정말 용의주도하네. 하지만 결과적으로 보면, 그 용의주도함이 네 발목을 잡았어. —네가 변신한 사람은 바로 유즈루야."

코토리는 자신만만한 목소리로 말했다.

"……."

하지만. 시도는 아무 말도 하지 않았다.

확실히 틀린 말은 아니었다. 하지만, 왠지 결정적인 근거가 부족한 것 같은 느낌이 들었다.

『흐음…… 그래?』

나츠미는 여유 넘치는 목소리로 대답했다.

『마침 10분이 흘렀네. 코토리 양의 의견에 동의하는 사람은 손을 들어줘.』

나츠미가 그렇게 말하자, 코토리, 오리가미, 미쿠, 그리고 카구야가 머뭇거리면서 손을 들었다.

"……시도?"

코토리는 의아해하는 듯한 표정을 지었다. 하지만 시도는 결국 손을 들지 않았다.

나츠미는 씨익 웃으면서 말했다.

『자, 그럼 투표 종료~. 다수결에 따라 야마이 유즈루 양을 범인으로 지목하겠습니다~.』

〈하니엘〉의 거울 부분에 비친 나츠미는 그렇게 말한 후, 손가락을 튕겼다. 그러자—.

"앗—."

가만히 서 있던 오리가미의 몸이 빛나기 시작하더니, 〈하니엘〉에 달린 거울 안으로 빨려 들어갔다.

"오, 오리가미……?!"

『—후후, 틀·렸·어. 발상은 꽤 재미있었지만 정말 유감이군요~.』

나츠미는 웃겨 죽겠다는 것처럼 웃음을 터뜨린 후, 도발하듯 손가락을 빙글빙글 돌렸다.

『뭐, 지목된 사람이 이미 사라진 유즈루 양이어서 한 명밖에 없애지 못한 건 유감이야. —자아, 그럼 지목 시간을 리셋할게. 다음으로 지목할 사람을 골라줘. 후후, 남은 찬스는 이제 두 번. 내가 누구인지 알아낼 수 있을까~?』

"이, 이럴 수가……."

코토리의 얼굴이 경악으로 가득 찼다.

"유즈루가 아니었던 거야……?! 그, 그럼 대체 누가……!"

아연실색한 표정을 지은 코토리는 다리가 풀렸는지 테이블에 몸을 기댔다.

하지만 그것도 무리는 아니었다. —이 상황에서 또 원점으로 돌아가고 만 것이다. 게다가 남은 시간은 얼마 되지 않았다. 이 자리에 있는 모든 이들의 심장 고동이 점점 빨라지고 있는 것이 느껴졌다.

"크……."

시도는 머리를 감싸 쥐면서 자료를 바라보았다.

유즈루는 나츠미가 아니었다. 그렇다면 토카, 아이, 토노마치, 미이 중 누군가가 나츠미인 걸까. 그렇다고 해도 유즈루

이외에는 시도에게 지목당할 가능성이 모두 다 있었다. 설마 나츠미는 이 승부를 즐기기 위해 자신을 위험에 처하게 한 것일까……?

하지만 그렇게 본다면 조금 전에 세운 전제 조건 자체가 무의미해진다. 나츠미가 승부를 즐기기 위해 위험을 무릅 쓰고 있다면, 지금 이 자리에 남아 있는 세 사람 중 한 명이 그녀일 가능성도—.

완전히 벽에 부딪히고 만 시도는 혼란스러운 머릿속을 진정시키기 위해 관자놀이를 손가락으로 두드렸다.

『후후, 아하하하하!』

그렇게 어느 정도의 시간이 흘렀을 즈음, 낭패한 표정을 짓고 있는 이들을 비웃듯, 나츠미가 배를 잡고 웃기 시작했다.

『어라라~? 명탐정의 추리는 이걸로 끝이야? 빨리 나를 찾아내지 않으면 모두 사이좋게 거울 속 세계로 가게 된다구~. 후후, 그래도 안심해. 너희의 외모는 이 언니가 유용하게 활용해줄게.』

"이…… 녀석!"

바닥을 박찬 카구야가 〈하니엘〉을 향해 발차기를 날렸다.

"잘도 유즈루를……! 토카를! 요시노를! 오리가미를! 타마 선생님을! 아이와, 마이와, 미이와 시도의 친구까지……! 돌려줘! 돌려달란 말이야……!"

하지만 그런 공격이 천사에게 통할 리가 없었다. 〈하니엘〉이 빛을 뿜자, 카구야는 그대로 튕겨져 나가고 말았다.

"크윽……!"

벽에 내동댕이쳐진 카구야가 고통에 찬 신음을 흘렸다.

"카구야!"

"……그만해! 아무리 영력을 한정적으로 사용할 수 있다고 해도, 지금의 너에게는 천사를 쓰러뜨릴 정도의 힘은 없어."

코토리가 신음에 가까운 목소리로 말했다.

"하, 하지만, 이대로 있다간……!"

카구야가 주먹을 말아 쥐면서 다시 〈하니엘〉에게 달려들려고 한 순간, 나츠미의 목소리가 들려왔다.

『—자, 시간이 됐어. 아직 지명을 안 한 것 같은데, 어떻게 할래?』

어느새 10분이 지나고 만 것 같았다. 나츠미는 우리를 둘러보면서 말했다.

『지목 안 할 건가 보네. 그럼…….』

"—토카야!"

나츠미의 말을 막듯, 코토리가 고함을 질렀다.

"코, 코토리? 토카가 나츠미인 거야?"

"……그냥 찍은 거야. 하지만 범인 지목 기회를 그냥 날려버릴 수는 없잖아."

『토카 양을 지목한 거지?』

나츠미가 다시 물었다. 시도는 나츠미로 짐작 가는 사람이 없었기에 인상을 쓰면서 고개를 끄덕였다.

그러자 다음 순간, 카구야의 몸에서 옅은 빛이 뿜어져 나오더니— 〈하니엘〉 안으로 빨려 들어갔다.

"우, 우왓……!"

"카구야!"

『유감이지만 이번에도 틀렸어. —자, 이제 10분 후면 오전 0시야. 다음 지목이 마지막 찬스네. 후후, 과연 나를 찾아낼 수 있을까?』

그 말을 끝으로, 방 안에는 정적만이 흘렀다.

하지만 이 정적은 오래 지속되지 않았다. 미쿠가 머리를 감싸 쥐면서 고함을 지른 것이다.

"뭐, 뭐가 어떻게 된 거죠……?! 이젠 다 싫어요! 돌려보내주세요……!"

"부탁이니까 진정해, 미쿠! 나츠미는 우리가 평정심을 잃길 원하고 있단 말이야!"

"다, 달링…… 하지만, 하지만……!"

미쿠가 눈물을 펑펑 흘리면서 울먹거렸다.

시도는 미쿠를 달래면서 이를 악물었다.

—뭔가가. 결정적인 뭔가가 부족했다. 〈하니엘〉에 의해 사라진 사람들 안에 나츠미가 있다…… 그것만은 틀림없다. 하지만 그게 누구인지 알 수가 없었다.

"그래……. 뭔가— 분명 뭔가 방법이 있을 거야. 저 능구렁이 같은 여자가 위험을 감수하면서 승부를 벌였을 리가 없어. 자신의 안전을 확보해주는 뭔가가 분명 있을 거야……!"

코토리는 땀을 흘리면서 사진을 바라보았다.

나츠미에 의해 사라졌지만, 아직 지목을 받지 않은 인물은 총 세 사람.

하지만 이 세 사람 안에 나츠미가 있는 것일까. 그것마저도 확실치 않았다. 시도는 미친 듯이 뛰는 심장을 진정시키려는 듯이 가슴에 손을 대면서 자료와 사진을 번갈아 노려보았다.

하지만 아무리 생각해도 답이 나오지 않았다.

『—고민 중에 방해해서 미안하지만, 이제 5분밖에 안 남았어.』

나츠미는 웃음을 터뜨리면서 우리를 향해 말했다.

그 말을 들은 시도는 숨을 삼켰다. 시계를 보니 이미 5분이 경과했다. 확실히 조금 전까지보다 시간이 빠르게 흐르고 있는 것 같았다. 초조가 혼란을 부르고, 혼란이 판단을 흐트러뜨리고 있었다. 시도는 떨리는 손으로 머리를 쥐어뜯었다.

"아아아아앗! 싫어! 싫어어어엇!"

이 극한의 긴장감을 견뎌내지 못한 듯, 미쿠가 고개를 세차게 저으면서 고함을 질렀다.

"달링…… 저, 저……!"

그리고 미쿠는 덜덜 떨면서 머리에 하고 있던 머리핀을 풀더니, 시도의 손에 쥐어주었다.

"미, 미쿠? 뭐 하는—."

"제, 제가 사라져도, 저를, 잊지 말아주세요……. 이 머리핀을 보면서, 저를, 떠올려……."

"무슨 말도 안 되는 소리를 하는 거야! 너는 사라지지 않아!

반드시…… 내가 나츠미를 찾아낼 거야!"

시도는 고함을 지르면서 미쿠에게 머리핀을 돌려주었다. 하지만 미쿠는 그 머리핀을 받지 않았다.

"미쿠……?"

"하, 하지만…… 제가 가지고 있으면, 저와 같이 사라져버리잖아요……! 다, 달링이 저를 떠올릴 수 있을 만한 것을 하나도 남기지 않은 채 사라지는 건…… 싫어요!"

"무슨—."

바로 그때.

"——."

시도는 온몸을 타고 전기가 흐른 것 같은 느낌을 받았다.

오리가미와 카구야가 사라졌으니— 남은 사람은 시도를 제외하면 코토리, 미쿠, 둘뿐이다. 게다가 카운트다운은 계속되고 있었으며, 몇 분 후에는 남은 사람들마저 〈하니엘〉에 의해 사라지고 말 것이다.

절망적이라는 말이 너무나도 잘 어울리는 상황이었다. 평소 같으면 포기라는 단어가 고개를 쳐들었을 것이다. 하지만— 시도는 방금 자신의 머릿속을 스치고 지나간 가능성 때문에 경련이 일어난 것처럼 온몸을 떨고 있었다.

시도가 찾아낸 룰의 빈틈. 이미 사라진 사람 중에 나츠미가 있을지도 모른다.

오리가미가 제시한 가능성. 나츠미는 인간 이외의 존재로 변신할 수 있다.

그리고 방금 미쿠가 한 말.

—내가 가지고 있으면, 같이 사라져버리고 만다.

그 말이, 시도의 머릿속을 안개처럼 뒤덮고 있던 위화감을 하나로 만들어주었다.

"혹, 시……."

"시도……?"

"다, 달링?"

시도가 망연자실한 표정을 짓자, 코토리와 미쿠가 의아한 표정을 지으면서 그를 바라보았다.

하지만 시도에게는 두 사람에게 무슨 말을 할 여유가 없었다. 그는 그 자리에 꼿꼿하게 선 채, 머릿속으로 정보를 통합하고 있었다.

—지금 생각해보니.

이 게임은 처음부터 이상했다.

처음에 주어졌던 것은 문장 몇 줄이었다. 하지만 시간이 지날수록 여러 가지 요소가 추가되었다.

그에 따라 시도와 코토리, 레이네는 나츠미가 정한 룰을 추측했다. 게임의 실상을 알기 위해 발버둥 쳤다.

하지만. 그것이, 나츠미의 목적이라면…….

언뜻 보기에 나츠미가 멋대로 추가하고 있는 것 같은 이 룰들이 어떤 사실을 숨기기 위한 것이라면…….

"『이 안에, 내가 있어. 누가 나인지, 맞출 수 있겠어?』……."

시도는 수도 없이 읽었던 그 룰을 중얼거리면서 테이블 위에 놓인 사진 중 하나를 바라보았다.

지금까지 전혀 신경 쓰지 않았던 한 요소.

다른 열한 장의 사진과는 명백하게 다른, 한 장의 사진.

"……나츠미. 하나 확인할게 있어."

시도는 나츠미를 바라보면서 물었다.

『흐음? 뭔데? 목숨 구걸이라면 안 받아줄 거야.』

나츠미는 여유가 넘치는 목소리로 그렇게 말했다. 하지만 시도는 나츠미의 도발 따위는 개의치 않으면서 말했다.

"—네가 보낸 사진은 총 열두 장. 하지만 용의자의 숫자는…… **열두 명이 아니지?**"

『후후. 글쎄.』

시도의 말을 들은 나츠미가 태연자약한 목소리로 대답했다.

하지만— 시도가 확신을 가지기에는 그것만으로 충분했다.

왜냐하면 나츠미는 조금 전— 코토리의 질문에 대답했었기 때문이다.

하지만 시도의 질문에는 대답하지 않았다.

그 반응이 시도의 억측에 신빙성이 있다는 사실을 가리켰다.

시도는 며칠 전, 한 용의자와 나눴던 대화를 떠올렸다.

"아……."

그리고 그 당시에는 그다지 신경 쓰지 않았던 어떤 일을 떠올렸다.

틀림—없다.

시도는 마른침을 삼킨 후, 천천히 고개를 들었다.

"—알아냈어. 코토리, 미쿠."

『……뭐?!』

시도의 말을 들은 코토리와 미쿠는 숨을 삼켰고— 나츠미는 표정을 살짝 찌푸렸다.

"아, 알아냈다니…… 나츠미가 변신한 사람이 누구인지 알아낸 거야?"

"저, 정말인가요? 달링."

"그래. 너희 덕분이야. 나 혼자서는 절대…… 알아내지 못했을 거야."

"……그게 누구야?"

코토리는 미심쩍은 표정을 지으면서 물었다. 시도는 크게 심호흡을 한 후, 말했다.

"우리가 세운 전제부터가 잘못 됐었어. 나츠미는 자신을 가장 먼저 안전권으로 이동시키지 않았어. 처음부터…… 안전권에 있었던 거야."

"……그게 무슨 말이야?"

"방금 나츠미가 한 말 덕분에 확신을 가졌어. 나츠미는— **한 번도 용의자가 열두 명이라고 말하지 않았어.**"

"뭐……?"

미쿠는 눈을 동그랗게 뜨면서 사진을 세어보았다. 그리고 테이블 위에는 여전히 열두 장의 사진만 놓여 있었다.

시도는 천천히 고개를 저었다.

"그래. 사진은 열두 장밖에 안 돼. 하지만 용의자의 숫자를 열두 명으로 단정 지은 건 나츠미가 아니라 우리였어. 진짜 용의자는 열세 명— 아니, 정확하게 말하자면 **열두 명과 한 개**였어……!"

"……아!"

시도의 말을 들은 코토리가 깜짝 놀란 표정을 지었다.

그리고 그녀는 한 사진을 바라보았다.

"서, 설마…… 하지만, 그렇게 본다면—."

"달링, 이제 30초밖에 안 남았어요!"

미쿠가 새된 목소리로 외쳤다. 시도는 크게 심호흡을 한 후, 왼손 검지로 〈하니엘〉을 가리켰다.

그리고.

"나츠미는— 너야."

그리고 손가락으로 가리킨 〈하니엘〉을 바라보면서 말했다.

"그렇지? **요시농**……!"

그 순간, 〈하니엘〉의 거울에 비친 나츠미가 웃음기가 완전히 사라진 얼굴로 시도를 응시했다.

『……요시농, 이라. 요시노 양이 항상 끼고 다니는 퍼펫 인형 말이야?』

"그래. 너는 며칠 동안 요시농으로 변신해 있었어."

『……요시농을 지목한 이유를 들려주겠어?』

나츠미는 턱에 손을 대면서 물었다. 시도는 그녀의 에메랄

드빛 눈동자를 응시하면서 말했다.

"—그걸 눈치챈 건 오리가미와 미쿠 덕분이야. 나츠미가 인간 이외의 존재로 변신할 수 있을 가능성…… 그리고 용의자가 몸에 지니고 있는 것이 용의자와 함께 사라진다는 사실. 그 두 가지를 종합해서 생각해본 결과, 나는 네가 요시농으로 변신했다는 결론을 내렸어."

『…….』

나츠미는 무표정한 얼굴로 팔짱을 꼈다. 시도는 그런 나츠미를 향해 계속 말했다.

"그리고 그 가능성을 눈치챈 순간…… 예전에 있었던 일이 생각났어."

"예전에 있었던 일?"

코토리가 되물었다. 시도는 나츠미에게서 눈을 떼지 않은 채 고개를 끄덕였다.

"그래. 조사 첫날, 요시노와 요시농이 마녀로 변장하고 우리 집에 왔을 때— 문틈 사이로 얼굴을 내민 요시농을 보고 놀란 나는 무심코 들고 있던 핸드폰을 던지고 말았어."

"그러고 보니…… 그런 영상을 본 것 같아."

"하지만 요시농은 핸드폰을 깔끔하게 피했어. 마치 핸드폰이 날아올 걸 알고 있었다는 듯이. —요시노의 시야는 현관문에 막혀 있었는데도 말이야."

"아……!"

코토리가 눈을 치켜떴다.

그렇다. 평소 자연스럽게 이야기를 하고 있기 때문에 깜빡하곤 했지만 『요시농』은 어디까지나 요시노가 왼손에 퍼핏 인형을 끼고 있을 때만, 퍼핏 인형을 통해 모습을 드러내는 인격이다. 그렇기에 모든 감각 기관은 요시노에게 의존하고 있었다.

그러니— 그 상황에서 핸드폰을 피할 수 있을 리가 없다.

"그리고…… 하나 더 있어. 요시노가 옛날 일들을 기억하고 있는지 알아보기 위해 질문을 던졌을 때, 요시농은 자신이 오리가미네 집에 있었던 것을 알고 있었어. 확실히 요시노가 요시농을 잃어버렸을 때, 나는 오리가미의 방에서 요시농을 발견했어. 하지만— 그걸 요시농이 알고 있을 리가 없어. 요시노에게서 떨어진 요시농은 평범한 인형에 불과하니까 말이야."

그렇다. 요시농이 알고 있을 리가 없다. 자신이 어디에 있었는지를 말이다.

하지만 나츠미는 그것을 알고 있었다. 시도로 변신했을 때 기억을 읽어낸 것인지…… 아니면 누구로 변신할지 고민하는 과정에서 우연히 오리가미의 일기를 보고 안 건지는 모르지만, 요시농이 알 리가 없는 정보를 알고 있었다.

"너는 말을 하고 말았어. 움직임, 말, 전부 요시노에게 맡겼으면 됐을 텐데 말이야……! 과거를 알고 있다는 사실을 밝혀서 혐의를 벗으려고 한 것인지, 아니면 여유를 부리면서 힌트를 준 건지는 모르겠지만, 너는 괜한 말을 하고 말았던 거야……!"

그렇게 말한 시도는 한 번 더 〈하니엘〉을 손가락으로 가리켰다.

"자아, 대답해봐! 나츠미! 네가 변신한 건 요시농이지?!"

『……그건—.』

〈하니엘〉에 비친 나츠미의 볼을 타고 식은땀이 흘렀다.

—그 순간.

〈하니엘〉이 부들부들 떨기 시작했다.

그리고 그 진동은 점점 격렬해지더니, 〈하니엘〉에 달린 거울에 가는 금이 가기 시작했다.

그리고 거울에서 강렬한 빛이 뿜어져 나왔다.

대형 서치라이트 몇 개를 동시에 켠 것 같은 강렬한 빛이 방 안을 가득 채우자, 시도는 무심코 손으로 얼굴을 가렸다.

"큭—."

"이, 이건, 뭐야……!"

"꺄앗!"

잠시 후 빛이 사그라지면서, 눈이 원래의 밝기에 익숙해져 갔다.

그리고 시도는 눈치챘다. 방 곳곳에 조금 전까지는 없었던 인물들이 쓰러져 있다는 사실을 말이다.

그들은 바로— 〈하니엘〉에 의해 사라지고 만 이들이었다.

"아! 다들!"

시도가 고함을 지르자, 그중 몇 명이 머리를 감싸 쥐면서 몸을 일으켰다.

"여, 여기는…… 대체……."

"아! 돌아온…… 거야?"

"……윽."

토카, 카구야, 오리가미가 눈을 깜빡이면서 몸을 일으켰다. 다음 순간, 상황을 파악한 카구야는 주위를 둘러보더니, 바닥에 쓰러져 있는 유즈루를 향해 뛰어갔다.

"유즈루! 유즈루!"

카구야가 유즈루의 몸을 흔들었다. 그리고 잠시 후, 유즈루가 기침을 했다.

"몽롱. 카구……야. 여전히…… 시끄럽군요."

"아! 유즈루……!"

카구야는 울음을 터뜨리면서 유즈루를 끌어안았다. 유즈루는 잠시 동안 멍한 표정을 지은 후, 카구야를 살며시 안아주었다.

타마 선생님과 토노마치, 아이, 마이, 미이는 아직 기절한 상태였다. 토카와 유즈루가 먼저 눈을 뜬 것을 보면, 〈하니엘〉에 의해 사라진 순서가 아니라 단순히 영력에 대한 저항력이 높은 순서대로 정신을 차리고 있는 것 같았다.

"다들…… 무사해서…… 다행이야……."

시도는 한숨을 내쉰 후, 그 자리에 무너지듯 주저앉았다.

그는 조금 전 단호하게 범인을 지목하기는 했지만, 솔직히 말해 심장이 터질 것 같을 만큼 뛰었다.

"시도!"

바로 그때, 토카가 시도를 향해 뛰어왔다.

"무, 무슨 일이 있었던 거냐? 그리고 여기는 어디지?"

"……아하하."

토카가 질문 공세를 펼쳤지만, 긴장의 끈이 풀린 시도는 그녀의 질문에 대답해줄 여력이 없었다. 시도는 미소를 지어 보이면서 토카의 머리를 쓰다듬어주었다.

"으음……. 왜 이러는 거냐, 시도. ……음……."

토카는 약간 의아한 표정을 지었지만, 기분이 좋은지 곧 밝은 미소를 지었다.

그 미소를 보고 덩달아 기분이 좋아진 시도는 입가에 미소를 머금었다.

하지만— 바로 그때.

시도의 눈에 한 인물이 들어왔다.

"앗! 저 애는……!"

다른 이들과 마찬가지로, 한 소녀가 바닥에 주저앉아 있었다. —그녀는 커다란 마녀 모자를 쓰고 있었다.

"나츠미……!"

그녀를 보고 또 긴장한 시도는 토카에게 부축을 받으면서 몸을 일으켰다. 그리고 그 소녀를 향해 천천히 걸음을 옮겼다.

아무래도 다른 이들도 시도가 어디로 향하고 있는지 눈치챈 것 같았다. 오리가미, 코토리, 미쿠, 야마이 자매가 나츠미를 포위했다.

"—내가 이겼어. 순순히 항복해."

"……으."

시도의 말을 들은 나츠미가 어깨를 부르르 떤 후, 고개를 치켜들었다.

그리고 커다란 모자의 챙에 가려 있던 나츠미의 모습을 본 순간.

"……어?"

순식간에 긴장이 풀려버린 시도는 뚱딴지같은 소리를 냈다.

이유는 간단했다. 지금 눈앞에 있는 소녀의 모습이, 시도의 기억 속에 있는 나츠미와는 너무나도 달랐기 때문이다.

작고 가녀린 체구. 건강이 나빠 보일 만큼 새하얀 피부와 안 그래도 작은 키를 더욱 작아 보이게 만드는 구부러진 등. 눈매는 비굴해 보였고, 두 눈동자는 우울함으로 가득 차 있었으며, 자신감에 차 있던 표정은 흔적도 찾아볼 수 없었다. 머리카락 색깔은 시도의 기억 속에 존재하는 나츠미와 같았지만, 길고 윤기 넘치는 머리카락은 어느새 푸석푸석하고 전혀 다듬어지지 않은 머리카락이 되어 있었다.

섹시하던 나츠미와는 전혀 닮지 않은, 조그마한 체구의 소녀가 시도의 눈앞에 있었다.

"너…… 나츠미…… 맞아?"

시도가 눈썹을 모으면서 묻자, 나츠미는 깜짝 놀란 표정을 지으면서 양손으로 자신의 얼굴을 만져본 후, 아연실색했다.

"아, 아, 아아아……?!"

그리고 절망에 찬 목소리를 내며 모자의 챙을 잡아당겨 자신의 몸을 감추고 동그랗게 말았다.

"이게…… 대체……."

"……이제 알겠네."

시도가 고개를 갸웃거리고 있을 때, 코토리가 입을 열었다.

"—일전에 시도가 봤던 건 영력을 이용해 변신한 모습이었던 거야."

"아……."

시도는 눈을 동그랗게 뜨면서 가볍게 손뼉을 쳤다.

"———윽!"

그러자 나츠미가 소리 없는 비명을 질렀다. 그리고 모자로 자신의 몸을 가린 채, 오른손을 치켜들었다.

"〈하니엘〉……!"

나츠미의 목소리에 호응하듯, 방 한가운데에 떠 있던 〈하니엘〉이 나츠미에게로 날아갔다. 어느새 깨진 거울 부분이 자동으로 수리되어 있었다.

다음 순간, 나츠미의 몸에서 빛이 뿜어져 나왔다. 그리고 그녀는 순식간에 시도가 일전에 봤던 미녀로 변신했다.

나츠미는 증오에 찬 눈길로 시도를, 그리고 주위에 있는 이들을 노려본 후, 억눌린 목소리를 토했다.

"봤……구나. 봤구나아아아아아아앗──!"

그리고 분노 때문에 미치기라도 한 것처럼 온몸을 비틀어대면서 말했다.

"한 번도 아니고 두 번이나…… 내 비밀을 봤구나……! 요, 요요요, 용서 못해. 절대 용서 못해. 너희 모두, 가만두지 않겠어어어어어어엇!!"

나츠미는 절규를 지른 후, 들고 있던 〈하니엘〉을 치켜들었다.

"〈하니엘〉─!!"

"아닛……?!"

나츠미가 고함을 지른 순간, 〈하니엘〉의 끝 부분에서 뿜어져 나온 눈부신 빛이─ 방 안을 가득 채웠다.

"큭─."

시도는 반사적으로 눈을 감으면서 얼굴을 찡그렸다.

하지만 이 빛은 몇 초 만에 사그라졌다. 다시 눈을 떠보니 어둑어둑한 실내가 눈에 들어왔다.

하지만.

"시도! 시도!"

평소보다 새된 목소리로 토카가 시도를 불렀다.

그녀를 향해 고개를 돌린 시도는─ 그 자리에서 딱딱하게 굳어버렸다.

"시도, 대체 뭐가 어떻게 된 것이냐. 몸이 뜻대로 움직여지지 않는다……!"

초등학교 3학년 정도로 보이는 토카가 헐렁헐렁한 잠옷을

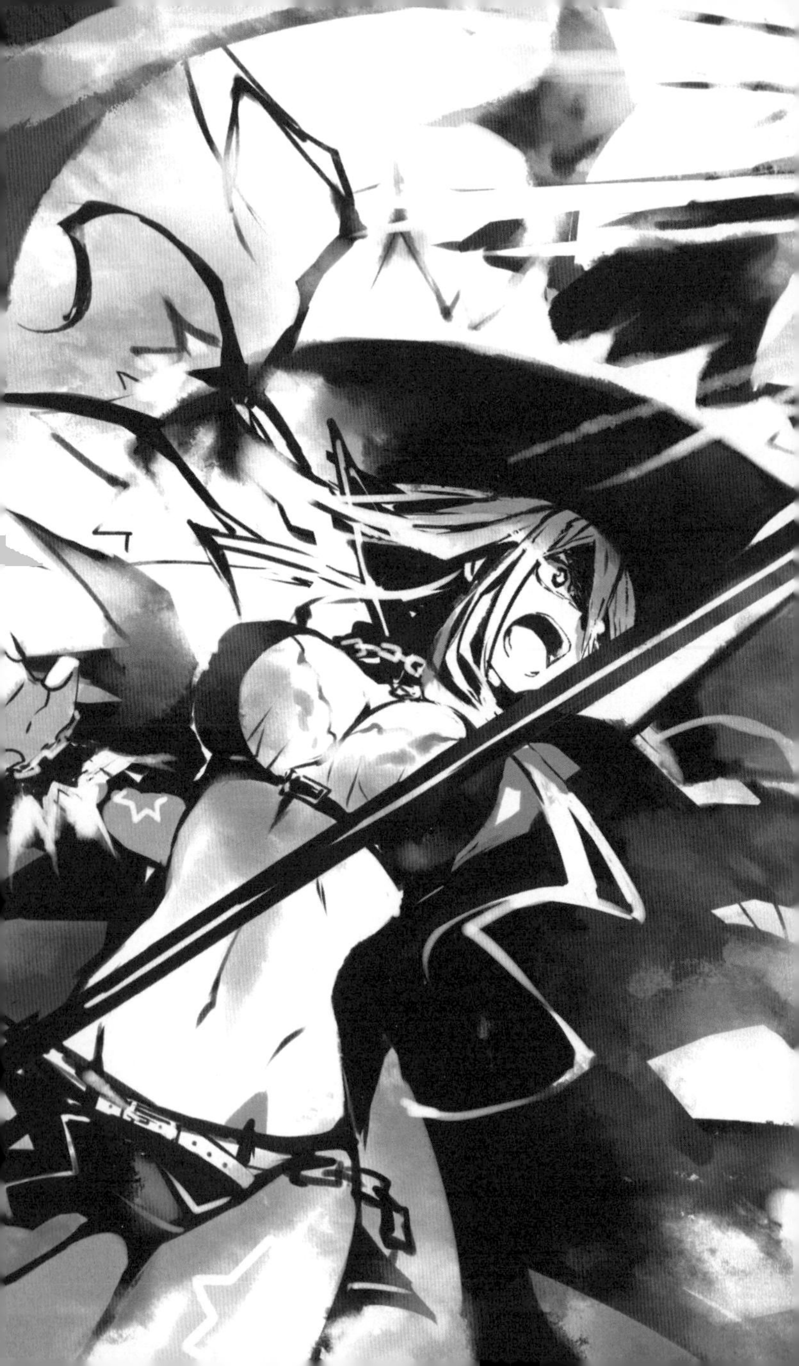

걸친 채 손발을 휘둘러대고 있었다.

“어, 어……!”

하지만 이런 기묘한 상황에 처한 것은 토카만이 아니었다.

의식을 잃은 이들 이외의 모두가 토카와 마찬가지로 어려져 있었다.

“이게…… 대체…….”

“후후, 후후후후후후후……”

시도가 미간을 찌푸리자, 〈하니엘〉을 든 나츠미가 악의에 찬 웃음을 터뜨렸다.

“꼴좋네……! 너희 모두, 꼬맹이인 채로 살라구……!”

웃음을 터뜨리며 〈하니엘〉에 걸터앉은 나츠미는 방 천장에 구멍을 낸 후, 어딘가로 날아가 버렸다.

“자, 잠깐만! 나츠미! 나츠미이이잇!”

시도의 고함 소리는 이 방 안에서 헛되이 메아리칠 뿐이었다.

To be continued

■작가 후기

오래간만입니다. 타치바나 코우시입니다. 나츠~미.

『데이트 · 어 · 라이브 8 나츠미 서치』와 함께 다시 찾아왔습니다.

이번 권의 이야기는 꽤 독특하게 구성되어 있습니다. 변신 능력을 지닌 정령 · 나츠미가 시도 주위에 있는 누군가로 변했고, 시도는 나츠미를 찾아야만 하는 범인 찾기 게임입니다.

하지만 이런 식으로 이야기를 구성한 것은, 급격하게 불어난 캐릭터들에게 활약할 기회를 주고 싶었기 때문입니다. 독자 여러분께서 재미있게 읽어주셨길 진심으로 바라고 있습니다.

이번에 등장한 정령 · 나츠미(七罪). 혹시 헷갈리는 분이 계실까 봐 말씀드리는데, 이 七罪는 「나츠미」라고 읽습니다. 부동의 1위인 「狂三」의 아성은 무너뜨릴 수 없지만 꽤 읽기 어려운 이름이군요. 이번에도 서브타이틀이 발표된 후, 「미쿠(美九)」를 「요시규」라고 읽은 친구가 또 이상하게 읽어대더군요. 바로 「모스바」라고 읽은 겁니다. 처음에는 무슨 뜻인지 이해하지 못했지만, 모 햄버거 가게의 메뉴를 따서 이렇게 읽은 거라는 사실을 눈치챘습니다. 그러고 보니 「야마이(八舞)」는 「하보마이」라고 읽었었죠. 그렇다고 이 친구가 난독증인 건 절대 아닙니다. 그저 이렇게 이름을 비틀어 읽는 걸 좋아할 뿐이죠.

그리고 여러분께 보고드릴 것이 있습니다.

『데이트 · 어 · 라이브』가 월간 소년 에이스에서 새롭게 코미컬라이즈화(化)되게 되었습니다! 와~! 만세!

외전이 아니라 『토카 데드엔드』부터 시작되는 본편의 코미컬라이즈입니다.

작화는 이누이 세키히코 씨가 담당해주십니다. 액션 묘사가 뛰어나기로 정평이 나 있는 분이시니 기대해주시길.

이번에도 많은 분들이 최선을 다해 노력해주신 덕분에 이렇게 책을 낼 수 있었습니다.

일러스트를 담당하고 계신 츠나코 씨, 담당 편집자님, 디자인을 담당하는 쿠사노 씨를 비롯해, 출판에 관여하시는 많은 분들, 그리고 판매를 담당하고 계신 서점 직원 분들……. 여러분들 덕분에 이번에도 무사히 책을 낼 수 있었습니다. 정말 감사합니다!

다음 권인 『데이트 · 어 · 라이브 9』는 12월에 발매될 예정입니다. 본편이 9월에 발매되었으니 평소보다 조금 페이스가

빠르군요. 하지만 BD 수록 특별판이 발매될 예정이기 때문에 마감을 어기면 정말 큰일 납니다. 벌써부터 걱정이 되는군요.

그럼 여러분과 다시 만날 수 있기를 진심으로 빌겠습니다.

2013년 8월 타치바나 코우시

■역자 후기

안녕하십니까. 근로청년 번역가 이승원입니다.

『데이트 · 어 · 라이브 8 나츠미 서치』를 구매해주셔서 진심으로 감사드립니다.

11월 중순에 접어드니 본격적으로 추워지네요. 며칠 전까지만 해도 반팔 티셔츠에 후드점퍼 하나만 있으면 충분했는데, 지금은 내복 +겨울 점퍼를 입어도 춥습니다. 게다가 해가 짧아져서 오전 여섯 시에 기상하면 밖이 껌껌하더군요. 그러니 또 잠이 들어버리는 사태가……. 정말 요즘 들어 이불에서 나가기가 싫습니다.ㅠㅜ

슬슬 겨울에 대비해 난방 대책도 세워야 할 것 같습니다. 매년 전기장판 하나로 버텨왔는데, 저도 나이가 나이인지라(-_-;) 찬물 샤워는 이제 못 하겠습니다.ㅠㅜ

전기온수기를 설치해볼까 했습니다만, 가격이 상당하더군요. 그럴 바에야 그냥 기름보일러를 가동하는 편이 나을 것 같습니다만…… 기름 떨어진 지 4년이 넘었습니다, AHAHA.

기름 한 드럼 넣고 돌릴까 생각했습니다만, 몇 년 동안 사용

안 한 보일러인지라 고장 났을 가능성이 있겠더군요. 그럴 바에야 가스보일러를 설치해서 도시가스를 쓸까도 했습니다만 설치 비용이 너무 셉니다. 그래서 다시 전기온수기 아이디어로 회귀하는 사태가……. 이거, 완전 딜레마군요.^^

아무래도 올해도 전기장판 +찬물 샤워로 버티게 될 것 같은 불길한 느낌이 듭니다.^^

자, 그럼 『데이트 · 어 · 라이브 8 나츠미 서치』에 대한 이야기를 조금 해볼까 합니다.

스포일러가 들어 있을 수도 있으니 본편을 안 읽으신 분은 유의해주시길!

이번 8권은 작가님께서도 말씀하셨듯 지금까지와는 구성이 다릅니다. 변신 능력을 지닌 정령, 나츠미를 잡기 위해 열두 명의 히로인(아, 한 명은 남성)과 데이트를 하는 내용이죠. 7권이 시작부터 끝까지 전부 전투 일색이었다면 이번 8권은 전투 요소를 배제하면서 지금까지 공략한 정령들과의 재 데이트에 중점을 두고 있습니다. ……그래서 재미없냐고요? ……아뇨, 정말 재미있었습니다.^^

우리의 순진무구한 토카 양은 여전히 귀엽고, 오리가미 형님은 여러 가지 의미에서 여전하시더군요. 그리고 요시노는…… 노코멘트하겠습니다. 컬러 일러스트 마지막 페이지를 보시면 그걸로 충분할 테니까요. 지, 진짜 데어라는 저 같은

누님연방의 마음을 마구마구 흔들어대는 책입니다.(털썩)

뭐, 우리의 토카 양도 만만치 않았지만요. 특히 토카 양과의 뷔페 데이트는 최고였습니다. ……저런 아가씨를 위해서라면 식비 따위 아깝지 않아요! L노벨 통조림실(?)에 갇혀 사는 한이 있더라도 그녀의 식비 확보를 위해 목숨을 걸고 일하겠습니다! 우오오오오오오~!

…………죄송합니다. 개인적으로 먹성 좋은 캐릭터를 너무 좋아해서.^^

그럼 이만 줄이겠습니다.

로리지온 세력의 교과서(?)라 해도 과언이 아닌 책을 저에게 맡겨주신 삐야 님과 L노벨 편집부 여러분. 정말 감사합니다.

집들이 파티에서 피자와 탕수육을 안주 삼아 공부가주(알코올 도수 39도)와 조니워커(알코올 도수 40도)를 마시라고 한 악우여. ……의외로 괜찮았어.(털썩)

마지막으로 언제나 제게 버팀목이 되어주시는 어머니와 『데이트 · 어 · 라이브』를 읽어주신 모든 분들에게 진심으로 감사드립니다.

우리 데어라 히로인들의 ××모드를 감상할 수 있는 9권 역자 후기에서 다시 뵙겠습니다!

2013년 11월 중순

역자 이승원 올림

데이트 어 라이브 8

1판 1쇄 발행 2014년 1월 10일
1판 11쇄 발행 2019년 4월 12일

지은이_ Koushi Tachibana
일러스트_ Tsunako
옮긴이_ 이승원

발행인_ 신현호
편집국장_ 김은주
편집진행_ 최은진 · 김기준 · 김승신 · 원현선 · 권세라
편집디자인_ 양우연
국제업무_ 정아라
영업 · 관리_ 김민원 · 조인희

펴낸곳_ ㈜ 디앤씨미디어
등록_ 2002년 4월 25일 제20-260호
주소_ 서울시 구로구 디지털로 26길 111 Jnk디지털타워 503호
전화_ 02-333-2513(대표)
팩시밀리_ 02-333-2514
E-mail_ lnovelpiya@naver.com
L노벨 공식 카페_ http://cafe.naver.com//lovel11

ISBN 978-89-267-9471-5 04830
ISBN 978-89-267-9334-3 (세트)

값 6,800원